금
병
매
10

금병매 金瓶梅 10

초판 1쇄 발행 2022년 9월 30일

지 은 이　　소소생(笑笑生)
옮 긴 이　　강태권
펴 낸 이　　한승수
펴 낸 곳　　문예춘추사

편　　　집　　이상실
마 케 팅　　박건원, 김지윤
디 자 인　　박소윤

등록번호　　제300-1994-16
등록일자　　1994년 1월 24일
주　　　소　　서울특별시 마포구 동교로 27길 53, 309호
전　　　화　　02 338 0084
팩　　　스　　02 338 0087
메　　　일　　moonchusa@naver.com

I S B N　　978-89-7604-540-9 04820
　　　　　　978-89-7604-530-0 (세트)

천하제일기서

金瓶梅

소소생笑笑生 지음 / 강태권 옮김

완역

금병매

10

문예춘추사

차례

서문경의 여인들

오월랑 첫째 부인. 청하좌위 오천호의 딸로 서문경의 전처가 죽자 정실로 들어온다. 서문경 집안의 큰마님으로 행세하며 집안 여인들 간의 질서를 유지하고자 노력하고, 서문경이 죽은 후에는 유복자 아들을 잘 키워보고자 노력하나, 결국 인생이 한바탕 꿈에 불과함을 깨닫는다.

이교아 둘째 부인. 노래 부르는 기생이었으나 서문경의 눈에 들어 부인이 된다. 서문경이 죽자 재물을 훔쳐 기원으로 돌아간다.

맹옥루 셋째 부인. 포목상의 정처였으나 남편이 죽자 설씨의 주선으로 서문경과 혼인한다. 나름 행실을 바르게 하며 산 덕분에 쉽게 맞이할 수도 있는 불운을 피해 간다.

손설아 넷째 부인. 서문경 전처의 몸종이었다가 서문경의 눈에 들어 그의 부인이 된다. 집안 하인과 눈이 맞아 도망가는 등, 삶의 신세가 바람에 나부끼는 깃발처럼 이리 움직였다 저리 움직였다 한다.

반금련 다섯째 부인. 무대의 부인이었으나 서문경과 눈이 맞아 무대를 독살하고 서문경에게 시집온다. 영리하고 시기심 많은 성격에 서문경을 독차지하려고 애쓰지만, 끝내 원수의 칼날을 피하지 못한다. 삶의 영고성쇠가 무상함을 증명하듯 실로 파란만장한 삶을 산다.

이병아 여섯째 부인. 화자허의 부인이었으나 화자허가 화병으로 죽자 서문경의 부인이 된다. 천성이 착하지만 죽은 화자허의 좋지 않은 기운이 그녀의 삶을 지치게 한다.

춘매 반금련의 몸종으로 서문경의 총애를 받는다. 사람 일은 알 수 없음을 증명하는 인물로서, 쇠락해지는 듯하다 다시 최고의 영예를 누리는 삶을 산다.

이계저   이교아의 조카로 기원의 기생. 행사 때마다 서문경의 집안에 불려온다.

송혜련   서문경 집안의 하인인 내왕의 부인. 자신의 미색 때문에 남편이 쫓겨나게
         된다.

임부인   서문경을 의붓아버지로 섬기는 왕삼관의 어머니. 아들을 핑계삼아 서문경
         과 관계를 맺는다.

여의아   서문경의 아들 관가의 유모. 이병아가 죽은 뒤 서문경의 눈에 들어 관계를
         맺는다. 서문경이 그녀를 죽은 이병아를 대하듯 한다.

왕륙아   한도국의 부인. 딸의 혼사를 매개로 서문경의 눈에 들어 은밀한 만남을 갖
         는다. 남편의 암묵적 승인 하에 자신의 몸을 팔아 생계를 이어간다.

반금련의 남자들

무대   금련이 독살한 전남편. 동생 무송에게 자신의 억울한 죽음을 알리고 복수를
         부탁한다.

서문경   금련이 재가한 남편. 천하의 난봉꾼으로, 집안의 여러 부인을 거느리고도
         틈만 나면 새로운 여인에게 눈을 돌린다.

진경제   서문경의 사위. 일찌감치 장인 집에서 기거하며 서문경이 다른 여자를 탐하
         는 사이에 금련과 정을 통한다. 수려한 외모로 어린 나이부터 정욕에 이끌
         리는 삶을 산다.

금동   서문경의 하인.

왕조아   왕노파의 아들.

일러두기

* 이 책은 『신각금병매사화(新刻金甁梅詞話)』와 『신각수상비평금병매(新刻繡像
批評金甁梅)』의 합본을 저본삼아 이를 완역한 것이다.
** 본문 삽화는 『신각수상비평금병매』에서 가져온 것이다.
*** 본문 중 괄호 안의 글은 옮긴이의 주이다.
**** 각 이야기의 소제목은 편집부에서 새로 만든 것이다.

제91화 오직 까마귀의 지저귐은 좋지 않으니

맹옥루는 이아내에게 시집가기를 원하고,
이아내는 화가 나 옥잠아를 때리다

백 년의 세월이 나는 듯이 지나가니
그간에 좋은 시절이 많지가 않구나.
가을에 서리 오니 귀뚜라미 슬피 울고
봄에 황혼이 되니 두견새 운다.
부귀영화는 몸의 죄악
공명과 업적은 눈 속의 도깨비.
일장춘몽은 다 사람이 만드는 것
모든 것에 푸른 하늘이 속이지 않고 보답한다네.

百歲光陰疾似飛 其間花景不多時
秋凝白露蛩蟲泣 春老黃昏杜宇啼
富貴繁華身上孼 功名事迹目中魈
一場春夢由人做 自有靑天報不欺

어느 날 진경제는 설씨한테서 손설아가 내왕과 눈이 맞아 간통하
고 재물을 훔쳐 밖에 살다가 일이 탄로나 관에 끌려갔다가 수비부로
팔려가서 아침저녁으로 춘매한테 욕을 먹고 매를 맞는다는 말을 들

었다. 이에 진경제는 이 일을 빌미로 설씨를 서문경 집으로 보내 월
랑에게 얘기를 하게 했다. 즉,

"진서방이 이러쿵저러쿵하면서 밖에서 떠들고 다니는데, 큰아씨
는 얘기해도 소용이 없고, 고소장을 써서는 순무와 순안처 등에 마님
을 고발하겠다고 하더군요. 말로는 서문경 나리께서 살아 계실 적에
자기 부친의 많은 금은보화를 맡겨놓았는데 그것을 내놓지 않는다
고 하더군요."

이 말을 듣고 오월랑은 적이 당황했다. 첫째로는 손설아가 내왕과
함께 많은 재물을 훔쳐 달아난 것이고, 둘째로 하인인 내안이 달아난
것이며, 셋째로 집안의 하인 내흥의 처 혜수가 죽어 방금 장례를 치르
느라 정말로 집안이 어수선한 상태였다. 그러던 참에 설씨가 와서 이
런 말을 하니 하도 놀라고 당황해 손발이 떨렸다. 그래서 바로 가마
하나를 세내어 큰딸과 함께 큰딸이 쓰던 침상, 화장대, 옷장, 그릇과
시집갈 때 가지고 갔던 것들을 하나도 남기지 않고 대안을 시켜 사람
을 불러 모두 진경제의 집으로 가져가게 했다. 이를 보고 경제는,

"이것은 다 그 사람이 가져온 것들로 침대와 휘장, 화장대일 뿐이
고 내가 그 집에 맡겨둔 금은 세간은 하나도 없어. 반드시 그런 것들
을 돌려받아야겠어."

하니 이에 설씨가,

"당신 장모 말에 의하면 장인이 살아 있을 적에 단지 이러한 물건
들만 가져다 맡겨놨지, 다른 금은 세간은 보지 못했다고 하던데요."

하자 경제는 다시 말했다.

"무슨 소리? 그리고 또 원소아도 주어야 해."

설씨와 대안은 돌아와 월랑에게 이 같은 사실을 말하니, 월랑은

원소아를 주려고 하지 않으며,

"이 애는 원래 이교아가 부리던 애인데 지금 효가를 돌볼 사람이
없어서 이 애가 아침저녁으로 애를 봐주고 있어요."

하며 중추아를 보내려고 하면서,

"원래 큰아씨를 시중들게 하려고 샀던 아이예요."

했으나 경제는 중추아는 필요 없다며 버텼다. 이에 경제의 모친인 장
씨가 대안에게,

"아저씨가 집에 돌아가서 큰마님께 전해줘요. 그 집에는 아가씨
도 많은데 어째 꼭 이 아가씨만 아기를 봐야 하느냐고요? 게다가 이
전부터 큰아씨를 모셔왔고 또 진서방이 이미 그 애 몸에 손을 댔는데
집에 남겨두어 무엇을 하겠냐고 말이에요?"

하니, 대안이 집으로 돌아와 이 말을 월랑에게 전하자 월랑도 더는
할 말이 없어 원소아를 보내주었다. 진경제는 원소아를 받아들이고
는 대단히 기뻐했다.

"진작에 내가 해달라는 대로 해줄 것이지!"

귀신처럼 아무리 재주를 부린다 한들 내 발 씻은 물을 마시지 않
을 수 있겠는가, 하는 심정이 아닐 수 없다.

잠시 이 얘기는 접어둔다.

한편 이지현의 아들 이아내는 청명절에 교외로 나갔다가 행화촌
에 있는 술집에서 우연히 월랑과 맹옥루를 보았는데 두 사람이 평범
하게 치장했으나 생김이 아주 빼어나고 자색이 뛰어나기에, 하인인
소장[小張]을 시켜 누구인지 알아보게 하니 소장이 돌아와 그 여인
들은 죽은 서문경의 정부인인 월랑과 소실인 맹옥루라고 알려주었

다. 이아내는 내심 맹옥루에게 마음이 있어 유심히 보니 키가 훤칠하고 날씬하며 참외씨 같은 갸름한 얼굴에, 비록 얼굴에 주근깨가 약간 있었으나 그 생김새가 빼어났다.

원래 이아내는 부인을 잃고 홀아비로 오랫동안 지내다가 계속 중매인을 통해 각처에서 마땅한 상대를 구했으나 맘에 맞는 사람이 없었다. 그러던 차에 맹옥루를 보고는 마음에 들었으나 그 집과 잘 알지도 못하고 또 개가를 할지 안 할지도 몰라 어찌할 줄을 모르고 있던 터였다. 그런데 뜻하지 않게 손설아의 일이 관청에서 벌어졌고 설아가 서문경 집에서 나온 것임을 알아냈다. 그래 머리를 짜내 부친의 책상에서 그들을 심문한 여러 가지 문건들을 조사한 끝에 장물의 품목을 알아내고는 통지를 하여 그 장물들을 찾아가도록 했다. 그러나 월랑은 겁이 나서 관청으로 사람을 보내지 않으니 이아내는 적이 실망을 했다. 그래서 장물은 관가에서 압수하고 설아도 관에서 팔아버리게 된 것이다.

참지 못한 이아내는 낭리[廊吏]인 하불위[何不違]와 상의한 끝에 관인[官認] 중매인인 도씨[陶氏] 할멈을 서문경의 집으로 보내 혼사를 성립시켜보려고 했다. 만약 이 혼사가 이루어진다면 타묘[打卯](관인[官認] 매파가 매번 일정한 시간에 관청에 가서 신고를 하는 것)도 면제를 해주고 상으로 은자 닷 냥을 주겠다고 했다. 도노파는 이러한 말을 듣고 매우 좋아하며 어쩔 줄 몰랐다. 도씨가 날듯이 서문경의 집 앞에 이르러보니 마침 내소가 문을 지키고 서 있었다. 도노파는 그에게 다가가 인사를 했다.

"죄송하지만 이곳이 서문대인 집인가요?"

"어디서 오셨습니까? 이곳이 서문대인의 집입니다. 나리께서는 돌아가셨는데 무슨 일이신가요?"

"안에 들어가서 말씀 좀 전해주시겠습니까? 저는 본현의 관인 중매인으로 도[陶]할멈이라고 부르지요. 지현의 자제이신 이아내 나리께서 정중하게 분부하시기를, 이 댁에 있는 마님 중 한 분께서 시집을 가려고 하신다기에 특별히 중매를 서려고 찾아왔습니다."

이 말을 듣고 내소는 버럭 소리를 지르며,

"이 할멈이 어디서 그런 쓸데없는 소리를! 우리 나리께서 돌아가신 지가 거의 일 년이 지나고 있지만 단지 두 분 마님께서는 수절을 하고 계시고 재가를 할 생각은 추호도 없으세요. 속담에도 '억센 비바람도 과부 집에는 들어오지 않는다'고 하잖아요. 그런데 공연히 할멈 같은 뚜쟁이가 찾아와서 그런 혼사가 있는지 슬쩍 떠보려고 하다니, 어서 썩 가세요! 만약 안채에 계신 큰마님이 아시면 크게 경을 칠 거예요!"

하니, 이에 도노파는 실실 웃으며 말했다.

"집사 어른, 속담에도 '관원들이 잘못 했다 해도 심부름꾼은 잘못이 없다' 했어요. 저의 작은나리 분부가 아니라면 제가 어찌 감히 올수 있겠어요? 재가를 하건 말건 일단 안에 들어가 한번 말씀이나 드려주세요. 그래야 저도 돌아가 여쭐 말이 있으니까요."

이를 듣고 내소도 어쩔 수 없다는 듯이,

"알았어요, 남을 돕는 게 나를 돕는 거라 했으니… 잠시 기다리고 계세요. 내 들어가 말씀을 드릴게요. 우리 집에는 마님이 두 분 계신데 한 분은 아기가 있고, 다른 분은 아기가 없어요. 그런데 어느 분이 개가를 하실지 모르겠네요?"

"이아내 나리께서 말씀하시기를 청명절에 교외에 나가셨다가 보

제91화 오직 까마귀의 지저귐은 좋지 않으니   013

셨는데 얼굴에 주근깨가 약간 있는 마님이랍니다."

내소는 이 말을 듣고 바로 안채로 들어가 오월랑에게 여차여차하다고 말하기를,

"현청의 관인 중매인이 찾아와 밖에 있습니다."

하니 이 말을 듣고 월랑은 깜짝 놀라며 말했다.

"우리 집에서는 결코 반 마디도 이런 말이 나간 적이 없었는데 밖의 사람들이 도대체 어떻게 알았을까?"

"지난번 청명절에 교외에서 보셨는데 얼굴에 주근깨가 약간 있는 분이라고 하시더군요."

"셋째 아우가 동지섣달에 무에 새싹이 돋듯이 갑자기 재가를 하겠다니?"

세상에서 바닷물의 깊고 낮음은 알 수 있으나
사람의 마음은 헤아리기 힘들어라.

世間海水知深淺

惟有人心難忖量

그래서 바로 옥루의 방으로 건너가 앉으며 물어보았다.

"셋째 아우, 한 가지 물어볼 일이 있어. 관청에서 보내온 중매인이 문 밖에 와 있는데 말하기를, 현청의 작은나리 이아내가 보냈다고 하는데, 청명절 그날 자네를 한 번 봤는데 자네가 새 사람을 찾아 시집을 가려 한다고 하더군. 정말로 그런 말이 있었나?"

여러분, 내 말 좀 들어보소.

세상일이란 다 그렇고 그런 것이며 자고로 혼인이란 다 연분이 있

제91화 오직 까마귀의 지저귐은 좋지 않으니

어야 하는 것이라네. 그날 교외에서 맹옥루도 이아내를 보았으니, 이아내의 생김이 훤칠하고 또 멋도 낼 줄 알고 두 사람의 나이도 거의 비슷하고 또 말을 타거나 활을 쏘는 것도 할 줄 아는 것을 보았기에 두 사람은 눈으로 마음을 전하고 단지 말로 표현하지 못했을 뿐이었다네.

맹옥루는 이아내가 처자식이 있는지 없는지 알지 못했다. 그래서 입으로는 차마 말을 하지 못하고 속으로 생각하기를,

'남편은 이미 세상을 떴고 나는 자식이 없지 않나. 비록 큰마님한 테 아기가 있다고 하지만 훗날 커서 자기 살점을 아끼는 법이라고 자기 어미만을 위할 것이 아니겠는가? 그러면 나는 나무가 쓰러지니 그늘도 없어지는 꼴로 대나무 바구니로 물을 긷는 꼴이잖아. 또 큰마님은 효가가 생긴 후에 마음이 변해서 예전 같지 않단 말이야. 그러니 나도 차라리 새 남자를 만나 개가를 해 낙엽이 되어 떨어지면 돌아갈 수 있는 땅이라도 찾는 게 낫지, 공연히 멍청하게 수절해서 도대체 무엇을 하겠다는 겐가? 나의 아까운 청춘만 다 허비하고 젊은 날을 아깝게 허송하는 거잖아!'

이렇게 생각하고 있던 참에 생각지도 않게 월랑이 들어와 말을 꺼낸 것이다. 그런데 공교롭게도 그 대상이 바로 청명절 날 교외에서 본 사람인지라 가슴속으로는 말할 수 없이 기뻤으나 한편으로는 부끄럽기도 해서 입으로는,

"큰마님, 다른 사람들의 허튼소리를 듣지 마세요. 저는 결코 그런 말을 한 적이 없어요."

했으나 자기도 모르게 얼굴은 빨갛게 달아올랐다. 이야말로, 부끄러워 남 앞에서는 말하지 못해도 머리를 손질하며 말없이 고개를 끄떡

이는 격이었으니.

"사람마다 다 생각이 있는 법인데 내가 어찌 그런 것까지 다 간섭할 수 있겠어!"

월랑은 그러면서 내소를 불러 일렀다.

"가서 중매인을 모셔오게."

내소는 문 앞으로 나가 도노파를 불러 안채로 들게 했다. 월랑은 안방의 객실 정면에 서문경의 위패를 모셔놓고 있었다. 도노파는 안으로 들어와 인사를 하고 자리에 앉았다. 자리에 앉자 하인 수춘이 차를 따라주었다. 월랑이 바로 물어보았다.

"그래, 중매인은 무슨 일로 오셨나요?"

"제가 일이 없으면 어찌 이런 귀댁에 올 수 있겠습니까? 본현의 이아내 나리의 분부를 받잡고 이 댁의 마님 한 분이 개가를 하신다기에 특별히 중매를 서려고 왔습니다."

"우리 집에 있는 그 사람은 결코 개가한다고 말을 꺼낸 적이 없는데, 어찌 그런 소문이 퍼져 나가서 이아내 어른께서 아셨다지요?"

"이아내 어른께서 말씀하시기를 청명절 그날 교외로 나가셨다가 이 마님을 보셨는데 키도 늘씬하고 갸름한 얼굴에 주근깨가 약간 있다고 하던데요."

월랑이 들어보니 더 말할 필요도 없이 맹옥루가 틀림없었다. 이에 바로 도노파를 맹옥루의 방으로 데리고 가 객실에 잠시 앉아 있게 했다. 얼마의 시간이 지나 맹옥루가 머리를 빗고 화장을 하고 밖으로 나왔다. 도노파는 인사를 하면서,

"바로 이 마님이시군요. 과연 전하는 말이 헛소문이 아니었군요! 인물이 빼어나 세상에 그 짝이 없다더니! 과연 우리 이아내 어른의

정실이 되셔도 전혀 손색이 없으시겠군요. 머리부터 아래까지 훑어
봐도 그 멋이 비길 바 없고, 그 멋이 좌르르 흐르는군요!"

하니 이를 듣고 옥루는 미소를 지으며 말했다.

"할머니, 그런 말은 그만하세요! 말씀하신 이 아내 어른은 금년에
나이는 몇이고 또 결혼은 하셨는지요? 그리고 소실은 몇이나 있는
지요? 성은 무엇인가요? 또 고향은 어디며 무슨 벼슬을 하시는지요?
거짓말하지 말고 솔직하게 말씀해주세요."

"하느님 맙소사, 하느님 맙소사! 저는 본현의 허가받은 중매인으
로 다른 중매쟁이들처럼 아무렇게나 말을 하지 않아요. 저는 한마디
말이 있으면 한마디를 하지 결코 허튼소리를 하지 않아요. 우리 지
현 나리께서는 나이가 쉰이 넘으셨는데 단지 이 아내 한 분만을 슬하
에 두셨지요. 말띠로 정월 이십삼 일 진시[辰時]생이고, 올해 서른하
나랍니다. 지금은 국자감에서 공부를 하고 있는데 머지않아 과거를
보면 거인[擧人]이나 진사[進士]가 되실 것입니다. 학문도 깊고 활과
말 타는 것에도 능하며 제자백가[諸子百家]에 대해서도 모르는 게 없
으시답니다. 큰마님이 돌아가신 지 이 년이 되었답니다. 지금은 큰마
님이 시집올 때 데려온 하녀가 시중을 들고 있는데 별로 일을 잘하
지 못해요. 그래서 적당한 여인을 맞이해 집안 살림을 맡기려고 했으
나 아직까지 적당한 상대를 찾지 못하고 계셨어요. 그러다가 이 댁에
와서 혼사를 말씀드리는 거예요. 만약 이 혼사가 이루어지면 제가 현
청에 가서 신고를 하는 것도 면제해주고 또 후한 상도 내려주시겠다
고 하셨어요. 이 댁에서 혼사를 이루게 해주신다면 나리께서 상점에
서 내는 세와 부역의 면제는 물론이고 묘지와 저택에 물리는 각종 토
지세까지도 모두 면제해주시겠다고 말씀하셨습니다. 그리고 또 만

약에 누가 이 댁을 업신여긴다면 그 이름만 대면 바로 현청으로 끌고
가 주리를 틀어주시겠답니다."

"이아내 어른께 자식은 없나요? 본적은 어디인가요? 만약 임기를
다 마치고 다른 곳으로 가게 되면 저의 친척들은 모두 다 이곳에 있
는데 어떻게 그를 따라나설 수 있겠어요?"

"나리께는 자식이 없어요. 아주 단출하지요. 본적은 북경 진정부
[眞定府] 조강현[棗强縣] 사람으로 황하를 건너 육칠백 리 남짓 떨어
져 있어요. 고향에는 전답이 끝이 안 보일 만큼 넓고 또 노새나 말 등
이 떼를 이루고 사람들은 이루 헤아릴 수가 없을 정도랍니다. 화려한
집들이 들어서 있고 순안들도 공문을 올리고 성상의 성지[聖旨]도
이르니 실로 사람들로 하여금 경탄을 자아내게 하는 바이지요! 지금
마님께서 그 댁으로 시집을 가시면 바로 큰마님으로 그분의 정실부
인이 되지요. 후에 그분이 벼슬을 하게 된다면 마님께서는 바로 정부
인으로서 벼슬을 받고 꽃가마를 타고 명부부인[命婦夫人]이 될 텐데
얼마나 좋아요?"

맹옥루는 도노파가 하는 말을 듣고 좋아 어찌할 줄 몰라 하녀인
난향을 불러 탁자를 내려놓고 차와 과자를 내오게 해 대접했다. 그러
면서 다시 말했다.

"중매할멈, 내가 너무 시시콜콜한 것을 묻는다고 화내지 마세요.
당신네 중매쟁이들의 말은 하도 허풍이 심한지라 처음에는 하늘에
서 꽃이 어지러이 흩날리고 땅에서는 연꽃이 솟아오른다고 하지만
막상 그때 가서 닥쳐보면 아무것도 없어 사람들이 놀라고 당황하기
가 일쑤잖아요."

"아이구, 마님두. 사람은 하나하나 다 비교해봐야 알 수 있듯이 깨

끗한 사람은 <u>스스로</u> 깨끗한 것이고, 더러운 사람은 <u>스스로</u> 더러운 것
이잖아요! 저는 결코 거짓말을 할 줄 몰라요. 단지 본분에 따라 중매
를 서 혼인을 성사시켜준답니다. 마님께서 만약에 이 혼인을 승낙하
신다면 결혼 허락서를 써서 저한테 주세요. 그러면 제가 가지고 돌아
가 나리께 말씀을 잘 올릴게요."

옥루는 붉은빛 비단을 꺼내 대안더러 가게의 부지배인한테 사주
팔자를 적어오라고 일렀다. 이에 월랑이 말했다.

"당초에 자네는 설씨 아주머니가 중매를 섰으니 오늘도 하인 애를
시켜 설씨를 불러 두 사람이 함께 혼인 승낙서를 써가지고 가서 혼사
를 맺는 것이 이치에 맞는 것 같아요."

잠시 뒤에 대안을 시켜 설씨를 불러 도노파를 만나게 하니 서로
인사를 했다. 전문가끼리 만나서 혼약서를 가지고 서문경의 집을 떠
나 곧바로 현청의 이아내에게 말을 전하려고 했다. 한 사람은 이쪽의
중매인이고 또 한 사람은 저쪽의 중매인이었다. 그러한 두 사람이 마
흔여덟 개의 이빨을 가지고 함께 길을 떠난 것이다. 그러니 설씨와
도씨의 입심이야말로 달 속의 항아도 배필을 구하고 무산의 신녀도
양왕에게 시집을 가게 만들 수 있을 정도였다. 가는 길에 도노파가
설씨에게 물었다.

"당신이 전에 그분을 중매했어요?"

"예, 그랬지요."

"이 집에 오기 전에 누구 집 딸이었나요? 시집온 게 재혼인가요?"

이에 설씨는 하나하나 모든 것을 다 얘기했다. 서문경이 당초에
어떻게 맹옥루를 양씨 집에서 데리고 왔는지 등을 한차례 말해줬다.
도노파가 설씨의 말을 듣고 혼약서를 보니 나이는 서른일곱에 십일

월 이십칠 일 자시생으로 쓰여 있었다. 이를 보고 말했다.

"우리 이아내 어른께서 부인의 나이가 좀 들었다고 꺼려하시면 어떡한다죠? 나리는 금년에 서른한 살인데 나리보다 여섯 살이나 많잖아요."

"그럼 우리가 이 혼약서를 가지고 가는 길에 점쟁이를 찾아가 궁합이 어떠한지 알아보죠. 만약 안 좋다고 하면 아예 나이를 몇 살 속여 말씀드리면 되잖아요. 그럼 눈치 챌 리 없을 거예요."

그러고는 한참을 걸어갔으나 나무판을 치며 점을 봐주겠다는 점쟁이를 보지 못했다. 그러다 남쪽으로 멀리 푸른 깃발이 걸려 있는데, '자평은 귀천을 미루어 짐작하고, 철필은 영고성쇠를 판단한다. 사람이 점을 치려고 오면 있는 그대로 모든 것을 말한다'라고 두 줄로 크게 쓰여 있었다.

장막 안에는 탁자 하나가 놓여 있고, 그 안쪽에는 글도 빨리 쓰고 점도 빨리 보는 점쟁이가 앉아 있었다. 두 중매꾼은 앞으로 다가가 인사를 했다. 이에 점쟁이가 자리를 내어주며 앉기를 권했다. 설씨가,

"한 여인네의 명을 좀 봐주세요."

하면서 소매에서 서 푼을 점 값으로 꺼내놓으며 말했다.

"약소하지만 받아주세요. 지나는 길이라 지니고 있는 돈이 많지 않습니다."

"이것은 혼인점이군요. 사주팔자를 말씀해보시지요."

이에 도노파가 그에게 혼약서를 보여주니 거기에 사주팔자가 적혀 있었다. 이를 보고 점쟁이는,

"혼약서군요."

그러면서 손가락을 폈다 꼽았다 하며 주판을 한차례 흔들어본 다

음에 말했다.

"이 여인은 서른일곱에 십일 월 이십칠 일 자시생으로 갑자월[甲子月] 신묘일[辛卯日] 경자시[庚子時] 생으로, 높은 벼슬을 할 팔자입니다. 여자의 명은 역행하는 것으로 지금은 병신[丙申]으로 운행중입니다. 병[丙]이 합하여 신[辛]이 생기니 후에 위엄과 권위가 있는 정정당당한 정부인이 될 팔자입니다. 사주 중에 천성[天星]이 많기는 하지만 재명[財命]이 있어 남편을 도와 더욱 복을 받게 하며 남편의 사랑을 받을 팔자입니다. 얼마 전에 큰 재앙이 있었을 텐데 그런 일이 있었습니까?"

이를 듣고 설씨가 말했다.

"이미 남편 둘을 잃었지요."

"그런 일이 있었다면, 다음에는 말띠를 만나겠군요."

"나중에 자식은 있나요?"

"자식은 아직 이르고 마흔 하나가 되어야 비로소 자식이 생겨 늙을 때까지 잘 살겠군요. 여하튼 부귀영화를 누릴 팔자입니다."

라면서 붓을 들어 맹옥루의 점괘를 적는데,

꽃 피고 과일 거두는 좋은 시절에
우연히 낭군을 만나 봉지[鳳池]*에 섰네.
고운 자태는 강가 매화의 모습을 잃지 않고
비단옷 세 번 입고 눈썹을 두 번 그리네.
손을 맞잡고 옥전[玉殿]에 올라

---

* 위진[魏晉] 때 금원[禁苑]에 중서성[中書省]을 설치했는데 그 권한이 상서성[尙書省]보다 강했기에 중서성을 봉지라 부르며, 나중에 시문[詩文] 중에서 재상[宰相]을 일컫기도 함

수줍은 듯 가벼운 걸음으로 금잔을 올린다.

말 머리*를 보고 날아오르니

인피[寅皮]**에서 벗어나 마음을 옮기네.

花盛果收奇異時 欣遇良君立鳳池

嬌姿不失江梅態 三揭紅羅兩畫眉

攜手相邀登玉殿 含羞獨步捧金巵

會看馬首升騰日 脫卻寅皮任意移

이에 설씨가 말했다.

"지금 선생께서 '말 머리를 보고 날아오르니, 인피[寅皮]에서 벗어나 마음을 옮기네'라고 하셨는데, 이 두 구절을 잘 이해하지 못하겠군요. 선생께서 한번 설명 좀 해주시지요."

"말 머리라고 하는 것은 부인이 오늘에는 말띠의 남자를 만나 시집을 가야만이 비로소 귀성[貴星]이 되어 부귀와 영화를 누릴 수 있다는 것입니다. 인피란 바로 이미 죽은 남편들을 말하는 것으로 호랑이띠를 가리키는 것입니다. 비록 사랑을 받는다 해도 첩에 지나지 않았으나 이후에는 줄곧 공명의 길이 트여 예순여덟까지 이루어질 것이며 슬하에는 자식이 하나 있어 늙을 때까지 효도할 것이며 부부도 해로할 것입니다."

두 중매쟁이는 점괘를 받아 넣으며 다시 물어보았다.

"이번의 상대가 말띠라면 여자의 나이가 조금 위라서 어울리지 않을지 몰라요. 그러니 나이를 좀 줄이면 어떨까요?"

---

* 말띠인 이아내를 가리킴
** 호랑이 가죽. 호랑이띠인 서문경을 가리킴

"정히 고치고 싶으면 정묘년생 서른넷으로 하시지요."

"그래도 말띠와 궁합이 맞을까요?"

"정[丁]은 불이고 경[庚]은 금이니, 불을 만나면 금은 단련이 되어 반드시 큰 그릇이 될 수 있으니 매우 좋지요."

점쟁이는 즉석에서 서른넷으로 고쳐주었다. 둘은 점쟁이와 작별을 하고 점쟁이 집을 나와 곧장 현청으로 향했다. 이아내는 마침 집에 있었는데 문지기가 들어가 알리니 한참 지나 도노파와 설씨를 들어오게 했다. 두 중매인이 안으로 들어가 절을 했다. 이아내는 설씨를 보고,

"어디서 왔는가?"

하고 물으니 도노파가,

"신부 측 중매인이에요."

하고는 혼사를 이루게 된 자초지종을 자세하게 전하면서,

"부인은 사람됨이나 재주가 비할 수 없이 좋은데 단지 나이가 좀 많아요. 제가 함부로 결정할 수 없는 일이니 나리의 뜻대로 하십시오. 여기에 혼약서가 있습니다."

하면서 혼약서를 올렸다. 이아내가 받아보니 위에 '서른네 살, 십일월 이십칠 일 자시생'이라고 쓰여 있었다. 이를 보고,

"두세 살 많구먼."

하니 이 말을 듣고 설씨가 재빨리,

"네. 자고로 부인이 나이가 두 살이 많으면 황금이 불어나고, 세 살이 많으면 황금이 산을 이룬다고 하잖아요. 이 부인은 모든 것이 출중하고 또 성격이 따스하고 부드러우며 제자백가에 능통함은 물론이고 또 집안의 일도 아주 잘하시니 더는 말할 필요가 없어요."

하고 말참견을 했다. 이에 이아내도,

"그렇다면 더욱 좋지. 이미 보았으니 다시 궁합을 안 봐도 되겠지. 음양가한테 좋은 날을 택하게 해 예를 차려 예물을 보내면 되겠지."

"그럼 저희들은 언제 다시 올까요?"

"일은 너무 질질 끌어도 좋지 않으니 내일 와서 말을 듣고 바로 그 집에 가서 전해주구려."

그러면서 좌우에게,

"은자 한 냥씩을 수고비로 주거라."

하고 분부했다. 이에 둘은 기쁜 마음으로 돈을 받고 문을 나섰다.

이아내도 혼사가 이루어진 것을 보고 좋아 어찌할 줄을 모르고 바로 하인을 시켜 하불위를 불러오게 해 상의했다. 그런 뒤에 부친인 이지현에게 말씀을 드리고 또 음양사를 불러 사월 초팔일에 예물을 보내고, 보름날 좋은 시각을 택해 부인을 맞이해 오기로 했다. 그래서 바로 은자를 달아 하불위와 소장에게 주어 차와 홍주 등의 예물을 준비케 하였다. 이 얘기는 이쯤에서 접어두자.

두 중매인은 다음 날 와서 날짜를 알아보고 바로 서문경의 집으로 가서 월랑과 맹옥루에게 알려주었다. 실로, 혼인의 연분이란 전생에 정해진 것으로 일찍이 푸른 밭에 옥을 심어놓는 것이라네.

사월 초여드렛 날, 현청에서는 중매인 둘과 이랑 하불위를 딸려 열여섯 접시의 떡, 과자와 차, 금실의 쪽머리 하나, 금으로 만든 머리 장식 하나, 마노[馬瑙]로 만든 허리띠 하나, 일곱 가지 패옥을 꾸려 만든 노리개 하나, 금은 팔찌류와 붉은 비단 저고리 두 벌, 화장할 때 입는 옷 네 벌, 결혼 예납금 서른 냥, 기타 명주와 베 등을 넣어 거의 스무 상자나 보내왔다. 서문경 집에서는 그들이 도착하니 차를 내와 대접했다.

보름날 현청에서는 손 빠른 일꾼들을 대거 서문경 집으로 보내 맹옥루가 쓰던 침대, 화장대와 휘장, 장롱 등을 옮겨갔다. 월랑은 지켜보며 맹옥루의 방 안에 있는 물건은 모두 다 가져가게 했다. 원래 서문경이 살아 있을 적에 팔보채칠[八寶彩漆]을 입힌 침대는 큰딸이 시집갈 때 준 것이다. 그래서 월랑은 반금련의 방에 있던 자개를 박은 침대를 대신 가져가게 내주었다. 옥루는 하녀 중 난향[蘭香]만을 데리고 가고 소란[小鸞]은 남아서 아기를 돌보라고 하였으나 월랑은 그럴 필요가 없다며,

"자네가 부리던 하녀를 내가 어찌 남겨놓으라고 할 수 있겠어? 아이한테는 중추아, 수춘 그리고 유모가 있으니 충분해요."

하니, 이에 옥루는 은회회호[銀回回壺](아라비아 국가에서 은으로 만든 차 주전자) 한 쌍을 남겨 효가가 가지고 놀면서 기념으로 삼도록 하고 나머지는 모두 가지고 가게 했다. 저녁이 되자 네 사람이 메는 큰 가마에 홍사초롱 네 쌍을 드리우고 수행원 여덟이 와서 옥루를 모셔가려고 했다. 맹옥루는 금으로 장식한 관에 머리 가득 보석으로 치장을 하고, 붉은 비단 저고리를 입고 허리에는 금을 박은 마노 허리띠를 두르고 노리개를 달았으며, 아래에는 엷은 감빛의 화려한 치마를 입고 먼저 서문경의 위패 앞에 이르러 절을 올리고 다음에 월랑에게 절을 올렸다. 월랑이,

"동생, 너무하구려! 자네마저 이렇게 훌쩍 떠나버린다면 혼자 남은 나는 누구를 벗해 살아간단 말이에요?"

하며 둘은 서로 손을 부여잡고 한차례 눈물을 흘렸다. 그런 다음에

대문을 나서니 집안의 남녀노소 모두가 문 앞까지 나와 맹옥루를 배웅해주었다. 중매인들이 맹옥루의 얼굴에 붉은 비단 천을 드리우고 금보병[金寶甁]을 안겨주었다. 월랑은 수절을 하는 과부의 몸인지라 문밖으로 나오지 못하고 옥루의 올케를 불러 이아내의 집까지 바래다주게 했다. 큰올케는 화려하고 붉은 저고리에 남색 치마를 입고 주옥과 비취로 장식한 머리 장식을 쓰고 큰 가마에 앉아 지현의 아문까지 맹옥루를 바래다주었다.

거리의 모든 사람들이 이것을 보고,

"서문대인의 셋째 부인이 지현 나리의 아들인 이아내 상공한테 시집가는 것으로, 오늘이 길일이라 맞이해 집안으로 들인다더군."

하면서 잘됐다고 말하는 사람도 있고 흉을 보는 사람도 있었다. 잘됐다고 말하는 사람은,

"당초에 서문경이란 사람은 어떠한 위인이었소? 서문경이 죽고 나자 오로지 큰부인 한 사람만 수절을 하고 있는데 큰부인한테는 애도 있잖아요. 그렇지만 큰부인이 어떻게 그 많은 사람들을 먹여 살릴 수 있겠어요. 그래서 각자 제 갈 길을 찾아가도록 한 것으로 참으로 잘하시는 거예요."

했으나 흉을 보는 사람들은 손가락질을 하면서,

"서문경의 셋째 마누라가 오늘 시집을 간대요. 당초에 그놈이 살아 있을 적에 하늘의 뜻을 어기고 재물을 탐내고 계집질만 하고 남의 집 마누라를 속여 간통을 했잖아요. 서문경이 죽고 나자 첩년들은 물건을 가지고 시집갈 년은 시집을 가고, 물건을 훔쳐 도망갈 년은 도망을 가고, 사내를 유혹할 년은 유혹을 하고, 도적질을 할 년은 도적질을 하고 있잖아. 마치 꿩의 털이 다 뽑혀 없어지듯 홀랑 없어지고

말잖아요. 속담에도 '삼십 년도 인과응보는 멀다'고 하더니만 바로 눈앞에 인과응보가 있잖아."

이렇게 거리의 사람들은 오가며 다 한마디씩 내뱉었다.

맹씨의 큰올케는 맹옥루를 현청으로 바래다주고 침상과 휘장 등 생활용품들이 제자리에 놓여지는 것을 보고 잠시 앉아 술을 한 잔 마시고 집으로 돌아왔다. 이아내는 설씨와 도노파를 앞으로 가까이 불러 각 사람에게 은자 닷 냥씩을 수고비로 주어 돌려보냈다.

그날 밤 둘은 부부가 되어 물고기가 물을 만나듯 새가 저 높은 하늘로 마음껏 날아가듯 기쁨과 즐거움을 마음껏 누렸다. 다음 날 월랑은 차와 음식을 축하 선물로 보냈고, 양고모는 이미 돌아가셨기에 맹이구의 부인, 큰올케, 둘째 올케 등이 모두 현청으로 차를 보냈다. 현청에서도 회신하기를 여러 친척들 중 여자 손님들은 사흗날에 초청해 연회를 베풀겠다고 했다. 그때 악사들과 기녀들도 모두 부르고 또 연극배우들도 불러 연극과 잡기 구경도 한다는 것이었다.

오월랑은 그날 진주와 보석 등으로 머리를 장식하고 붉은 긴 옷을 입고 백화[百花]무늬 치마에 금띠를 두르고 큰 가마를 타고 현청에서 사흘 동안 열리는 연회에 참가해 먼저 안채로 들어가 술을 마셨다. 지현의 부인이 나와서 자리를 함께해주었다.

이렇게 화려하고 시끌벅적한 연회에서 잘 놀다 월랑이 집으로 돌아와 후원으로 들어가 보니 조용하고 휑한 게 맞이해주는 사람도 없었다. 이에 자기도 모르게 서문경이 살아 있을 적에 자매들이 서로 시끌벅적하며 떠들어대고, 또 누구의 집에 손님으로 초대를 받아 갔다 오면 잘 다녀왔냐며 서로 얘기를 나누고 걸상 하나가 부족해 다 앉지 못해 서로 밀치던 풍경이 눈앞에 어른거렸다. 그런데 지금은 누구 하나 없으니… 서문경의 영전 앞에 엎드리니 자기도 모르게 마음이 울적하고 비통해 대성통곡을 했다. 이렇게 한차례 울고 있는데 소옥이 곁에서 참으라 만류해 겨우 우는 것을 멈추었다.

참으로, 평생의 심사 알아주는 이 없고, 단지 창에 걸린 밝은 달만이 알아주는 신세였으니.

오월랑이 우울해한 얘기는 더는 하지 않겠다.

한편 이아내와 맹옥루 둘은 여인은 어여쁘고 남자는 재주가 있는 사람인지라 마치 물고기가 물을 만난 듯 즐거워했다. 정말로 기름병의 뚜껑이 꼭 닫혀 떨어지지 않듯이 매일같이 한 쌍의 제비처럼 신혼의 재미를 즐기며 방 안에만 있고 잠시도 떨어지지 않았다. 이아내는 옥루의 모습을 아무리 봐도 부족하고 보면 볼수록 더욱 귀여웠다. 뿐만 아니라 데리고 온 하녀 중 난향은 열여덟 살로 악기도 잘 타고 노래도 잘 불렀으며, 다른 하나는 소란이라는 아이로 제법 예쁘장했다. 그러노라니 기쁨이란 이루 다 말로 할 수 없을 정도였다.

시가 있어 이를 증명하나니,

여인의 용모와 낭군의 재주가 자랑스럽네
하늘에서 만들어준 혼인이니 마땅히 그래야지.
열두 봉우리 무산에서 구름과 비 만나니
두 사람 사랑 원컨대 백년해로하기를.
堪誇女貌與郎才 天合姻緣禮所該
十二巫山雲雨會 兩情願保百年偕

원래 이아내의 방에는 먼저 부인이 데리고 온 서른 살쯤 된 하녀가 있었다. 이름이 옥잠아[玉簪兒]로 화장을 짙게 하고 괴이한 행동을 하며 다녔다. 머리는 감아 올려 손수건으로 동여맸고 주위에는 머리장식을 꽂고 쪽머리를 뒤집어쓰고 두리로 만든 비녀를 꽂고, 마른 꽃가지를 붙이고 다녔다. 귀에는 참외 모양의 귀걸이를 달고 앞가슴이 드러나고 속이 보이는 내의에, 푸르면서도 붉은 저고리와 치마를 입고 방탕하면서도 점잖지 못한 차림을 하고 다녔다. 사람들 앞에 서면 쥐가 마치 연꽃을 뒤집는 모습과도 같았다. 배 모양의 구멍이 네 개가 뚫려 있는 융으로 된 신발을 신고 있었는데 길이가 약 두 치쯤 됐다. 얼굴에는 분을 너무 처발라서 한쪽은 하얗고, 한쪽은 붉은 것이 시퍼런 호박과도 같았다. 사람들 앞에서는 갖은 아양과 교태를 부렸고 공연히 있는 체를 했다. 이아내가 옥루를 맞이하기 전에는 옥잠아가 이아내에게 매일 밥과 국 등을 날라다 주며 시중을 들어주었다. 옥잠아는 없는 말을 하기도 하고 억지로 미소를 지으며 나름대로 최선을 다하려고 했다. 그런데 이아내가 옥루를 맞이해 들이고 난 다음부터는 이아내가 하루 종일 맹옥루와 침대 위에서 지내며 전혀 떨어지지를 않고 옥잠아를 전혀 거들떠보지 않았다. 이에 옥잠아는 성질이 나고 부아가 끓었다.

하루는 이아내가 서재에서 책을 보고 있을 때, 옥잠아가 부엌에서 과일 차를 잘 끓여 두 손으로 받쳐들고 왔다. 서재에 이르러 살포시 미소를 지으며 발을 걷어 올리고 이아내에게 건네주었다. 그러나 이아내는 한참 동안 책을 보다가 책상에 엎드려 잠이 들어 있었다. 이를 보고 옥잠아가,

"나리, 누가 저처럼 나리를 아껴서 이처럼 좋은 차를 끓여 대령을

하겠어요? 당신의 그 새로 맞은 마님은 아직도 이불 속에서 쿨쿨 자고 있어요. 그러니 어찌 하녀들을 시켜 나리께 차를 가져다 드리라고 할 수가 있겠어요?"

했으나 이아내는 졸기만 할 뿐 그 앞에 다가서 불러봐도 대답이 없었다. 이에 옥잠아는,

"이 거지발싸개 같은 양반이, 밤새 그 짓만 하더니 벌건 대낮에 이렇게 졸고 있군요! 어서 일어나 차나 드세요!"

하며 자는 이아내를 흔들어 깨웠다. 깨어보니 옥잠아인지라 버럭 욕하기를,

"이 빌어먹다 뒈질 년이! 차를 내려놓고 썩 꺼지지 못해!"

하니, 이에 옥잠아는 얼굴이 붉어지고 화를 내며 차를 탁자 위에 올려놓았다. 그러면서 밖으로 나오며 종알대기를,

"남의 마음도 몰라주면서! 내가 큰맘 먹고 이른 아침에 좋은 차를 한 잔 끓여 갖다 주었더니 남의 마음도 몰라주고 도리어 욕을 하다니! 속담에 '못생긴 자는 집안의 보배이고, 잘난 자는 시끄러움만 가져온다'고 하잖아. 내가 못생겼다면 당초에 자기 눈이 멀어서 나를 건드렸나? 아니면 내 그곳이 잘나서 그랬나?"

하니 이아내는 이 말을 듣고 밖으로 나와 옥잠아를 냅다 걷어찼다. 옥잠아는 화가 나 얼굴이 뾰로통하게 부어올라서는 얼굴도 매만지지 않고 또 밥도 짓지 않았다. 맹옥루를 보아도 마님이라고 부르지 않고 '너' '나'로 부르고 아무도 없을 적에는 맹옥루의 침대에 드러눕기도 했으나 옥루는 아는 체하지 않았다. 그러자 옥잠아는 등뒤에서 또 난향과 소란을 붙잡고 내리누르려고 하면서 말하기를,

"너희들은 나를 언니라고 부르지 말고 아주머니라고 불러야 돼.

나와 네 마님은 거의 비슷한 위치니까 말이야!"

　그러면서 다시,

　"그런데 뒤에서만 그렇게 부르고 영감이 계실 때에는 그렇게 부르
면 안 돼. 그리고 날마다 내가 시키는 대로 일을 열심히 해야 해. 만약
조금이라도 내 말을 듣지 않는다면 이 마님께서 부삽으로 때려줄 테
야!"

하고 을러댔다. 후에도 이아내가 몇 차례 옥잠아를 아는 체하지 않
자, 더욱 게으름을 피우기 시작했다. 해가 중천에 뜰 때까지 자면서
일어나지 않고, 밥도 짓지 않고, 청소도 하지 않았다. 이에 옥루는 난
향과 소란에게,

　"옥잠아를 믿지 말고, 너희가 부엌에 가서 밥을 지어 나리께 드
시게 하거라."

하고 분부했다. 그러나 이에 옥잠아는 더욱 분을 참지 못하고 그릇
등을 집어던져 깨버리고 부엌으로 가서는 소란을 때리고 난향을 욕
하면서,

　"요 조그만 싸가지 없는 계집들아! 연자방아를 찧는 데도 다 선후
가 있는 법이야! 네 마님이 먼저 왔냐, 아니면 내가 먼저 왔냐? 모든
것을 네 마님과 너희가 다 차지하고 이런 잡일도 나한테 맡기려고 하
지 않다니! 당초에 돌아가신 마님께서는 실수로라도 나를 옥잠아라
고 부른 적이 없었어. 그런데 이 집에 들어온 지 도대체 며칠이나 됐
다고 내 이름을 함부로 부르고 있어. 내가 뭐 자기가 부리는 하인인
줄 아는 모양이지! 자기가 오기 전에는 나리와 함께 잠자리를 하고
베개도 같이 베고 잤어. 그렇지만 어느 하루도 아침 먹을 때까지 퍼
질러 자지는 않았어! 설탕에 꿀을 탄 듯 꿀에 참기름을 탄 듯 그렇게

친밀하게 지내왔어. 집안의 일 중에서 내 손을 거치지 않은 게 있는 줄 알아? 모두가 내 손을 거쳐 나갔어. 그런데 네 마님이 들어오고 난 다음부터 나의 꿀단지도 깨져버렸고 또 나와의 그 좋던 연분도 다 끊어져버렸단 말이야! 그래서 나는 바깥방으로 쫓겨나 걸상 위에 널빤지를 깔고 선잠을 자는 신세가 됐어. 더욱더 서운한 건 이제는 두 번 다시 나리의 그 연장 맛이 어떠한지 볼 수 없게 됐단 말이야! 나의 이 답답한 심정을 어디 가서 하소연하란 말이야! 자기가 애초에 서문경 집에 있을 적에 셋째 마누라 노릇을 하고 또 어렸을 때 옥루라고 불렸다는 것을 내가 모르는 줄 아는 모양이지? 이 집에 온 이상 서로를 알아주고 사이좋게 지내야 되잖아! 그런데 공연히 목에다 힘을 주고 장씨, 이씨 하고 불러대며 이래라저래라 해도 되는 거야?"

하고 떠들어댔다. 옥잠아가 하는 말을 옥루는 방 안에서 하나도 빠짐없이 다 듣고 기가 막혀 눈앞이 어찔하고 손발이 바들바들 떨렸으나 이아내에게는 한마디 말도 하지 않았다.

무더운 날씨였다. 일이 생기려고 그랬는지 밤에 이아내는 옥잠아에게 불을 뜨겁게 데우게 하고 욕조를 방 안으로 가져오라고 했다. 그렇게 하고 방에서 옥루와 함께 목욕을 하려는 것이었다. 이를 보고 옥루가,

"난향더러 불을 데워오라 하고 옥잠아한테는 시키지 마세요."

했다. 그러나 이아내는 옥루의 말을 듣지 않았다.

"나는 꼭 옥잠아를 시켜야겠어, 이년의 버릇을 고쳐줄 테야!"

옥잠아는 이아내가 자기를 시켜 물을 데우게 하고 욕조를 방 안에 가져다놓고 향을 뿌린 욕조 안에서 물고기가 물을 만난 듯한 기쁨을 맛보고, 새가 하늘로 날아가는 듯한 즐거움을 누린다고 생각

하니 마음속으로 이루 말할 수 없이 심술이 났다. 그래 욕조를 방 안에 냅다 던져놓고 부엌으로 와 큰 솥에 물을 가득 부어 펄펄 끓이면서 중얼대기를,

"이런 음탕한 계집은 보다보다 처음이야. 까다롭고 괴팍해서 나를 들볶아 죽이려고 한단 말이야! 기껏해야 다 그 구멍인데 사흘을 씻지 않는다고 무슨 일이 나나! 내가 나리와 잠자리를 할 적에는 한 달이 지나도 물 몇 방울밖에 쓰지 않았어도 그 무엇보다 귀중한 것을 더럽히지는 않았잖아! 그런데 이 음탕한 계집은 두세 차례씩 씻으며 나를 못살게 들들 볶는단 말이야!"

이렇게 큰소리로 욕을 해대니 그 소리가 방 안까지 들려왔다. 그러나 옥루는 듣고도 전혀 말을 하지 않았다. 하지만 이아내는 이 말을 듣고 화가 머리끝까지 나서 목욕할 생각도 잊고 알몸으로 신을 신고 침상 머리맡에서 지팡이를 집어들고 밖으로 나가려고 했다. 그러자 옥루가 막아서며,

"제멋대로 욕하게 내버려두세요. 당신이 그렇게 화가 나서 나갔다가 공연히 감기라도 걸리면 어쩌려고 그러세요? 화낼 가치나 있나요!"

하고 말을 했다. 그러나 이아내는 이미 화가 머리끝까지 난지라 잡아말릴 수가 없었다.

"당신은 상관 말고 비켜! 이 종년이 너무 무례하단 말야!"

그러고는 앞으로 달려나가 한 손으로 옥잠아의 머리채를 낚아채서는 냅다 땅으로 던져버리고 지팡이를 들고는 비가 쏟아지듯 마구 후려갈겼다. 옥루가 급히 나가 곁에서 만류했을 땐 이미 이삼십여 대를 후려친 다음이었다. 얻어맞은 옥잠아는 다급해져 땅바닥에 꿇어

앉으며,

"나리, 그만 때려요. 제가 나리께 드릴 말씀이 있어요."

하고 악을 썼다. 이에 이아내는 욕을 하며,

"그래 이 종년아, 할말이 있으면 해보거라!"

하니, 이에 옥잠아는 「언덕 위의 양[山坡羊]」으로 하소연을 하는데,

나리께 여쭙노니, 제발 진정하시고

제 말을 자세히 들어보세요.

당초에 나리께서는 은자 여덟 냥에 저를 사와

집안의 살림을 돌보게 하시니

기름, 소금, 간장, 식초 등을 모두 관장하고

나리께서 잡수신 밥과 차도

모든 것을 제가 손수 해 올렸지요.

마님이 돌아가시자

나리께서 저를 임시 부인으로 대해주셔서

우리 둘은 같은 침상 위에서 얼마나 재미있게 놀았던가요.

저는 집안의 여러 일들을 더욱 열심히 하였지요.

누가 당신이 부인을 맞이하지 않겠다고 한 것이

거짓인 줄을 알았겠습니까.

누가 이렇게 새로운 여인을 데려올 줄을…

일전에 우리가 나눈 정과 재미있게 놀던 것은

조금도 남아 있지 않군요.

나리를 불러보나

당신은 마음이 너무 독하군요.

이제는 나리 집에 더는 있지 않고
다른 남자 찾아 시집이나 가고 싶습니다.
告爹行停嗔息怒 你細細兒聽奴分訴
當初你將八兩銀子財禮錢
娶我當家理紀管着些油鹽醬醋
你吃下飯吃茶 只在我手裡抹布
沒了俺娘你也把我陞爲個署府
咱兩個同鋪同床何等的頑耍
奴按家伏業纏把這活兒來做
誰承望你哄我 說不娶了
今日又起這個毛心兒里來呵
把往日恩情 弄的半星兒也無
叫了聲爹 你忒心毒
我如今不在你家了
情願嫁上個姐夫

　　이아내는 이 말을 듣고 더욱 화가 나서 더 악랄하게 힘을 주어 지
팡이를 몇 차례 더 후려쳤다. 옥루가 말리면서,
　　"이 사람이 나가겠다고 하니 더는 때리지 마세요. 공연히 당신한
테 화병이라도 생기면 어쩌려고 그러세요."
하니, 이 말을 듣고 이아내는 즉시 하인을 시켜 중매인 도노파를 불
러오게 해서, 옥잠아를 데리고 나가 팔아치우고 은자를 가져오게 하
였다. 정말로, 모기가 부채 끝에 얻어맞고 사람은 입을 잘못 놀려 해
를 당하는 꼴이었다.

시가 있어 이를 알리나니,

사람들은 많은 새가 지저귀는 것을 좋아하지만
오직 까마귀가 우는 것은 어떠할는지.
보는 사람 싫어하고 듣는 사람 침을 뱉으니
사람들 앞에서 입을 많이 놀리는 것이 탈일세.
百禽啼後人皆喜 唯有鴉鳴事若何
見省多嫌聞者唾 只爲人前口嘴多

즐거움이 다하면 슬픔이 오는 것

진경제는 엄주부에서 함정에 빠지고,
오월랑은 관청을 시끄럽게 하다

더위 가고 추위 오고 봄이 다시 가을 되고
석양은 서쪽으로 지고 물은 동쪽으로 흐르네.
비록 부귀가 다 운명이라 하지만
운이 다해 빈궁해도 다 어쩔 수 없는 것이라오.
일은 중요한 고비에 앞으로 나아가야 하고
사람은 뜻을 만나면 뒤돌아봐야 하네.
장군과 말은 지금 어디에 있나
들풀과 한가로운 꽃에 애수도 땅에 가득하네.
暑往寒來春復秋 夕陽西下水東流
雖然富貴皆由命 運去貧窮亦自由
事遇機關須進步 人逢得意早回頭
將軍戰馬今何在 野草閑花滿地愁

이날 이아내는 옥잠아를 한차례 두들겨 패고 바로 도노파를 불러
은자 여덟 냥에 팔아넘기고, 새로 열여덟 살 난 만당아[滿堂兒]라는
하녀를 사서 부엌일을 보게 하였다.

한편 진경제는 서문경의 큰딸이 집으로 침대, 휘장, 경대, 장롱 등을 가지고 들어왔으나 사흘에 한 차례씩 떠들어대고 닷새에 한바탕씩 시끄럽게 굴면서 싸움을 걸더니 후에는 자기의 모친인 장씨에게 장사를 할 테니 밑천을 내놓으라고 요구했다. 그때 그의 삼촌인 장단련이 진경제의 모친인 장씨에게 은자 쉰 냥을 빌려 갔는데 그 돈을 써서 다시 벼슬길에 나가보려고 하는 것이었다. 진경제는 이를 알고 술을 잔뜩 마시고 장단련의 집 앞에 가서 시끄럽게 떠들어댔다. 이에 장단련은 화가 나서 더는 참지 못하고 다른 사람에게 돈을 빌려 일을 보는 데 사용하고 그 은자를 바로 돌려주었다. 모친인 장씨도 화병에 걸려 몸져누웠다가 날이 가도 자리에서 일어나지 못하고 종일 약을 먹고 의원을 불러다가 치료를 했다. 그러면서도 진경제가 장사 밑천을 내놓으라고 들볶자 견디다 못해 은자 이백 냥을 건네주었다. 진경제는 진정[陳定]한테 방 두 개를 정리하고 천 가게를 열게 했다. 그러고는 자기는 매일 육삼랑, 양대랑 같은 친구들과 떼를 지어 다니며 상점 안에서 비파를 타거나 골패, 쌍륙 놀이 등을 하면서 밤이 깊도록 놀고 마시니 본전도 거의 다 까먹는 지경에 이르렀다. 이에 진정이 모친인 장씨에게,

　"도련님은 매일 술만 마시고 놀기만 해요."

했다. 이에 장씨는 진정의 말을 듣고 더는 진경제에게 가게 일을 맡기지 않았다. 이에 진경제는 오히려 진정이 천에 물감을 들인다는 핑계를 대고 가게 돈을 뒤로 몰래 빼돌린다고 억지를 부려서는 진정 내외를 밖으로 쫓아내고 양대랑을 가게 지배인으로 앉혔다. 이 양대랑의 이름은 양선언[楊先彦]이고 별명은 쇠발톱으로 아무것도 하지 않고 사기나 치고 공짜로 얻어먹기만 하다가 남의 장사 밑천을 등쳐먹

기가 특기인 자였다. 양대랑의 조상은 몰주[沒州] 탈공현[脫空縣] 괴대촌[拐帶村] 무저향[無底鄉] 사람이었다. 양대랑의 부친은 양불래[楊不來]이고 모친은 백씨[白氏]였으며, 아우는 양이풍[楊二風]이고, 스승은 공동산[崆峒山] 타불동[拖不洞] 화룡암[火龍庵]에 살고 있는 정광도인[精光道人]인데 스승한테서 거짓말하는 것을 배웠다. 양대랑의 부인은 전혀 놀라움을 타지 않는 아가씨라고 소문이 났는데 되레 남의 허풍에 놀라서 죽었다. 양대랑이 다른 사람과 약속을 하는 것은 마치 그림자를 잡고 바람을 덮치는 격이고, 사람을 속여 남의 재산을 빼앗는 것은 마치 자기 주머니에서 물건을 취하듯 손쉬운 것이었다.

진경제는 이러한 양대랑을 믿고 자기 모친한테 돈을 더 내놓으라고 졸라 삼백 냥을 더 보태 총 은자 오백 냥을 만들어 양대랑에게 주어 임청으로 포목 장사를 가게 했다. 이에 양대랑은 집에 돌아가 여행 짐을 정리하고 주머니에 은 부스러기를 약간 넣고 검은 활을 하나 메고 말을 타고 진경제를 따라 임청으로 출발했다. 가는 길에 살 물건이 무엇이 좋을지 유심히 살펴봤다. 삼 리쯤 지나니 탈공현이 나오고, 오 리쯤 가니 괴대촌으로 하루를 더 가 겨우 임청에 도착했다. 이 임청이라는 항구는 원래 번화한 큰 도시로 장사꾼과 배들이 모여들었고 수레와 마차가 서로 부딪치는 번잡한 도시였다.

기생집이 서른두 개에 술집이 일흔두 개였다. 진경제는 아직은 어린 풋내기인지라 쇠발톱 양대랑에 이끌려 기녀 집에도 술집에도 다녔는데, 낮에는 잠을 자고 밤에는 날이 새도록 쏘다녔다. 그러고 다니다 보니 물건은 별로 사지 못했다. 그러던 중 어느 기생집에 가보니 풍금보[馮金寶]라는 예쁘장한 기생이 있었는데 귀엽기도 하고 또

여러 가지 재간이 뛰어났다. 그래서 진경제가 묻기를,

"몇 살이지?"

하자, 포주 할멈이,

"얘는 내 친딸로 단지 쟤 혼자 돈을 벌고 있는데 올해 나이 겨우 열여덟이라오."

했다. 진경제는 풍금보를 한번 보자 마음이 흔들리고 눈이 어지러울 정도로 끌려서 포주 할멈에게 은자 닷 냥을 방 값으로 주고 풍금보와 함께 며칠을 붙어 지냈다. 양대랑은 진경제가 이 기생을 좋아하며 차마 떠나지 못하는 것을 보고 옆에서 좋은 말로 부추겨 풍금보를 사서 데려가자고 했다. 포주 할멈은 은자 백쉰 냥을 요구했으나 흥정 끝에 은자 백 냥을 주고 가마에 태워 데리고 왔다. 양대랑과 진경제는 화물을 수레에 싣고 달리는 말에 채찍을 휘둘러 재촉해 돌아오며 매우 흡족해했다.

연자루[燕子樓]* 기녀에게 정을 주고
큰길을 빈손으로 돌아온다.
수레에 미녀를 싣고 와
절친한 벗으로 삼고자 하네.
多情燕子樓 馬道空回首
載得武陵春 陪作鸞凰友

진경제의 모친 장씨는 아들이 물건은 제대로 사오지 않고 밑천을

---

* 지금의 강소성 서주시[徐州市]에 있는 누각[樓閣]. 당[唐]의 상서[尙書] 장봉건[張封建]이 애첩 관반반[關盼盼]을 위해 지은 것

다 털어 기생 한 명을 사가지고 집으로 돌아오자 화병이 더 심해져 결국은 오호 애달프구나, 숨을 거두고 세상을 뜨고 말았다! 진경제는 마지못해 관을 사 염을 하고 이레 동안 경을 읽고 일주일 만에 바로 발인을 해 조상의 선영에 합장했다. 삼촌인 장단련은 그의 누이의 얼굴을 봐서 더는 진경제와 말다툼을 하지 않았다.

경제는 묘소에서 돌아와 모친이 쓰던 방 세 칸 중에서 중간 칸에는 모친의 위패를 모시고 양편은 정리해서 풍금보에게 주고 서문경의 큰딸은 큰방에 딸려 있는 곁방에서 머물게 했다. 또 풍금보에게는 하녀 중희아[重喜兒]를 사주어 시중을 들게 했다.

문 앞 가게는 양대랑에게 맡기고 자기는 집에서 고기와 술을 사서 풍금보와 진탕 마시고 놀았다. 매일 풍금보와 잠을 자며 서문 큰아씨는 버려두고 거들떠보지도 않았다.

그러던 어느 날 맹옥루가 이지현의 아들 이아내에게 많은 물건을 가지고 시집갔다는 걸 전해 들었다. 그런데 삼 년 임기가 다 되어 이지현이 승진해 절강의 엄주부[嚴州府] 통판[通判]으로 새로 부임하여 배를 타고 임지로 간다는 것이었다. 이에 진경제는 옛날에 화원에서 맹옥루의 비녀를 주워 술에 취해 가지고 있다가 금련에게 발각이 되어 한차례 홍역을 치르고 금련이 자기에게 돌려주어 지금까지 간직하고 있는 것이 생각났다. 그래서 생각하기를,

'이 비녀를 증거로 삼아 엄주부로 가지고 가서 옥루와 일전에 정을 통하고 옥루가 내게 준 거라고 해야지. 그리고 옥루가 이아내에게 시집갈 때 가지고 간 많은 금은 재물들은 모두가 예전에 양전이 맡겨둔 것들이니 마땅히 관청에서 몰수할 물건들이라고 해야지. 그 이통판은 일개 문관에 불과하니 이 말을 듣고 질겁하겠지. 이 말을 듣고

겁이 나서 자식인 이아내한테 두 손으로 여편네를 나한테 바치도록 시킬 게야. 그럼 나는 당장 집으로 데리고 와서 풍금보와 한 쌍을 이루어 마음껏 데리고 놀아야지. 그렇게만 된다면 얼마나 좋을까!'

　　달 속에서 옥토끼를 잡고
　　해 속에서 금 까마귀를 잡으려 하네.
　　計就月中擒玉兔
　　謀成日裡捉金烏

　　사실 진경제는 이런 것을 생각으로만 하고, 엄주부에는 가지 말았어야 했는데, 가고야 말았으니 바로,

　　정신을 잃은 사람이 오도장군을 만나고
　　굶주린 귀신이 종규를 만난다네.
　　失曉人家逢五道
　　溟冷餓鬼撞鍾馗

　　시가 있어 이를 증명하나니,

　　엄주로 가서 미인을 찾으니
　　사람의 마음은 헤아리기 힘들어라.
　　부잣집은 바다와 같이 깊은데
　　이에 소랑은 구덩이에 빠지는구나.
　　趨到嚴州訪玉人 人心難忖似石沉

侯門一旦深如海 從此蕭郎落陷坑

진경제는 모친의 상자를 정리하다가 은자 일천 냥을 찾아냈다. 그 중 일백 냥을 풍금보에게 주어 집안 살림에 쓰게 했다. 또 쫓아냈던 진정을 다시 불러와 집을 보게 하고 또 집 앞 가게에서 자질구레한 천들도 팔게 했다. 그러고는 양대랑과 집안의 일꾼 진안[陳安]을 데 리고 구백 냥을 몸에 지니고 팔월 한가위 날에 출발해 호주[湖州]로 가서 배의 반이 차도록 생사, 명주, 비단 등을 산 다음에 청강포[淸江 浦]의 강어귀 나루에 이르러 배를 정박시켰다. 그리고 진이[陳二]네 가게에 잠자리를 정하고 밤에 불을 밝히고 진이랑에게 닭을 잡고 술 을 가져오게 해 양대랑과 함께 술을 마셨다. 술을 마시다 양대랑에게 말했다.

"지배인은 잠시 배 위에서 짐을 보면서 진이랑의 가게에서 며칠만 쉬고 있게나. 나는 진안을 데리고 약간의 예물을 가지고 절강 엄주부 로 가서 그곳으로 시집간 누이 좀 보고 돌아오겠네. 길면 닷새, 짧으 면 사흘 내로 일을 보고 돌아오겠네."

"기왕에 가실 것 같으면 안심하고 다녀오세요. 저는 이곳에서 형님 께서 돌아오실 때까지 잘 기다리고 있다가 같이 출발할 테니까요."

진경제가 이렇게 하는 것은 천부당만부당한 것이었으나 진경제는 양대랑에게 신신당부를 하고 진안을 데리고 몸에 은자와 예물을 약 간 지니고 출발했다.

며칠 뒤에 엄주부에 도착해 바로 성안으로 들어가 한 절에 가서 머물렀다. 알아보니 이통판은 부임한 지 거의 한 달이 됐고, 가족들 은 작은 배를 타고 왔는데 겨우 사흘이 됐다는 것이다. 이에 진경제는 지체하지 않고 음식 네 접시에 비단 두 필, 술 두 병을 사서 진안에게 지우고는 자기는 간편한 옷차림에 모자를 쓰고 눈에 힘을 주고 바로 엄주부의 현문 앞에 이르러 문지기에게 절을 하면서 말했다.

"좀 전갈해주시겠습니까? 저는 이통판 어른의 아들인 이아내가 새로 얻은 부인의 친척 되는 사람으로 맹이구[孟二舅]라고 하는데 인사를 드리러 왔습니다."

문지기는 이를 듣고 감히 함부로 대하지 못하고 즉시 안으로 들어가 알렸다. 이아내는 마침 서재에서 책을 보고 있다가 부인의 형제가 찾아왔다는 소식을 듣고 먼저 예물을 받아들인 뒤에 바로 옷을 갖추고,

"안으로 모시거라."

하고 분부했다. 좌우의 하인들이 진경제를 안으로 모셔오니 서로 인사를 나눈 뒤에 자리를 잡고 앉았다. 이아내가 물었다.

"일전에 예식 때는 어째 오지 않았습니까?"

"저는 그때 마침 사천과 광동에서 장사를 하다가 겨우 일 년 만에 돌아오는 길입니다. 그래서 누이가 이곳으로 시집온 것도 모르고 실로 죄송할 따름입니다. 해서 오늘 변변치 않은 선물이나마 가지고 누님을 뵐까 하고 왔습니다."

"아, 그런 줄 모르고 내가 실례를 했군요! 죄송합니다!"

잠시 뒤에 차가 나오자 이아내는 좌우의 하인들에게 선물 목록과 선물을 안으로 가지고 들어가게 하면서,

"마님께 맹이구가 왔다고 전하거라."

하고 분부했다. 맹옥루는 그때 마침 방 안에 앉아 있었는데 하인이 들어와,

"맹이구가 오셨습니다."
하고 전갈을 해주었다. 이에 옥루는,

"일이 년 동안 집에 돌아오지 않았는데 어떤 맹씨 아저씨인가? 설마 둘째인 맹예[孟銳]가 일부러 나를 만나러 온 게 아닐까?"
하고는 하인들이 건네주는 예물과 목록을 받아보니 그 위에 맹예라고 쓰여 있었다. 이를 보고 형제가 온 줄 알고,

"어서 모시세요."
하고는 난향을 시켜 안채를 깨끗이 정리하게 했다. 옥루도 화장을 하고 맹예가 들기를 기다렸다. 먼발치로 이아내가 한 사내를 안내하며 들어오길래 발 사이로 내다보니 놀랍게도 맹예가 아닌 진경제였다. 그래서 옥루는 속으로,

'진사위가 왜 왔을까? 나가서 뭐라고 하는지 들어볼까? 속담에도 '친하든 안 친하든 고향 사람이 제일이고, 좋든 싫든 고향의 물이 가장 맛이 있다'고 하지 않던가. 진사위가 비록 내 형제는 아닐지라도 명목상으로나마 내 사위였던 사람이잖아.'

이렇게 생각을 하고는 옷을 차려 입고 밖으로 나와 인사를 했다. 맹옥루를 보고 진경제는,

"누이께서 시집을 와 이곳에 계신 줄 몰라서 제대로 인사드리지 못했습니다."
라고 몇 마디 말을 하고 있는데 문지기가 안으로 들어와 이아내에게 밖에 손님이 오셨다고 전했다. 이에 이아내는 옥루에게 맹이구를 잘 접대하라고 이르고는 손님을 맞으러 밖으로 나갔다. 옥루는 경제가 절을 올리는 것을 보고 급히 답례하면서,

"서방님, 예의는 그만 차리세요. 그런데 어쩐 일로 여기까지 오셨

어요?"

하고 물으며 자리에 앉기를 권하고는 난향더러 차를 내오라고 일렀다. 차를 마시며 그동안 어떻게 지냈는지 얘기를 나누었다.

"그래 큰아씨는 잘 있어요?"

진경제는 서문경의 집에서 나오면서 장롱들을 빼앗아온 얘기를 들려주고, 옥루도 청명절에 영복사로 성묘하러 갔다가 우연히 춘매를 만나고 또 지전도 태워주었다는 것을 진경제에게 들려주면서 말했다.

"나도 그때 집에 있으면서 큰마님께 몇 차례나 말씀드렸어요. 아씨를 아낀다면 사위도 아껴야 한다고 말이에요. 친사위인데 남을 먹여 살리는 것과 다르다고요. 그런데 큰마님께서는 하인들의 말만 듣고 진서방님을 쫓아내신 거예요. 나중에 서방님께서 상자를 찾아간 건 저는 몰랐어요."

"솔직히 말해 저와 다섯째가 서로 좋아했다는 걸 누가 모르겠어요? 쓸데없이 큰마님이 하인 애들의 말만 듣고 다섯째를 쫓아내 결국 무송의 손에 죽었잖아요! 만약 쫓겨나지 않고 집에 있었다면 그 무송 놈이 제아무리 머리가 일곱 개에 담이 여덟 개가 된다 할지라도 어찌 감히 그 집으로 찾아와 다섯째를 죽일 수 있겠어요? 나의 이 원한은 바다보다도 더 깊어요! 다섯째가 죽어 저승으로 가기는 했지만 나는 절대로 무송을 용서할 수 없어요!"

"서방님, 됐어요. 과거의 일이니 모두 잊도록 하세요! 자고로 원한은 풀어야지 맺어서는 안 된다고 하잖아요."

이렇게 얘기를 나누는 사이에 하녀가 탁자를 깔고 술과 음식을 내왔는데 상다리가 휠 정도로 가득하고 산해진미들이었다. 옥루가 술

을 한 잔 따라 두 손으로 진경제에게 권하면서,

"서방님께서 먼길을 마다않고 일부러 예까지 예물을 가지고 이렇게 오셨으니 우선 이 술 한 잔을 드세요."

하니, 이에 진경제는 술을 받아 인사를 하고는 자기도 술을 한 잔 따라 옥루에게 권하고 자리에 앉았다. 그러면서 진경제는 옥루가 말끝마다 '서방님' 하고 부르는 걸 보고 말은 하지 않았지만 속으로 생각하기를,

'요 음탕한 계집이 어쩌자고 점잖은 체를 할까? 왜 계속 서방님이라고 부르고 있지? 천천히 속마음을 떠봐야겠구나.'

했다. 술도 어느덧 세 차례나 돌고 음식도 다섯 차례나 나오면서 많은 얘기를 주고받으니 분위기는 더욱더 무르익었다. 진경제는 술을 마신 것을 핑계로 횡설수설을 했다. 속담에도 '술을 마셨을 때 사람의 감정이 가장 깊고, 색을 노리는 자의 담이 제일 커진다'고 하지 않았던가! 진경제는 곁에 사람이 없는 것을 보고 우선 몇 마디 던져보기를,

"저는 누님을 생각하기를 목이 마르면 물을 기다리듯, 더위에는 서늘함을 기다리는 것같이 했어요! 우리가 처음에 장인의 집에 있을 때는 한자리에서 바둑도 두고 골패도 하고 서로 무릎을 맞대고 사이좋게 지내지 않았던가요! 그런데 오늘날 이렇게 각자 동서로 갈라질 줄 누가 알았겠어요!"

이 말을 듣고 옥루는 미소를 지으며,

"서방님께서는 말씀을 잘하시네요. 옛말에도 맑은 자는 스스로 맑고, 흐린 것은 스스로 흐리다고 했으니, 자연히 때가 되면 그 본성을 알겠지요."

했다. 이에 진경제는 실실 웃으며 소매 안에서 남녀 한 쌍이 어울려 붙어 있는 그림이 있는 향기로운 차를 꺼내 옥루에게 주면서,

"누님, 만약 제게 정이 있어 불쌍히 여기신다면 이 차를 드세요."

하며 바닥에 무릎을 꿇고 앉았다. 이에 옥루는 당황하여 금세 얼굴에서 귀밑까지 붉게 물들었다. 옥루는 차 봉지를 낚아채 바닥에 집어던지며,

"이게 무슨 짓이에요? 호의를 가지고 술을 대접했더니 나를 희롱하려고 들다니!"

하면서 바로 술상을 거두게 하고는 안으로 들어갔다. 진경제는 옥루가 자기의 사탕발림에 넘어가지 않자 바닥에 내팽개쳐진 향차를 주우며,

"내가 좋은 마음으로 자기를 보러 왔는데 이렇게 딴청을 피우다니! 네가 통판의 아들한테 시집갔다고 감히 나를 우습게 보는 거야! 당초 서문경 집 셋째 마누라로 왔을 적에 나하고 놀아난 적이 있잖아?"

하면서 주둥이를 놀려댔다. 그러면서 소매 안에서 그전에 화원에서 주웠던 꼭지가 금으로 장식된 은비녀를 꺼내 들고는 소리 질렀다.

"이것이 누구 거야? 당신이 나하고 정을 통하지 않았다면 이 비녀가 어떻게 내 수중에 있을 수 있지? 위에 '옥루'라는 이름이 새겨져 있잖아! 그리고 네가 큰마님과 한통속이 되어 챙긴 것, 우리 집에서 그곳에 잠시 맡겨뒀던 금은보화 여덟 상자와 옥띠, 보석 등의 물건들은 실은 양전의 물건으로 모두 관청에서 압수해야 될 물건들이지만, 여하튼 이러한 모든 물건들을 당신이 다 가지고 이아내한테 시집을 갔잖아. 다 알고 있으니 너무 당황해할 것 없어. 내 말이 너무 억지라고 생각하지 말고 정히 그렇지 않으면 관청에 가서 따져보면 돼!"

옥루는 진경제가 말을 하면서 손에 들고 있는 비녀가 자기 머리에 꽂고 다니던 비녀임을 알아봤다.

'저 비녀는 일전에 화원에서 잃어버려 찾다가 못 찾은 것인데 어떻게 진사위의 수중에 있을까? 시끄럽게 떠들어 사람들이 알면 어쩌지.'

이에 옥루는 만면에 웃음을 띠고 진경제의 곁으로 다가가면서 한 손으로 경제를 잡아끌면서,

"서방님두, 제가 잠시 장난친 거예요. 그런데 그렇게 화를 내시다니…."

하면서 좌우에 사람이 없는 것을 보고 살그머니,

"당신이 그런 마음이 있다면 저도 그런 마음이 있어요."

하면서 더는 말을 하지 않고 바로 끌어안고 입을 맞췄다. 이에 진경제는 자기 혀를 마치 뱀이 제비를 삼키려는 듯이 옥루의 입에 밀어넣으며 빨아달라고 했다. 그러면서 말했다.

"당신이 나를 보고 '사랑하는 내 님아' 하고 불러야만 내 당신한테 그런 마음이 있다고 믿지."

"소리 내지 말아요. 다른 사람이 들어요."

이를 듣고 진경제는 나지막한 소리로,

"내가 지금 배에 절반쯤은 물건을 사놓고 청강포에서 기다리고 있어. 당신이 나에게 올 마음이 있다면 저녁에 문지기로 변장하고 몰래 빠져나와 나와 함께 배를 타고 집으로 돌아가 부부가 되는 게 어떻겠소? 이아내는 일개 문관에 불과하니 시비가 생길까 두려워 당신을 쫓아와 잡아가지는 못하겠지?"

"그렇다면 좋아요! 그럼 당신은 오늘 저녁 이 집 담 너머에서 기다리고 계세요. 그러면 제가 금은보화를 싸서 담 밖으로 넘겨줄 테니

당신이 받도록 해요. 그런 다음에 제가 문지기로 변장하고 문밖으로 나가 당신을 따라 배로 가도록 할게요."

여러분, 내 말 좀 들어보소. 정말로,

미인이 마음만 있다면
담이 만 장의 높이라 두려워하랴.
미인이 마음이 없으니
같이 앉아 있어도 천 개의 산이 중간에 놓여 있네.
佳人有意 那怕粉牆高萬丈
紅粉無情 總然共坐隔千山

이때 만약에 옥루가 진경제보다 못한 멍청한 사람에게 시집을 갔다면 진경제는 삽질 한 번으로 묻혀 있는 보물을 캐낼 수도 있었을 것이다. 그러나 지금 옥루가 시집을 온 이아내는 전도가 촉망되고 인물도 빼어나며 나이도 젊어 두 사람의 사랑도 깊은데 옥루가 어찌 진경제의 달콤한 꼬임에 넘어갈 수 있겠는가? 게다가 그전부터 전혀 관계가 없는 사이였던 것이다. 이 애송이가 마침내 운이 다해 속마음을 옥루에게 털어놓고 비밀을 말해주었지만, 도리어 옥루의 올가미에 걸려들게 된 것이다.

꽃과 가지, 잎 아래에 가시가 숨겨져 있으니
사람 마음에 독을 품지 않았다 보증키 어려워라.
花枝葉下猶藏刺
人心難保不懷毒

두 사람은 이렇게 약속하고 진경제는 술을 몇 잔 더 마시고 잠시 뒤에 작별을 고하고 나갔다. 이아내도 급히 나와 진경제를 부문[府門] 밖까지 전송하고 진안도 진경제를 따라 돌아갔다. 이아내가 옥루에게 물어보았다.

"당신의 오라버니는 어디서 머물지? 내일은 내가 선물을 가지고 인사하러 갈까 하는데…."

"무슨 놈의 오라버니예요. 그자는 서문경의 사위예요. 와서 나를 유혹해서는 밖으로 빼내려고 해요. 그래서 제가 그와 약속하기를, 오늘 밤 삼경쯤에 담장 건너에서 기다리라고 했어요. 여차여차했으니 진경제를 도둑으로 몰아 혼을 내주어 후환을 없애버리는 게 어떨까요?"

"그런 발칙한 놈이 있나! 자고로 독하지 않으면 사내대장부가 아니라고, 내가 그를 찾아가지도 않았는데 제놈이 환장해 스스로 죽으려고 찾아오다니!"

그러고는 밖으로 나가 좌우의 하인들 중에서 힘깨나 쓰는 자들한테 미리 이러저러하게 준비를 하라고 분부했다.

진경제는 이런 줄도 모르고 삼경이 되자 하인인 진안을 데리고 부문의 담장 너머로 와서 기침을 해 자기가 왔다는 신호를 했다. 그러자 담장 안에서 옥루의 소리가 들려왔다. 진경제는 십여 개의 보따리를 줄에 매달아 건네 보내니 저편에서 큰 보자기에 은자를 싸서 넘겨왔다. 원래 그 안에는 창고 안에 있던 압수한 은자 이백 냥이 들어 있었다. 진경제는 바로 진안을 시켜 그것을 들게 하고 막 자리를 뜨려는 순간에 갑자기 탁 하는 소리가 들리면서 어둠 속에서 건장한 사내 네댓 명이 뛰어나오면서,

"도둑이야!"

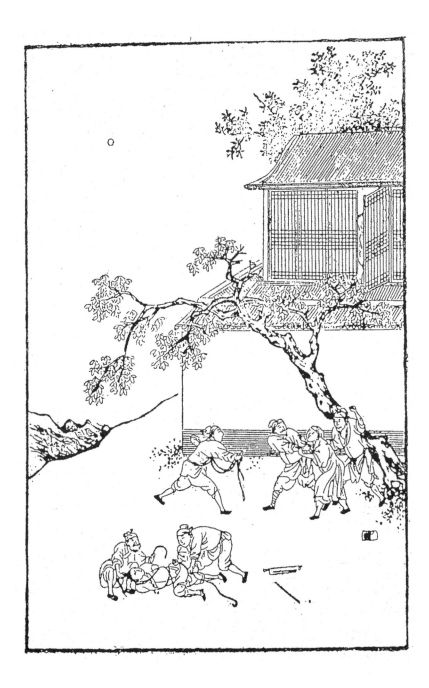

하고 소리를 질렀다. 순식간에 진경제와 진안은 붙잡혀 결박당하고 이 사실을 통판께 보고하니,

"우선 감옥에 처넣어두었다가 내일 심문하도록 하자."

하고 분부한다.

원래 엄주부의 정당[正堂] 지부[知府]는 성이 서[徐]이고, 이름은 서봉[徐對]으로, 섬서[陝西] 임조부[臨洮府] 사람으로 경술년에 진사가 되었고, 극히 청렴하고 강직하며 올바른 사람이었다. 다음 날 관청에 등청해 자리를 잡고 앉으니 좌우 두 줄로 관리들이 나란히 섰다. 이통판도 등청하여 당상에 높이 앉으니 창고지기가 도적맞은 일을 아뢰면서 진경제도 끌고 나와 보고하기를,

"어젯밤 삼경쯤에 그때는 이름을 몰랐으나 지금은 아는 진경제와 진안 두 명이 현청의 창고 문을 부수고 그 안에 몰수해 놓아둔 은자 이백 냥을 훔쳐 담을 넘어 도주하다가 저희들한테 붙잡혀 끌고 와 아뢰는 바입니다."

하자 서지부가 호령하기를,

"끌고 오거라!"

하자 진경제와 진안을 잡아 이끌고 나와 당 아래에 무릎을 꿇렸다. 지부는 진경제가 나이도 어리고 기품이 있어 보이기에 바로 묻기를,

"이놈, 너는 어디 사람이냐? 무슨 까닭으로 우리 아문의 창고를 야밤에 들어와 도적질을 해 창고의 금은보화를 훔쳤느냐? 바른대로 말해보거라."

하니, 진경제는 단지 머리를 조아리며 억울하다고 했다. 서지부가,

"네놈은 도둑질을 하고도 무엇이 억울하다는 게냐?"

하니 이통판이 곁에 있다가 허리를 굽혀 이르기를,

"지부께서는 더는 물을 필요가 없습니다. 눈앞에 명백한 증거품이 있는데 어찌 형벌을 내리지 않으십니까?"

하자 서지부는 바로 좌우의 수하에게 명을 내려 곤장 스무 대를 내려치게 했다. 이통판이,

"사람이란 독한 짐승 같아서 때리지 않으면 들어먹지 않습니다. 그렇지 않으면 이 도적놈은 둘러대고 발뺌을 할 것입니다!"

라고 했다. 이에 양편에 있던 포졸들이 경제와 진안을 엎어놓고 곤장을 내리치기 시작했다. 진경제는 매를 맞으며 욕을 해대기를,

"그 음탕한 계집 맹옥루 년이 나를 이 지경으로 몰아넣었어요. 저는 억울합니다! 저는 정말로 억울합니다!"

하니 서지부는 황당[黃堂](태수가 거처하는 곳을 황당이라 하며 태부[太府]의 이명[異名]임. 여기서는 오랜 경험이 있음을 뜻함) 출신인지라 그가 이렇게 악을 쓰는 것을 보고 필시 무언가 사연이 있으리라 싶어 열 대쯤 때렸을 적에,

"그만 멈추어라! 잠시 옥에 가두었다가 내일 다시 심문하겠다."

하자 이를 듣고 이통판이 말했다.

"그를 지금 족치는 것을 멈춰서는 안 됩니다. 속담에도 '사람의 마음은 철과 같고 관가의 법은 용광로와 같다'고 하잖아요. 오늘 밤에 저놈을 제대로 다루지 않으면 내일 말을 바꿀 것입니다."

"괜찮아요, 내게도 다 생각이 있으니까."

그러면서 포졸들한테 진경제와 진안을 옥에 가두게 했다. 한편 서지부는 마음에 의심스러운 바가 있어 즉시 좌우의 심복을 가까이 불러 이르기를,

"옥에 가서 진경제가 도적이 된 연유를 알아내서 내게 즉시 알리

거라.”

했다. 이에 심복은 범인으로 꾸며 진경제와 함께 하룻밤을 지내며 진경제가 도적이 된 연유를 물어보았다.

“내 보아하니 젊은이는 나이도 어리고 도적질할 사람 같지 않소이다. 그런데 어찌하여 이런 지경에 떨어져 형벌을 받게 되었소이까?”

“한마디로 다 말하기가 힘들어요! 저는 본래 청하현 서문경의 사위이지요. 이통판의 아들이 이번에 새로 얻은 부인 맹씨는 저희 장인의 소실로 예전에 저와 통정을 했지요. 그러다가 최근에 우리 집 어른이었던 양전이 맡긴 금은보화 열 상자를 가지고 여기로 시집을 왔어요. 그래서 제가 그 물건을 돌려달라고 했다가 도리어 맹옥루한테 이렇게 속고 또 나를 도적으로 몰아 이 지경에 이르렀어요. 매를 맞고 도적질을 인정하기는 했지만 하늘을 못 보니 그것이 억울할 따름입니다!”

심복은 이를 듣고 서지부에게 사실대로 알려주니 지부가 말했다.

“그래? 그래서 그 사람이 억울하다며 ‘맹씨’라고 불렀던 게 다 까닭이 있는 거였구나.”

다음 날 등청하니 관리들이 좌우로 열을 지었다. 서지부는 진경제와 진안을 끌고 오게 해 자백을 받은 뒤에 무죄라는 증서를 보이며 석방하게 했다. 이통판은 그 연유를 몰라서 곁에서 재삼 이르기를,

“지부님, 이 도적은 사실과 물증이 모두 있는데 석방을 하셔서는 안 됩니다!”

이에 서지부는 좌우의 많은 관원들이 시립해 있는 가운데 이통판을 준열하게 꾸짖으며 말했다.

“나는 본부의 엄정한 관리로 조정을 대신해 일을 보고 있소. 그런

데 어떻게 관가의 힘을 빌려 당신네 집의 사사로운 원한을 복수하고, 무고하고 선량한 백성을 억울하게 도적으로 만들 수 있단 말이오! 당신의 아들이 저 사람의 장인이었던 서문경의 첩 맹씨를 부인으로 맞이했는데, 맹씨가 시집오면서 가져온 많은 물건들이 다 국가에서 몰수해야 할 금은보화라 하더군요. 저 자는 서문경의 사위로 이곳으로 그 물건들을 찾으러 왔다고 하더군요. 그런데 당신은 어찌하여 없는 일을 꾸며서 진경제를 도적으로 몰아서 나로 하여금 당신네 집을 위해 힘써달라는 거요? 우리들 벼슬하는 사람들도 모두 자식을 키우는데 자식들이 잘 자라기를 원한다면 덕을 잘 쌓아야지요! 그런데 일을 이렇게 처리한다면 공도[公道]라는 것이 어찌 존재할 수 있겠소!"

관리들이 있는 가운데 이렇게 꾸지람을 들은 이통판은 창피하여 온 얼굴이 시뻘겋게 달아올라 고개를 숙이고 기가 죽어 더는 아무 말도 못했다.

진경제와 진안은 바로 석방되었다.

한참 뒤에 서지부가 퇴청하고 이통판도 집으로 돌아왔으나 분이 가라앉지 않았다. 부인이 묻기를,

"나리께서는 늘 퇴청하시면 매우 즐거워하셨는데 오늘은 어째서 그렇게 기분이 언짢으시지요? 무슨 일인지 말씀 좀 해보세요."

하니, 이에 이통판은 냅다 소리를 지르며,

"여자가 뭘 안다고 그래? 자식도 제대로 키우지를 못하고선… 오늘 서지부가 여러 동료 관원들이 있는 가운데 나를 망신을 주었는데 내가 화가 나지 않겠어?"

하자 이 말을 듣고 부인은 깜짝 놀라며,

"무슨 일인데요?"

했으나 이통판은 대답을 하지 않고 바로 이아내를 데려오게 한 다음
에 좌우에게 호령하기를,

"곤장을 가져오거라. 화가 나 죽겠다!"

하면서,

"네가 당초에 이 여자를 부인으로 취해 왔는데 오늘 그 집의 사위
놈이 찾아와서 하는 말이 이 여자가 가져온 많은 금은보화가 사실은
조정의 역적인 양전이 가지고 있던 것으로 응당히 국가에서 몰수해
야 할 것들이라면서 자기는 그것을 찾으러 왔다는 게야. 그러면서 네
가 거짓으로 창고의 물건을 잃어버리고 진경제를 도적으로 몰아 억
울하게 죄를 뒤집어씌웠다고 했어. 나는 그런 사실을 하나도 모르고
있다가 얼떨결에 여러 사람들 앞에서 서지부한테 창피를 당했다. 내
가 이렇게 오랜 관리 생활을 했지만 이런 망신은 난생처음이야. 이
모든 게 다 네놈 때문이다! 내 너같이 불초[不肖]한 놈을 어디다 쓰겠
느냐?"

하고 좌우에 명해 곤장을 내리치라 하니 빗발치듯 곤장이 내려졌다.
가련한 이아내는 얻어맞아 살갗이 터지고 선혈이 낭자하게 흘러내
렸다. 부인은 때리는 것이 심상치 않음을 보고 곁에서 울면서 제발
그만 멈추라고 만류했다. 맹옥루는 안채의 쪽문 안쪽에 서서 눈물을
닦으며 몰래 엿듣고 있었다. 곤장 서른 대를 내리치자 이통판은 다시
분부하기를,

"이놈을 가두어두고 맹옥루를 당장 밖으로 내쫓아버리거라. 어디
든 마음대로 시집가라고 해. 공연히 시비를 불러일으키지 말고! 나
는 명예와 체통이 중요해."

했지만 이아내는 옥루를 어떻게 얻었는데 버릴 수 있겠는가? 그래서

부모 앞에서 통곡하며 애원했다.

"차라리 부모님 앞에서 맞아죽는 한이 있더라도 옥루를 버릴 수는 없습니다!"

이 말을 듣고 이통판은 이아내에게 쇠고랑을 채워 안방에 가두고는 밖으로 내보내지 않고 차라리 그 안에서 죽어버리라고 했다. 부인이 울면서,

"나리, 나리께서는 벼슬도 하셨고 나이도 이제 쉰이 넘었는데 혈육이라고는 이 애 하나뿐이잖아요! 여자 때문에 저 애를 죽게 내버려둔다면 나중에 나이가 들어 관리 생활을 그만둔 다음에 누구에게 의지해 살아가시려고 합니까?"

"그렇지 않아, 저놈이 이곳에 있으면 나까지 망신을 당한단 말이야!"

"그럼 이곳에 있게 하지 마시고, 둘을 고향인 진정부 집으로 보내시면 되잖아요."

이에 통판은 부인의 말에 따라 이아내를 풀어주고 사흘 안으로 떠나라고 하였다. 그리하여 이아내는 수레를 빌려 부인과 함께 조강현[棗强縣] 집으로 돌아가 독서에 정진했다.

한편 진경제와 진안은 엄주부를 떠나 절에서 짐을 찾은 뒤에 곧바로 청강포에 있는 진이네의 주막으로 가서 양대랑을 찾았다. 진이랑이 말하기를,

"사흘 전에 엄주부로 당신을 찾아갔어요. 그런데 돌아와서는 당신이 감옥에 갇혀 옥살이를 한다고 하면서 화물선의 짐을 정리해서는 집으로 돌아갔어요."

하자, 이에 진경제가 믿지 못하고 강가로 나가 보니 과연 배는 보이지 않으니 허탕만 치고는,

"이 벼락 맞아 죽을 놈 같으니라구! 왜 나를 기다리지 않고 가버렸단 말인가?"

하고 욕을 해댔다. 그러나 감옥에서 막 나왔기에 수중에는 돈이 한 푼도 없었다. 그래서 할 수 없이 진안과 함께 남의 배를 빌려 타고 옷을 저당 잡히고 구걸을 해가며 겨우 집으로 돌아왔다. 상갓집의 개인 양 어망에서 벗어난 물고기인 양 처량하고 애처롭기 그지없는 모습이었다. 돌아오는 길로 양대랑을 찾아보았으나 그 종적을 알 수 없었다. 때는 바야흐로 가을의 날씨인지라 바람 불어 나뭇잎들이 우수수 떨어지니 실로 처량하기 한이 없었다. 시가 있어 이러한 가을날 행인의 마음을 잘 표현해주고 있으니,

연꽃잎은 빨리도 지고
오동잎도 떨어지누나.
귀뚜라미가 풀밭에서 울고
기러기가 백사장에 내린다.
이슬비는 푸른 숲을 적시고
서리는 날씨를 더 차게 하누나.
길에 오가는 나그네 아니면
어찌 가을의 맛을 알겠는가.
棲棲芰荷枯 葉葉梧桐墜
蛩鳴腐草中 雁落平沙地
細雨濕青林 霜重寒天氣

不是路行人 怎曉秋滋味

　　며칠이 지나 경제가 집에 도착해보니 진정이 마침 문 앞에 서 있었다. 진정이 진경제가 돌아오는 것을 보니 입은 옷은 남루하고 얼굴은 꾀죄죄한지라 놀라 자빠졌다. 그래서 맞이해 집 안으로 모신 다음에,

　　"짐배는 어디에 있습니까?"

하고 물었다. 경제는 부아가 올라 한참을 말하지 못하다가 엄주부에서 억울하게 옥살이하던 일들을 쭉 다 해줬다. 그러면서,

　　"그래도 천만다행으로 서지부가 나를 풀어줬어. 그렇지 않았다면 목숨도 보존하기 힘들었을 게야! 그런데 벼락이 떨어져 죽을 이 양대랑 자식은 도대체 내 화물을 가지고 어디로 도망을 갔는지 모르겠어."

　　그러면서 진정을 시켜 양대랑 집으로 가서 소식을 알아보게 했다. 양대랑의 집에서는,

　　"아직 집에 돌아오지 않았어요."

라고 대답했다. 그래서 진경제가 친히 가서 물어보았으나 역시 양대랑이 있는 곳을 알아내지 못했다. 속이 끓어올라 안으로 들어가니 마침 홍금보와 서문경의 큰딸이 말싸움을 하고 있었다. 진경제가 길을 떠난 이후로 둘은 계속해서 티격태격했는데 그때까지도 여전했다. 서문경의 큰딸이 풍금보에게 욕하기를,

　　"은자를 빼돌려 포주 어멈한테 건네주고 또 그 집 하인이 밤에 몰래 숨어 들어와 술과 고기를 사다가 집에서 먹곤 해요. 집안 살림에 필요하다고 돈을 좀 달라고 하면 없다고 하면서 잠도 정오 때까지 늘어지게 퍼 자고, 아무것도 사주지 않으면서 우리들만 들볶고 야단이에요!"

하니 이에 질세라 풍금보는 서문 큰아씨에게 욕하면서,

　"하루 종일 아무것도 하지 않으면서 몰래 쌀을 가지고 떡이나 과자와 바꿔 먹어요. 또 삶아 절인 고기를 몰래 훔쳐서는 방 안에서 하녀 원소와 먹어요."

라고 했다.

　진경제는 풍금보의 말을 믿고 서문 큰아씨에게 욕하면서,

　"이 빌어먹다 뒈질 음탕한 계집아! 뱃속에 못 먹다 죽은 귀신이 들어 있느냐? 왜 쌀을 훔쳐서 그런 것과 바꿔 처먹는 거야? 왜 또 하인 계집애와 한통속이 되어 고기를 훔쳐 먹어!"

하면서 원소를 한차례 때리고는 부인을 발로 걷어찼다. 이에 부인은 화가 나서 풍금보에게 다가가 머리로 박고 욕하기를,

　"서방질이나 하는 음탕한 계집아! 네년이 물건을 훔쳐 포주한테 건네준 건 아무것도 아니란 말이냐? 그런데도 사내한테 혓바닥을 놀려 내가 쌀과 고기를 훔쳤다고 하다니! 도적이 포졸을 잡는 꼴이구나! 사내를 시켜 나를 발로 걷어차다니, 내 이 음탕한 년과 누가 옳은지 사생결단을 내야겠어. 이렇게 살아서 뭐해!"

하고 악을 썼다. 이에 진경제가,

　"그래 네년이 사생결단을 내겠다고? 네년은 풍금보 발가락의 때만큼도 가치가 없어!"

했다.

　일은 이렇게 발단이 됐다. 진경제가 한 손으로 서문 큰아씨의 머리채를 낚아채고는 주먹으로 치고 발로 걷어차고 몽둥이를 내리쳤다. 이렇게 얻어맞은 큰아씨는 코와 입으로 피를 흘리고 혼절했다가 한참이 지나서야 겨우 정신을 차렸다. 그러나 진경제는 거들떠보지

도 않고 풍금보의 방으로 건너가 잠을 잤다. 서러움에 복받친 부인은 아랫방에서 흐느끼며 울었다. 원소아는 밖에서 잠을 잤다. 가엾은 부인은 밤중에 대들보에 끈을 묶고 목을 매달아 스스로 죽음을 택했다. 나이는 스물네 살이었다. 다음 날 아침 일찍 원소가 일어나 문을 밀어보았으나 열리지 않았다. 안방에서 진경제와 풍금보는 그때까지 이불 속에 있었다. 그러면서 하녀 중희아를 시켜 큰딸더러 나무 대야에 물을 떠오게 해 발을 씻기라고 불러오게 했지만 아무리 밀어도 큰딸의 방문이 열리지 않았다. 이에 진경제가 욕을 해댔다.

"이 음탕한 년이, 지금까지도 자빠져 자고 있어! 아직까지 일어나지 않고 있다니, 내가 문을 열고 들어가면 네년의 머리칼을 모두 다 뽑아버릴 테다!"

이때 중희아가 창문 틈으로 안을 들여다보고는,

"일어나셨어요. 그런데 방 안에서 그네를 타며 놀고 있어요."

그러면서 다시,

"꼭두각시놀이를 하고 있어요."

했다. 그런데 원소아가 한참을 들여다보고는 질겁하면서,

"나리, 큰일 났어요! 아씨께서 목매어 자살하셨어요!"

하니, 이에 진경제는 크게 당황해 풍금보와 함께 급히 자리에서 일어나 문을 박차고 안으로 들어가 끈을 풀고 호흡을 시켜가며 다시 숨을 돌려보려고 한참 법석을 떨었다. 그러나 어찌 넘어간 숨이 다시 돌아올 수 있겠는가? 언제 죽었는지도 알 수가 없으니, 오호라 슬프고도 슬프구나!

바로, 영혼이 돌아간 곳을 모르겠구나. 뜬구름과 가을 물 속에 있는 것은 아닌지.

진정은 큰딸이 목매어 자살했다는 소식을 듣고 공연히 자기도 연루될까 걱정되어 부랴부랴 서문경의 집으로 가 월랑에게 이 같은 사실을 알렸다. 월랑은 큰딸이 목매어 죽었다는 소식을 듣고 진경제가 기생을 취해 집안으로 데려온 것으로 미루어보아, '얼음이 삼 척 두께로 언 것은 하루아침의 추위로 된 것이 아니다'라는 생각이 들었다. 이에 집안의 하인과 하녀 등 일고여덟 명을 이끌고 진경제의 집으로 건너갔다.

오월랑은 큰딸의 시신이 이미 뻣뻣하게 굳어 있는 것을 보고 목을 놓아 통곡을 했다. 그러면서 진경제를 낚아채 쥐어뜯고 할퀴고 수없이 때렸다. 기생 풍금보는 침상 밑에 숨어 있었는데 풍금보도 잡아 끌어내 죽도록 때려주었다. 그러고도 분이 풀리지 않아 창문과 벽들도 다 산산조각 내고, 방 안의 침상과 휘장, 화장대는 모두 집으로 가지고 가버렸다.

월랑은 집으로 돌아와 오대구와 오이구를 청해 이 일을 어떻게 처리할 것인지 상의했다. 오대구가,

"누이, 누이가 이번에 고소장을 올려 진경제를 혼내주지 않는다면 훗날 진경제가 생활이 어렵게 되면 또다시 와서 금은 재화를 내놓으라고 생떼를 쓸 걸세. 사람에게 멀리 근심 걱정이 없으면 가까운 데 필히 우환이 있다고 하지 않나. 그러니 관청에 고발해 처단하는 것이 후환을 없애는 가장 좋은 방법인 듯싶어."

하니 이에 월랑도,

"오라버니 말씀이 맞아요."

하고는 바로 고소장을 썼다.

다음 날 월랑이 친히 본현의 관청에 가서 고소장을 올렸다. 원래

신임 지현은 성이 곽[霍]이고 이름이 대립[大立]이며, 호광[湖廣] 황강현[黃崗縣] 사람인데 거인[擧人] 출신으로 그 사람됨이 강직했다. 그는 살인 사건에 관한 중대한 사건이란 말을 듣고 바로 등청해 고소장을 접수했다. 고소장에 쓰여 있기를,

소장을 올리는 오씨는 나이가 서른넷으로 이미 고인이 된 천호 서문경의 처입니다.

못된 사위가 청상과부가 된 장모를 업신여기고, 창부의 말을 듣고 내 딸인 자기의 처를 마구 때려 죽게 한 사건을 고소하오니 법으로 엄히 다스려 얼마 남지 않은 목숨의 한을 풀어주시기 바랍니다.

사위 진경제는 관가의 죄에 연루가 되어 처가인 우리 집에 와서 몇 년을 숨어 지냈습니다. 평소에도 술을 먹고 행패를 부리고 또 본분을 지키지 않고 계집질을 자행했습니다. 이에 법을 어길까 두려워 집에서 내쫓았습니다. 그런데 진경제는 원한을 품고 서문경의 큰딸인 자기 부인을 항상 두들겨 팼으나 참고 있었을 따름입니다. 그러던 중에 생각지도 않게 임청현에 있는 기녀 풍금보를 집으로 데리고 와서 본처가 살던 방을 빼앗아 풍금보를 그곳에 머물게 했습니다. 그것도 부족한지 그 기녀의 말만을 믿고 수없이 딸을 때리고 머리채를 낚아채고 발로 차는 등 온몸이 다 멍들고 상처투성이입니다. 딸은 이에 더 참지 못하고 마침내 금년 팔월 스무사흗날 삼경쯤에 스스로 목을 매어 자살했습니다.

진경제가 잔인한 본성을 드러내 또다시 이 과부의 몸을 업신여기고 칼을 들고 우리들까지 죽여버리겠단 말을 하고 있다 하니 더는 용서를 할 수가 없었습니다.

원컨대 진경제를 구속해 관가로 끌고 가 딸이 죽은 원인을 엄히 문초하시어 법에 따라 처벌해주시기를 간절히 바라옵니다. 그래야만 잔인한 자들이 경고를 받게 되고 착하고 선량한 사람들이 편안하게 살 수 있고 또 죽은 사람들도 억울함을 당하지 않게 될 것입니다. 이에 고소장을 올리는 바입니다.

본 현의 하늘처럼 푸른 나리께서 굽어살펴 실행해주시옵소서.

곽지현은 현청에서 이 고소장을 읽어보고 또다시 오월랑을 쳐다보니, 오월랑은 상복을 입고 허리에는 상복 치마를 걸치고 있었는데 오품[五品] 관원의 부인으로 그 용모가 단정하고 몸가짐이 의젓했다. 지현은 몸을 굽히고 자리에서 일어나며,

"오부인 일어나시지요. 내가 보기에 부인께서도 관원의 부인이신 것 같은데 이 고소장에서 쓴 내용을 다 알았습니다. 부인께서는 집으로 돌아가시고 이곳에 계실 필요가 없습니다. 나중에 집안의 하인 하나를 이곳에 남겨두어 일의 처리를 기다리게 하면 됩니다. 곧 체포를 명하는 패[牌]를 내려 진경제를 데려오겠습니다."

하니 이 말을 듣고 월랑은 연신 고맙다고 인사를 했다. 그런 뒤에 밖으로 나와 가마를 타고 집으로 돌아와 내소한테 현청에 나가 분부를 기다리라고 했다.

잠시 뒤에 지현은 고소장을 접수하고 포졸 두 명에게 명해 흰 패를 하나 내주어 진경제와 창부[娼婦] 풍금보와 이웃들과 보갑들을 모두 관아로 데리고 와서 심문을 받게 했다.

이때 진경제는 집 안에서 서문경의 큰딸 장례를 치르느라 정신없이 움직이고 있었다. 그러던 참에 월랑이 고소장을 올려 현에서 관

원을 보내 자기를 체포하러 온다는 소식을 전해 듣고 혼비백산이 되어 정신이 다 나갈 정도였다. 또한 풍금보도 사람들한테 얻어맞아 온몸이 아프고 쑤셔서 침상에 누워 겨우 잠을 자고 있었다. 그런데 갑자기 관아에서 자기를 잡으러 온다는 말을 듣고 너무 놀라서 도무지 어찌할 바를 모르고 오들오들 떨기만 했다. 진경제는 있는 돈을 털어 포졸들에게 술과 밥을 대접하고는 오랏줄 하나에 창부인 풍금보와 함께 묶여 현청으로 끌려갔다. 왼쪽에 사는 범강[范綱], 오른편 집의 손기[孫紀], 보갑 왕관아[王寬兒] 등도 같이 소환되었다. 곽지현은 다 체포해 왔다는 말을 듣고 즉시 등청했다. 내소도 위에 꿇어앉았고 진경제와 풍금보는 모두 계단 아래에 꿇어앉았다. 지현은 고소장을 보고 진경제를 계단 위로 오르게 해,

"네가 진경제냐?"

물으며 또다시,

"풍금보는 누구냐?"

하고 물으니 풍금보가,

"제가 풍금보이옵니다."

했다. 지현이 다시,

"이 발칙한 놈! 네놈은 어찌하여 창부의 말만 듣고 서문아씨를 때려 애꿎게 목매어 자살하게 만들었느냐? 무슨 까닭인지 소상히 아뢰거라!"

하니 경제는 머리를 조아리며 말했다.

"바라옵건대 나리께서 굽어살펴 보시옵소서. 소인이 어찌해 부인을 때려죽게 하겠습니까? 제가 사람을 데리고 밖으로 장사를 하러 나갔다가 다른 놈한테 속아 자본금을 다 날렸습니다. 화가 나서 집으

로 돌아와 부인한테 밥을 달라고 했으나 밥을 해놓지 않았다고 하기에 몇 차례 발로 걷어찼을 뿐입니다. 그랬더니 밤에 스스로 목을 매어 자살한 것입니다."

이 말을 듣고 지현이 버럭 소리를 지르며,

"네놈이 창부를 집으로 데려다놨으면 창부한테 밥하는 것을 시킬 일이지 어째서 정실한테 밥을 달라고 했느냐? 말 같은 소리를 해야지! 오씨 부인이 고소장에서 이르기를, 네놈이 오씨의 딸을 하도 두들겨 패서 더는 참지 못해 스스로 목을 매어 자살했다고 하거늘 네놈이 아직도 이를 인정치 않는단 말이냐?"

"오씨는 저와 원한이 있어 무고하게 소인을 모함한 것입니다. 바라옵건대 나리께서 통찰해주시기 바랍니다!"

이 말을 듣고 지현은 더욱 화가 나서,

"딸이 이미 죽었는데도 아직도 누구한테 죄를 미루려고 하느냐?"
하면서 좌우에게 명하기를,

"끌고 내려가 곤장 스무 대를 내리치거라."
하고 또 풍금보를 끌고 올라오게 해 주리를 한 번 틀고 매를 백여 대 내리쳤다. 그런 뒤에 끌어다 감옥에 처넣으라고 명을 내렸다.

다음 날 전리[典史] 장불식[藏不息]에게 문건을 담당하는 관리와 포졸 등을 데리고 진경제의 집으로 가서 죽은 자의 시신을 검사케 했다. 시신을 검사해보니 몸에는 푸른 멍이 들었고 목에는 끈을 맨 흔적이 있었다. 이러한 것을 보고 그들은,

생전에 진경제에게 얻어맞아 온몸이 성한 곳이 없으며 더는 참지 못하고 스스로 목매어 자살했음.

이라고 시체 부검서를 작성해 돌아와 현청에 보고했다. 이를 보고 지현은 더욱 화가 나서 진경제와 풍금보의 옷을 벗기고 곤장 열 대씩 더 내리치게 했다. 그런 뒤에 진경제에게는 남편으로서 부인을 때려 죽인 자는 교수형[絞首刑]에 처한다는 법을 적용하고, 풍금보는 곤장 백 대를 더 때린 뒤에 관청의 관할 내 유곽에 보내 사역을 하게 했다. 당황한 진경제는 옥중에서 편지를 써 진정에게,

"포목 가게의 본전과 큰아씨의 머리 장식 등을 팔아서 은자 백 냥을 만들어 몰래 지현께 갖다드려라."

하고 부탁했다. 지현은 이러한 돈을 받고 그날 밤 사이에 공술서를 고쳐서 단순한 잡범으로 처리해 오 년의 유배형에 처해 그 죄를 속죄케 했다. 오월랑은 두세 번 현청으로 찾아가 울면서 하소연했으나 지현은 오월랑을 위로 불러 이르기를,

"부인, 부인의 따님 목에 목을 맨 흔적이 너무나 뚜렷한데 어찌 때려서 죽였다는 법을 적용할 수 있겠습니까? 인정상 너무 지나친 것이 아니겠습니까? 부인께서 진경제가 앞으로 또 찾아와 행패를 부릴 것이 두려우시다면 제가 부인을 대신해 서약서를 받아 다시는 부인을 찾아가 못된 짓을 하지 않도록 하겠습니다."

하면서 바로 진경제를 앞으로 불러내 말했다.

"내 오늘 너를 살려주마. 허니 필히 개과천선하도록 힘쓸 것이며 다시는 오부인의 집에 가서 소란을 피우거나 행패를 부려서는 아니된다. 만약 다시 그런 일을 저질러 내 손에 걸린다면 그때는 결코 용서치 않으리라. 그러니 너는 바로 관을 사서 서문아씨를 염을 하고 장례를 치른 뒤에 다시 와서 보고하거라. 내 그것을 보고 문서를 작성해 상부에 보고하겠다."

이에 진경제는 목숨을 건지는 대가로 많은 은자를 쓰고 집으로 돌아와 관을 사서 염을 하고 칠일장을 지내며 경을 읽고 발인을 해 성밖에 안장했다.

반달 남짓 감옥에 있는 동안에 많은 돈을 쓰고 창기 풍금보도 떠나가버리고 집안의 모든 것도 다 거덜이 났다. 살고 있는 집도 전당을 잡히고 목숨만 간신히 건져 나왔으니 두 번 다시 장모인 오월랑에게는 가서 말도 못했다.

정말로, 화나 복은 따로 있는 것이 아니라 스스로 부르는 것, 즐거움이 다하면 슬픔이 오는 것을 반드시 알지어다.

시가 있어 이를 밝히나니,

집안에 평지풍파가 일더라도
의리와 은혜를 잊어서는 안 된다.
물이 남교에 넘치면 만날 날이 있겠지만
세 별이 오늘은 서로 떨어져 있구나.
風波平地起蕭牆 義重恩深不可忘
水溢藍橋應有會 三星權且作參商

하루 만에 석 짐의 거짓을 팔다

왕행암이 의롭게 가난한 자를 구해주고,
임도사가 재물 때문에 재앙을 부르다

누가 말했는가 인생이 순탄치 않다고
길흉화복이 나란히 간다.
색으로 몸을 망치니
사람들 인심이 바늘과 같구나.
관에 제소된 것 억울하다 하소연하나
천도가 밝지 않다고 어찌 알겠는가.
성패가 모두 운명이라는 것을 일찍 안다면
어둠 속을 걸을 때 신중하게 걷기를.

誰道人生運不通 吉凶禍福幷肩行
只因風月將身陷 未許人心直似針
自課官途無枉屈 豈知天道不昭明
早知成敗皆由命 信步而行暗黑中

진경제는 아내인 서문경의 딸이 죽고 오월랑이 고소를 하는 통에
한 차례 옥살이를 하고 겨우 풀려 나왔다. 창기 풍금보도 관청의 기
원으로 끌려가니 이제 알몸만 남게 되었다. 살고 있던 집도 팔고 밑

천도 없고 머리 장식 등도 다 팔아버리고 집 안에 살림살이라고는 아무것도 남아 있지 않았다. 또 진정[陳定]이 외부에서 사람을 시켜 몰래 상점의 돈을 빼돌린다는 말을 듣고 진정도 내쫓아버렸다. 집 안에서 아무 일도 하지 않으며 먹고 마시기만 하니 살림이 옹색해지는 것은 돈이 산처럼 쌓여 있다 해도 거덜이 날 지경인데, 하물며 알거지가 되니 그의 입장에서야 더 말할 나위도 없었다. 그래서 어쩔 수 없이 또다시 양대랑[楊大郎]의 집에 가서 양대랑의 행방과 배에 반이나 실어놓았던 화물의 소재를 수소문해보기 위해 하루는 그의 집 앞으로 가서,

"양대랑 집에 있는가?"

하고 소리를 질렀다. 뜻밖에도 양광언[楊光彦]은 진경제의 화물을 빼돌려 밖에서 팔아 은자로 만들어 사방으로 몸을 숨기고 다니고 있었다. 그러던 차에 진경제의 부인이 목매어 자살을 하고 진경제의 장모가 이를 현청에 고소해 진경제가 보름 가까이 옥살이를 했다는 것을 전해 들었다. 이런 소문을 듣고 몰래 집으로 돌아와서는 밖으로 나돌아다니지 않고 있었다. 그런데 진경제가 갑자기 자기 집 앞으로 찾아와 자기와 물건의 행방을 묻는지라 곧바로 동생인 양이풍[楊二風]을 밖으로 내보내 도리어 진경제를 붙잡고 사람을 내놓으라고 야단을 치게 했다. 양이풍은,

"당신이 우리 형님과 같이 외지로 장사를 떠났는데, 어째서 이 몇 달 동안 아무런 소식도 없는 게야? 도대체 어느 강에 밀어 처넣었는지 도랑에 버려서 목숨을 앗아갔는지 알 수가 있나? 그런데도 오히려 우리 집에 와서 물건의 행방을 찾고 있다니! 사람의 목숨이 중요해, 아니면 화물이 중요해?"

하고 따졌다. 본래 이 양이풍은 유명한 건달에 싸움꾼이었다. 팔에는 붉은빛의 핏줄이 불끈불끈 솟아나 있었고 가슴에는 누런 털이 어지러이 나 있는 타고난 망나니였다. 그러한 양이풍이 소리를 지르며 냅다 밖으로 달려나와 진경제를 낚아채고는 사람을 내놓으라고 야단을 쳤다. 이러니 진경제는 당황해 양이풍의 손을 급히 뿌리치고 재빨리 집으로 도망쳤다. 양이풍은 깨어진 기왓장을 들어 자기의 머리를 쳐 온 얼굴에 피투성이가 되게 만든 뒤에 진경제의 뒤를 쫓으면서,

"제 어미와 붙어먹는 자식아! 내가 언제 네놈 집의 은자를 봤다고 그래? 괜히 우리 집에 찾아와서 허튼소리를 하다니, 내 주먹맛 좀 보거라!"

하며 고래고래 소리를 내질렀다. 이에 진경제는 '걸음아 날 살려라' 하고 날듯이 도망쳐 집에 이르러 대문을 꽉 잠가 철통과 같이 만들어버리니 비록 번쾌[樊噲](유방[劉邦] 수하의 장군)가 온다고 할지라도 열 수가 없었다. 뒤쫓아온 양이풍은 문 앞에 서서 할아버지부터 부모에 이르기까지 온갖 욕을 다 퍼붓고, 큰 벽돌을 들어 문을 두들겨댔지만 진경제는 안에서 숨을 죽이고 꿈쩍도 하지 않았다. 하물며 방금 옥에서 겨우 풀려 나왔는데, 꿈에서라도 오랏줄을 보면 뱀인 줄 알고 몸서리를 치지 않던가. 그러니 숨을 죽이고 참을 수밖에 없었다.

새싹은 서리를 두려워하고 서리는 따스한 태양을 두려워하듯,
악독한 사람은 악인을 만나야 겨우 무서운 줄을 안다네.
嫩草怕霜霜怕日
惡人自有惡人磨

그 뒤에 얼마 안 가 진경제는 큰 집을 팔아 은자 일흔 냥을 받고 작은 집을 세내어 구석진 곳으로 옮겨갔다. 데리고 있던 하녀 중 중희아[重喜兒]도 팔아버리고 원소아[元宵兒]만 남겨 시중을 들게 하고 밤에는 잠자리를 같이했다. 반달이 채 안 되어 작은 집도 내놓고 방을 세내어 살았다. 진안[陳安]도 떠나버리고 집에서 하는 일 없이 죽치고 지냈다. 그러던 중에 원소아도 죽어버리니 그만 홀로 남게 되었다. 집안의 탁자와 의자도 모두 팔아치우니 그야말로 알거지 신세였다. 얼마 되지 않아 방세를 낼 돈도 없어 쫓겨나 걸인들이 모여 사는 곳으로 갔다. 걸인들은 진경제가 그래도 부잣집 아들이었고 생김도 준수하고 깨끗한지라 따스한 온돌 위에서 자도록 했고 또 먹을 것도 주었다. 밤에 순라를 도는 역졸이 진경제를 불쌍히 여겨 순라를 돌며 방울을 흔들게 했다.

때는 바야흐로 섣달 동지로 하늘에서는 큰눈이 내리고 매서운 바람이 부는 실로 엄동설한이었다. 진경제는 꽁꽁 언 손으로 목탁을 두드리고 방울을 흔들며 몇 개의 거리와 골목을 누비고 다녔다. 바람은 불고 눈은 내리고 얼음은 얼어서 진경제는 어깨를 움츠리고 온몸을 사시나무 떨듯 했다. 오경쯤 닭이 울 적에 병든 걸인이 담장에 기대어 있는 것을 발견하고는 걸인이 죽었을까 걱정했으나 총갑[總甲]은 진경제에게 잘 보살피라고 분부하고 볏집을 찾아다 불을 지펴 따스하게 몸을 녹이게 해주었다. 진경제는 이날 하룻밤 야경을 돌고 잠을 한숨도 자지 못한지라 자리에 눕자마자 바로 잠이 들었다. 자다가 꿈을 꾸었는데 꿈에서 서문경의 집에서 영화롭게 부귀를 누리며 반금련과 재미를 보던 일들이 나타났다. 꿈에서 깨어나 대성통곡을 하며 슬피 우니 여러 거지들이,

"자네 왜 우는가?"
하고들 의아해하며 물었다. 이에 진경제는,
"형님들, 내 말을 좀 들어보세요."
하면서 〈분접아[粉蝶兒]〉로 얘기하기를,

엄동설한에 눈이 펑펑 내리고
사방이 차갑게 얼어붙고
천지를 뒤흔들 듯 미친 듯이 바람이 부네.
너무 추워 몸이 다 마비가 되고
심장까지 얼어붙어 실로 옴짝달싹 못하겠소.
배가 고픈 것도 어려운데
추위는 더욱 참을 수가 없다오.
다 부서진 집에서 살자니 정말로 춥구려.
처량한 것도 참기 어렵지만
죽으려 해도 목숨을 끊기가 아쉽구려.
九臘深冬雪漫天 凉然冰凍
更搖天撼地狂風
凍得我體僵麻 心膽戰,實難扎掙
挨不過肚中饑 又難禁身上冷
住着這半邊天 端的是冷
挨不過凄凉 要尋死路
百忙裡捨不的賴命

〈쇄해아 일살[耍孩兒 一煞]〉

나도 모르게 종을 치니

종을 칠 때 사람들은 잠자리에 들지요.

누가 나를 부르는군요

원래 총갑인 장성이 부르는군요.

급히 나를 부르길래

나도 급히 대답을 했지요.

오늘 밤 누가 나 대신 야경 좀 서주겠소.

그래도 나는 행운이 있는지

그가 먼저 나에게 호떡을 주었네.

不覺撞昏鍾 昏鍾人初定 是誰人叫我

原來是總甲張成

他那里急急呼 我這里連連應

趁今宵誰與我支更

也是我一時僥倖 他先遞與我幾個燒餅

〈이살[二煞]〉

총갑은 우리들 모두가 춥다고 걱정을 하면서

나더러 딱딱이를 치며 순라를 돌라 하네.

총갑이 시키는 대로 해야지요

그렇게 해서라도 돈과 음식을 얻어야지요.

어디 사람의 빈천[貧賤]을 따지리오

그러니 시키는 대로 소리치며 방울을 흔들어야지요.

名承總甲憐咱冷

敎我敲梆子守守更 由着他調用

但得這濟心饑錢米
那里管人貧下賤 一任教喝號提鈴

〈삼살[三煞]〉
앉아 있으려니 손발이 마비되고
서 있으려 하니 배가 아프네.
꽁꽁 언 호떡을 차도 없이 씹어 삼키네.
채 삼경이 되지 않았는데
순라를 돌던 파수꾼이 등불을 밝히라 하네.
발길질을 하기에 사십 문을 집어주니
그제서야 비로소 미소를 짓네.
坐一回脚手麻 立一回肚裡疼
冷燒餅乾嚥無茶送
剛然未到三更後 下夜的兵牌叫點燈
歪踢弄 與了他四十文 方纔得買一筒姑容

〈사살[四煞]]〉
오경이라 닭이 우니
큰거리에 사람들이 오가는데
사람들 가는 것이 다 다르네.
병든 거지 담장 밑에 누워 있는 것을 보고
나보고 따스하게 해주라 하기에
따스한 불 피워주니 그제서야 숨을 내쉬네.
눈 감아 꿈을 꾸다

홀연히 깨어나 울다 보니 날이 밝는구려.

到五更鷄打鳴 大街上人漸行

衆人各去都不等

只見病花子倘在墻根下

敎我煨着他 不暫停

得他口煖氣兒心纏定

剛合眼一場幽夢 猛驚回哭到天明

〈오살[五煞]〉

거지가 나더러 왜 우냐고 물으니

내 자초지종을 말해주리다.

나의 조상은 기반이 든든해서

소나무 파는 진가[陳家]라고 하면

누구나 듣고서 다 두려워하지 않았겠소.

대대로 조정의 벼슬을 했고

할아버지는 살림의 기반을 닦았고

부친은 권문세가와만 교류를 했으나

나는 태어나자마자 술 마시고 행패를 부렸다오.

花子說你哭怎的 我從頭兒訴始終

我家積祖根基兒重

說聲買松橋陳家 誰不怕名姓

多居仕窯中 我祖耶耶曾把誰鹽種

我父親專結交勢耀 生下我吃酒行兇

〈육살[六煞]〉

장인이 먼저 죽고, 생부가 나중에 죽었다오.
모친은 나를 귀여워해 나 하자는 대로 하니
술 마시고 도박에 못하는 것이 없었고
술집과 사창가[私娼街]를 다 다녔다오.
하고자 했던 일은 다 해보았지요.
장가를 든 뒤에 관청의 사건에 연루가 되어
장인의 집으로 가 중죄를 피해 숨어 있었답니다.

先亡了打我的爹 後亡了我父親
我孃疼 專隨縱 吃酒耍錢般般會
酒肆巢窩處處通 所事兒都相稱
娶了親就遭官事 丈人家躱重投輕

〈칠살[七煞]〉

서문가의 집에서 사위 노릇을 하면서
풍류를 즐기며 장모와도 정을 통했다오.
도박장에서는 다른 사람의 신임을 얻고
황금과 보옥 등으로 도박을 하며
쌀과 땔감들을 기생집에 갖다 주었지요.
아내를 때려 병들어 죽게 만드니
그 집에서 고소장을 관가에 냈기에
많은 돈을 써서 겨우 목숨을 건졌다오.

我也曾在西門家做女婿
調風月 把丈毋淫

錢場裡信着人鑽狗洞

也曾黃金美玉當場賭

也曾馱米擔柴往院裡供

毆打妻兒病死了 死了時

他家告狀 使了許多錢 方得頭輕

〈팔살[八煞]〉

큰집을 팔고 작은 집을 사서

월세를 살다가 결국은 쫓겨나고 말았다오.

먼 앞날을 생각할 겨를도 없이

추위와 굶주림에 첩도 병이 생겨

남의 처마 밑에서 죽었으나

장례도 못 치렀다오.

가지고 있던 모든 게 하나도 없다오.

술과 고기는 끊을 수 없는지라

어쩔 수 없이 조상의 묘소까지 팔았다오.

賣大房 買小房 購小房

又倒騰 不思久遠含餘剩

饑寒苦腦妻成病

死在勇簾不許停 所有都乾淨

嘴頭纏不離酒肉 沒攪汁拆賣墳塋

〈구살[九煞]〉

가벼운 것은 들지를 못하고

무거운 것은 짊어지지를 못하고
머슴살이도 하지 못하고
농사도 짓지 못한답니다.
일을 하기 전에 걱정부터 앞선다오.
일이 없이 한가로울 땐 먹을 생각뿐이고
해가 중천에 떴을 때 자리에서 일어난다오.
개 같은 성질이라 마구 지랄을 부려
일가친척 누구나 싫어하니
얼어죽건 굶어죽건 그 누가 불쌍히 여기리오!
掇不的輕 負不的重
做不得傭 務不得農
未曾幹事兒先愁動
閑中無事思量嘴 睡起須敎日頭紅
狗性子生鐵般硬 惡盡了十親九眷
涼餓死有那個憐憫

〈십살[十煞]〉
끊임없이 집세를 내라 독촉을 하다가
내가 낼 수 없음을 알아차리고
뚝배기도 깨어진 그릇 하나도 못 가지고
문밖으로 쫓겨났답니다.
살을 에는 듯한 추위에 갈 데가 없어
어쩔 수 없이 거지 움막으로 찾아갔다오.
때가 와서 운이 트인다면

내 어찌 그 은인들을 잊을 수 있으리오.
討房錢不住催 他料我也住不成
沙鍋破碗全無用 幾推趕出門兒外
凍骨淋皮無處存 不免冷舖身奔
但得筒時通運轉 我那其間忘不了恩人

그리고 다시 말하기를,

오랜 고통으로 부인은 죽고
몸에 걸칠 옷도 없고 먹을 것도 없구나.
말은 죽고 종은 도망가고 집도 팔리고
알몸으로 타향으로 갔네.
아침나절에는 가게를 다니며 구걸을 하고
저녁이면 마을의 담장에 기대네.
남은 길은 단 한 가지뿐이라
거지 굴에 가서 딱딱이를 두드린다네.
頻年因苦痛妻亡 身上無衣口絶糧
馬死奴逃房又賣 尺身獨自走他鄕
朝依肆店求遺饌 暮宿莊團倚敗墻
只有一條身後路 冶舖之中去打梆

이렇게 진경제는 밤이면 거지 소굴에서 생활을 했고 대낮에는 거리를 다니며 구걸을 했다.
청하현의 성안에는 한 노인이 있었는데, 성은 왕[王]에 이름은 선

[宣]이고, 자는 정용[廷用]으로 나이가 예순이 넘어섰다. 집안은 넉넉하고 사람됨이 후하고 자비로웠다. 때문에 의리를 중시하고 재물을 아끼지 않았으며, 친구들을 넓게 사귀고 남 도와주기를 즐겼고, 특히 가난한 사람들을 도와 어려움에서 벗어날 수 있게 해주었으며 신심이 좋아 신을 잘 섬겼다. 아들 둘을 두었으나 모두 분가해 새로 집안을 이루고 있었는데, 큰아들 왕건[王乾]은 조상들의 벼슬을 승계해 목마소[牧馬所]에서 장인정천호[掌印正千戶]로 재직하고 있었고, 둘째인 왕진[王震]은 부학[府學]에서 상생[庠生](과거 일차에 합격한 사람이 부학[府學]이나 현학[縣學]에서 계속해 향시[鄕試]를 준비했는데 이러한 학생을 일컬음)으로 있었다.

노인은 집 앞에 가게를 하나 차려놓고 점원을 두고 전당포를 하고 있었다. 매일 옷과 음식이 풍족하고 한가하게 거리끼는 것 없이 잘 지내며 절에 가서 경을 듣거나 묘[廟]에 가서 도에 관한 설교를 듣기도 했다. 할일이 없으면 문 앞에 서 있다가 가난한 사람들에게 약을 주어 아픈 것을 치료해주거나, 염주를 돌리며 염불을 하기도 했다.

노인의 후원 뜰에는 은행나무가 두 그루 있었기에 도호[道號]를 행암거사[杏庵居士]라 했다. 어느 날 이 행암거사가 머리에 두건을 쓰고 각종 비단을 엮어 만든 도포를 두르고 문 앞에 서 있었다. 진경제는 그 앞을 지나가다가 행암거사를 보고 땅에 넙죽 엎드려 절을 했다. 당황한 행암이 미처 답례를 하지 못하고서,

"여보게 젊은이, 자네는 누구인가? 내가 눈이 어두워 자네를 알아보지 못하겠네."

라고 말을 했다. 이에 진경제는 벌벌 떨면서,

"어르신, 솔직히 말씀드려 소인은 매송교[賣松橋]에 살던 진홍의

아들입니다."

하자, 노인은 한참을 생각하고는,

"그럼 자네가 바로 진대관[陳大寬]의 아들이란 말인가?"

하고 물으며 진경제의 의복이 너절너절하고 몰골이 꾀죄죄한 것을
보고 다시,

"조카, 자네가 어째 이 모양이 되었는가?"

하며 또 물었다.

"그래, 부모님은 다 평안하신가?"

"부친께서는 동경에서 돌아가셨고, 모친께서도 얼마 전에 이곳에
서 돌아가셨어요."

"나는 자네가 장인 집에 있다고 들었는데?"

"장인이 돌아가시자, 장모께서 저를 내쫓아버렸어요. 제 집사람이
죽자 장모가 저를 관가에 고발해 옥살이를 하게 만드는 바람에 집까
지도 다 팔아버렸어요. 그리고 조금 있던 장사 밑천도 다른 사람이
사기를 쳐서 다 가지고 달아나버렸어요. 그래서 아무 일도 못하고 이
렇게 지내고 있어요."

"조카, 그렇다면 지금 어디에 살고 있나?"

이에 진경제는 한참 동안 말을 못하다가 간신히 대답했다.

"솔직히 말씀드려 이러저러하게 살아가고 있습니다."

"안됐구먼, 현질 같은 사람이 구걸을 하고 있다니… 당초에 자네
집이 얼마나 기초가 든든했던가. 나는 자네 부친과 친하기에 잘 알
고 있지. 현질은 그때 어려서 머리를 땋고 막 학교에 다니고 있었지.
그런데 이러한 처지에 이르다니 정말로 불쌍하구먼, 정말로 불쌍해!
그래 다른 친척들이 좀 돌봐주지 않는가?"

"예, 외삼촌인 장씨가 계시지만 오랫동안 찾아뵙지 않아서 가기가 뭐해요."

그렇게 한참을 물어보다 노인네는 진경제를 집 안으로 들어오게 해 객실에 앉히고 하인에게 명해 탁자를 깔고 음식을 내오게 해 경제는 배불리 먹었다. 그러면서 진경제가 얇은 옷을 입고 있는 걸 보고 푸른 면 도포를 내와 진경제가 입도록 주고 또 털모자 하나와 털버선 한 켤레, 은자 한 냥, 동전 오백 냥을 달아주면서 말했다.

"현질, 이 옷과 신발들은 자네가 입으라고 주는 걸세. 그리고 이 동전은 용돈으로 쓰면서 방이라도 세를 내어 살게나. 또 이 은자는 자네가 가지고 가서 작은 장사라도 하면서 먹을 거라도 장만을 해보게나. 그래도 이게 거지 소굴에서 생활하는 것보다는 나을 걸세. 그곳에서 뭐 좋은 걸 배우겠나! 매달 들어가는 방세는 여기 오면 내가 보태주겠네."

이 말을 듣고 진경제는 땅에 엎드려 절을 하면서 고맙다고 인사를 하고는,

"열심히 하겠습니다."

하고는 돈을 받아 행암의 집을 떠났다. 그러나 진경제는 그 돈을 가지고 방도 얻지를 않고 장사도 하지 않고 그 오백 문 동전으로 매일 술집에서 지냈다. 또 은자에 백동을 넣어 위조전을 만들어 쓰다가 붙잡혀 순라군들에게 절급의 초소로 끌려가 주리를 틀리고, 쓰던 것은 모두 빼앗기고 매만 죽도록 맞아 엉덩이에 종기가 생겼다. 며칠 못가 비단 옷도 도박으로 다 날려버리고 버선은 먹을 것과 바꿔버려 할수 없이 예전 모습으로 거리에서 구걸을 했다.

그러던 어느 날 진경제는 또다시 왕행암 집 문 앞을 지나가게 되

었다. 행암이 마침 문 앞에 있는 것을 보고 진경제는 다가가 머리를 조아리며 인사했다. 행암이 보니 몸에 걸쳤던 옷도 버선도 모두 온데간데없고 단지 털모자만 뒤집어쓰고 맨발에 신을 끌고 있었는데 진경제는 너무 추워서 덜덜 떨고 있었다. 노인이,

"그래 장사는 어찌 되고 있나? 집세를 낼 때가 되어서 집세를 가지러 왔는가?"

하니, 진경제는 한참 동안 말을 못하고 있다가 재차 그 이유를 물으니 그때서야 겨우 답했다.

"이러저러해 하나도 없습니다!"

"현질, 자네의 그러한 짓은 올바른 생활 태도가 아니야! 모든 일을 그렇게 마음대로 해서는 안 되는 법일세! 작은 장사나마 한다면 거지로 구걸하는 것보다는 훨씬 나아서 사람들한테 비웃음을 사지도 않을 뿐더러 자네 부모님한테 욕을 보이지도 않는 것일세. 그런데 왜 자네는 내 말을 듣지 않는 겐가?"

그러면서 진경제를 안으로 들게 해 안동[安童]한테 진경제에게 밥을 갖다 주라고 했다. 밥을 먹고 나자 다시 바지 한 벌, 흰 적삼 한 벌과 무릎 보호대, 동전 한 꾸러미, 쌀 한 말을 주면서,

"가지고 가서 이번에는 작은 장사라도 하게. 땔나무 장사, 숯 장사, 콩 장사, 씨앗 장사든 뭐든지 하면 그런대로 생활을 꾸려나갈 수 있을 걸세. 그것이 구걸하는 것보다는 훨씬 나을 게야."

라고 신신당부를 했다. 이에 진경제는 비록 그렇게 하겠다고 대답했지만, 쌀과 돈이 이미 자기 수중에 들어와 있는지라 노인의 집을 나와 또 며칠이 못 가서 고기와 국수 등을 사서 거지 소굴에서 거지들과 함께 다 먹어치워버렸다. 그리고 또 도박을 해 흰 적삼과 바지도

모두 잃어버렸다.

설이 다가오자 또다시 어깨를 움츠리고 거리에 나갔다. 거리를 돌아다니다가 행암의 문 앞에 이르렀으나 가서 인사를 하지 못하고 단지 담장 밑으로 가서 햇빛을 쬐며 서 있었다. 노인네도 그를 차가운 눈으로 쳐다보고 부르지도 않았다. 진경제는 우물쭈물하며 노인네의 앞으로 가 땅바닥에 엎드리며 인사를 했다. 노인은 진경제의 모습이 예전과 똑같은 것을 보고,

"현질, 이것이 상책[常策]이 아니야! 목구멍은 깊기가 바다와 같고 일월[日月]은 빠르기가 베틀의 북 같다고 하잖아. 밑이 없는 독을 무슨 수로 채울 수 있겠는가? 들어오게, 내 자네가 있을 데를 마련해주겠네. 조용하고 한가로운 곳이라 자네가 마음을 잡기는 좋은 곳인데 자네가 갈는지 모르겠군."

하니 이 말을 듣고 진경제는 무릎을 꿇고 울며 애원했다.

"백부님이 저를 위해 그렇게 애를 써주시면 아무 데라도 좋습니다. 몸만 편안히 있을 수 있는 곳이라면 바로 가지요!"

"그곳은 성에서 그리 멀지 않은 곳으로 임청[臨淸]의 부둣가에 안공묘[晏公廟]라는 곳인데 생선과 쌀도 풍부해서 선박의 왕래도 빈번한 곳이고, 물자나 식량도 풍부하고 경치도 아름답고 조용한 곳이라네. 묘주[廟主]인 임도사[任道士]는 나와 아주 절친하다네. 임도사의 수하에는 제자가 두셋 있지. 내가 예물을 준비해줄 테니 임도사에게 드려 출가하게나. 경전도 읽고 피리 불고 북 치는 것도 배워 남을 위해 기도를 해주고 축원해줄 수 있다면 이것도 좋은 일일 게야."

"백부님께서 그렇게 돌봐주신다면 더 말할 나위 없이 좋지요!"

"그렇다면 가도록 하게. 마침 내일이 일진이 좋으니 자네가 일찍

이곳으로 오면 내 자네를 바래다주겠네."

진경제가 떠나가자 왕노인은 바로 재봉사를 불러와 진경제가 입을 도포 두 벌과 모자, 신, 버선들을 짓게 했다.

다음 날 진경제가 과연 다시 왔다. 노인은 진경제를 빈방으로 들게 해 목욕하고 머리를 빗고 도사 모자를 쓰고 속옷과 겉옷을 모두 새것으로 갈아입게 했다. 그런 뒤 위에 푸른 비단 도복을 입게 하고 밑에는 흰 비단 버선에 비단 신을 신겼다. 그리고 과일과 과자 네 상자와 술 한 동이, 천 한 필과 은자 닷 냥을 잘 싼 다음에 왕노인은 말을 타고 나귀 한 필을 샀 내어 진경제가 타게 했다. 그리고 안동과 희동을 따르게 하고 짐꾼들에게 짐을 메게 하고 성을 나가 곧장 임청의 부둣가 안동묘로 출발했는데 거의 칠십 리 길이라 하루의 노정[路程]이었다. 거의 한나절이 걸려 안동묘에 도착하니 날은 이미 저물었다. 그 풍경이란,

해가 지니 모든 모습이 변하누나
노을이 물 위에서 붉게 빛을 발하고
지는 태양이 산을 돌아 푸른 안개를 만드네.
푸른 수양버들 그림자 안에서
때때로 둥지 찾은 새소리 들려오고
붉은 살구 마을에서는
소와 양떼가 마구간으로 들어간다.
日影將沉 繁陰已轉
斷霞映水散紅光 落日轉山生碧霧
綠楊影裡 時聞鳥雀歸林

紅杏村中 每見牛羊入圈

그러한즉,

냇가의 어부는 숲 속으로 들어가고
들녘의 목동은 소를 타고 돌아온다.
溪邊漁父投林去 野外牧童跨犢歸

　왕노인은 임청의 부둣가에 도착해 광제갑[廣濟閘]의 큰 다리를 건
너면서 수많은 선박들이 강 하구에 정박해 있는 것을 보았다. 안공묘
에 이르러 말에서 내려 묘당 안으로 들어갔다. 들어가 보니 푸른 소
나무가 울창하게 들어서 있고 푸른 잣나무도 빽빽하게 들어서 있었
다. 양편으로 팔자[八字] 모양의 붉은 담장이 있고 정면에는 붉은 대
문 세 칸이 솟구쳐 있었다. 정말로 좋은 곳에 자리 잡은 빼어난 사찰
이었다. 그 모습이란,

　산문[山門]이 높이 솟아 있고
　전각[殿閣]은 겹겹이 쌓여 있네.
　높게 금 글씨의 편액이 걸려 있고
　조정에 들어간 인물의 채색 그림도 있네.
　다섯 칸의 대웅전에는 빚어놓은 용왕 십이 존이 모셔져 있고
　양편의 긴 낭하에는 수많은 물고기들이 새겨져 있구나.
　은하수에 닿을 듯한 깃대에는
　'수[帥]' 자가 바람에 나부낀다.

사통팔달[四通八達]의 좋은 곳에 위치하니
봄가을 때 맞춰 토지신께 제를 올리네.
비바람 순조로워 풍년이 들면
사람들 모두 와 제사를 드리네.
만년의 향화가 위령[威靈]에 있으니
사방의 관민[官民]이 우러르며 평안을 비네.
山門高聳 殿閣崚層
高懸勅額金書 彩畫出朝入相
五間大殿 塑龍王一十二尊
兩下長廊 刻水族百千萬衆
旗竿凌漢 帥字招風
四通八達 春秋社禮享依時
雨順風調 河道民間皆祭賽
萬年香火威靈在 四境官民仰賴安

산문 아래에서 어린 동자가 왕행암과 진경제가 오는 것을 보고 급히 안으로 들어가 방장께 알렸다. 임도사는 급히 옷을 갖추고 밖으로 나와 맞이했다. 왕행암은 진경제와 예물을 메고 온 사람들을 잠시 밖에서 기다리게 했다. 잠시 뒤에 임도사는 행암을 먼저 방장인 송학헌[松鶴軒]으로 안내하고 인사를 하면서 말했다.

"왕거사께서는 무슨 일로 그동안 잘 오시지 않던 이곳에 왕림하셨습니까? 오늘 실로 어려운 걸음을 하셨습니다."

"세속 일에 얽매이다 보니 오랫동안 찾지 못했습니다."

이렇게 인사를 나누며 주인과 손님이 서로 자리를 잡고 앉았다.

자리에 앉자 소동이 차를 내왔다. 차를 마시며 임도사가,

"노거사님, 오늘은 이미 날도 꽤 어두워졌으니 하룻밤 묵고 가시지요."

하면서 말을 뒤채 마구간으로 끌고 가 먹이를 주라고 분부했다. 행암이 말했다.

"일이 없으면 삼보전[三寶殿]에 오르지 않는다고, 제가 오늘 찾아온 것도 어려운 부탁을 드리려고 온 것인데 들어주실지 모르겠군요."

"무슨 일이신데요? 분부를 하시면 제가 다 들어드리지요."

"옛 친구의 아들이 있는데 성은 진[陳]이고 이름은 경제[經濟]로 금년에 나이가 스물넷입니다. 생김새도 청순하고 또 영리하지요. 단지 부모가 일찍 세상을 떴지요. 그래서 어려서 제대로 배우지 못했습니다. 하지만 조상들은 기반이 꽤 든든하고 명색이 없는 무명소졸의 자손이 아니라 재산도 꽤 있었지요. 그러나 불행히도 관청의 사건에 연루되어 가산을 다 몰수당하고 오갈 데 없는 처량한 신세가 되었습니다. 그래서 진경제의 부친과 사귀던 옛 정분을 생각해 저 사람을 데리고 와 이 절의 제자로 삼고자 합니다. 그런데 어떻게 생각하실지 모르겠군요."

"노거사님의 분부신데 소인이 어찌 거절할 수 있겠습니까? 하지만 소인의 덕과 학문이 부족해서 그러한지 수하에 비록 제자가 두세 명 있기는 하지만 모두 세상일을 제대로 몰라 쓸 만한 재목이 하나도 없습니다. 그래서 제가 항시 화를 내며 가르치고는 있는데 이 사람은 성실할지 어떨지 잘 모르겠군요."

"이 사람은 도사께서 안심하셔도 좋습니다. 성실하고 본분을 지킬 줄 알고 게다가 담도 작고 시키는 일은 눈치껏 잘 해내니 아마도 제

자로 거두어도 손색은 없을 겁니다."

"그렇다면 언제 보내주시겠습니까?"

"지금 산문 밖에서 기다리고 있습니다. 예물도 약간 가지고 왔으니 웃지 말고 받아주시기 바랍니다."

당황한 임도사는,

"노거사께서는 어째 미리 말씀하지 않으셨습니까!"

하면서 제자들에게,

"어서 모시거라."

하고 분부했다. 이에 일꾼들이 선물을 들고 안으로 들어서자, 임도사가 예물 위의 목록을 보니 위에 쓰여 있기를,

> 비단 한 필, 노주[魯酒] 한 동이, 돼지 족 하나, 구운 오리 두 마리, 과일 두 상자, 백금 닷 냥을 삼가 갖추어 올립니다.
>
> 지생[知生] 왕선[王宣]

임도사는 이를 보고 연달아 고개를 숙여 고맙다고 인사하면서,

"노거사님께서 먼길을 오시면서 뭐 이렇게 많은 물건을 가지고 오셨습니까! 거절하자니 예가 아니고 받자니 죄송스러울 따름입니다."

했다. 이때 진경제가 안으로 들어서는데 금빛의 도사 모자를 쓰고, 푸른 도복을 입고 하얀 버선과 신을 신고 허리에 천으로 엮은 띠를 두르고 있었는데, 생김이 빼어난 게 치아는 하얗고 입술은 붉고 얼굴은 분을 바른 듯 하였다. 진경제는 안으로 들어와 임도사를 향해 몸을 숙여 인사를 여덟 번이나 올렸다. 임도사가 물었다.

"몇 살인가?"

"말띠로 새해에 스물넷이 됩니다."

임도사가 바라보니 과연 영리하게 생긴지라 법명을 진종미[陳宗 美]라고 지었다.

원래 임도사의 수하에는 제자가 둘이 있는데, 큰제자는 성이 김 [金]이고 이름이 종명[宗明]이고, 둘째는 성이 서[徐]이고 이름이 종 순[宗順]이다. 그래서 진경제도 진종미라고 붙여준 것이다. 왕행암은 제자 둘을 모두 나오게 해 서로 인사를 나누게 했다. 임도사가 선물 을 거두자 소동이 등을 밝히고 탁자를 놓고 먼저 밥을 내오고 다음에 술을 내왔다. 상 위에는 술과 안주 등으로 가득했는데 닭다리, 거위, 생선, 새우 등 모두 맛있는 것들이었다. 왕노인은 술을 잘 못했는데 스승과 제자들이 번갈아 술을 권하니 몇 잔을 받아 마시고는 더는 마 시지 못하고 자리에서 일어나 방으로 들어가니, 방 안에는 이미 이부 자리가 잘 준비되어 있어 하룻밤을 잘 쉬었다.

다음 날 아침 소동이 물을 떠다주어 세수를 하고 머리를 빗고 양 치질을 했다. 임도사도 일찍 건너와 차를 권했다. 잠시 뒤에 밥이 다 준비되어 밥을 먹으며 술을 몇 잔 들었다. 타고 온 말과 나귀에게 먹 이를 배부르게 먹이고 짐꾼들에게도 품삯을 주었다. 왕노인은 떠나 기 전에 진경제를 가까이 불러,

"이곳에서 열심히 경전을 읽고 사부님의 가르침을 잘 따르도록 하 게나. 내 가끔 자네를 보러 오고, 철이 바뀔 때마다 의복과 신발 등을 갖다 주겠네."

하고 당부하고는 다시 임도사를 향해,

"저 애가 만약에 말을 듣지 않으면 엄히 다스려주세요. 저는 전혀 감싸주지 않겠습니다."

라며 부탁했다. 그리고 다시 진경제를 한 귀퉁이로 끌고 가서,

"내가 간 뒤에 마음을 깨끗이 씻고 잘못을 고치고 근본을 올바르게 닦는 데 최선을 다해야 하네. 자네가 또다시 본분을 지키지 않는다면 내 다시는 자네를 아는 체하지 않겠네!"
하고 타일렀다.

"잘 알겠습니다."

왕노인은 바로 임도사와 작별을 하고 산문을 나와 말을 타고 안공묘를 떠나 곧장 집으로 돌아갔다.

이렇게 해서 진경제는 안공묘에서 도사가 되었다. 임도사는 나이도 들었고 코는 빨갛고 몸집은 거대하고, 목소리가 우렁차고 또 구레나룻을 기르고 말하기를 좋아하며 술을 잘 마셨다. 자기는 단지 손님들을 영접하고 바래다주는 일만 전담하고, 크고 작은 일은 모두 큰제자인 김종명한테 맡겨두었다.

이때 마침 조정에서는 운하를 새로 파고 임청에 갑문을 두 개 설치해 물을 절약하고 있었다. 관민의 어느 배건 간에 갑문에 이르면 모두 안공묘로 와서 신께 복을 빌거나 제사를 올리거나 점을 보았다. 또는 돈이나 쌀을 보시하기도 하고 향과 기름, 지전, 초 등을 보내기도 하고 송진이나 돗자리를 보내기도 했다. 임도사는 이렇게 들어온 쌀과 양식 중 제를 올리고 남은 것은 제자를 시켜 부둣가에 쌀가게를 열어 전부 팔아 은자로 바꿔 자기 배를 불리고 있었다.

큰제자 김종명도 원래 자기의 본분을 제대로 지키지 않는 위인으로 나이는 서른이 넘었다. 항상 기생집에 드나들며 주색잡기를 즐기는 자였다. 김종명의 수하에는 나이가 어린 제자가 두 명 있어 항상 잠자리를 같이했으나 오래되니 싫증이 나 있었다. 그러한 김종명이

진경제를 보니 치아가 하얗고 입술이 붉으며 얼굴이 하얗고 청순하면서도 귀엽고 또 약삭빠른 것 같기에 진경제를 끌어들여 같이 잠자리를 해보고자 했다. 그래서 어느 날 저녁 늦게까지 술을 마셔 진경제를 취하게 하고는 잠자리를 같이했다. 처음에는 머리와 발이 어긋나게 잤으나 점차 진경제의 발에서 냄새가 풍긴다 하여 베개 하나를 같이 베고 잤다. 그렇게 자다가 얼마가 지나 숨소리가 거칠다며 몸을 돌리게 해 진경제의 엉덩이를 자기 배에 찰싹 붙게 했다. 진경제는 자는 척하면서 김종명이 하는 대로 가만히 있었다. 이에 종명은 자기 물건을 빳빳하게 세워 귀두에 침을 바르고 진경제의 항문을 향해 쑤셔 넣었다. 원래 진경제는 거지 소굴에서 거지인 비천귀[飛天鬼] 후림아[候臨兒]와 놀았기에 그곳이 크게 커져 있어서 종명의 물건은 손쉽게 안으로 들어갔다. 이에 진경제는 아무 말도 하지 않았으나 속으로 생각하기를,

'이 싸가지 없는 자식이, 자기 재미만 보고 도대체 나를 뭘로 보는 게야! 우선 맛을 보여주고 나서 나중에 대가를 톡톡히 받아내야지!'

하고는 일부러 아픈 듯이 소리를 내질렀다. 이에 김종명은 노도사가 들을까 겁이 나서 급히 진경제의 입을 막으면서 말했다.

"야, 떠들지 마! 네가 해달라는 것은 모두 다 해줄게!"

"나를 욕보여놓고 내 입을 막으려면 세 가지를 들어줘야 해요."

"세 가지가 아니라 열 가지라도 다 들어주마."

"그렇다면 좋아요. 첫째로 나와 같이 놀려면 앞으로는 저 두 제자들과 자지 말아요. 둘째로 크고 작은 방문의 열쇠를 모두 나한테 맡기세요. 셋째로 내가 어디를 가든 상관하지 마세요. 당신이 이 조건을 들어주면 당신이 하자는 대로 할게요."

"별것 아니군. 네 말대로 하지."

이렇게 둘은 약속을 하고 이날 밤 둘은 미친 듯이 놀았다. 원래 진경제는 어려서부터 이 방면에 눈을 뜬지라 모르는 게 없었다. 그래서 산과 바다처럼 철석같이 굳게 맹세를 하고는 야릇한 신음을 내지르고 물건을 빨기도 하면서 노니 김종명은 진경제가 꿍꿍이속이 있어 그런 줄도 모르고 좋아서 어찌할 줄을 몰랐다.

다음 날 과연 김종명은 각 방의 열쇠를 모두 진경제에게 건네주고 두 제자와 잠자리를 하지 않고 매일 진경제와 잠자리를 하면서 즐겼다. 이렇게 여러 날이 지난 어느 날 임도사와 제자 세 사람은 다른 사람 집으로 가서 복을 구하는 법사를 올리는 제를 올리기로 했다. 임도사는 진경제를 절에 남게 하면서 진경제의 마음이 어떠한지 떠보려고 했다. 왕노인이 진경제가 성실하다고 했는데 과연 그러한지를 알아보기 위함이었다. 그래서 산문을 나서며 당부하기를,

"집을 잘 보고 있거라. 뒤채에서 키우고 있는 한 무리는 닭이 아니라 봉황이다. 내가 머지않아 공을 이루고 덕을 쌓으면 봉황을 타고 하늘로 올라가 옥황상제께 인사를 드리려고 해. 그리고 방 안에 있는 항아리 몇 개에는 모두 독약즙이 들어 있어 행여 제자들이 말을 제대로 듣지 않고 일을 그르치면 때리지 않고 이 독약즙을 줘서 선 채로 바로 죽게 할 생각이다. 그러니 네가 신경써서 잘 지키도록 하거라. 내 오후에 제를 마치고 돌아오며 과자를 가져다줄 테니 말이다."

이렇게 말을 마치고 출발하자 진경제는 바로 문을 걸어 잠그고 웃으며,

"나를 그런 것도 모르는 멍청이로 알고 있어! 방 안에 있는 항아리에는 황미주[黃米酒]가 들어 있는데 무슨 독약즙이 있다고 속여! 그

리고 뒤 후원에서 기르는 닭을 봉황이라고 하면서 그것을 타고 하늘로 오르려고 한다는 등 허풍을 떨다니!"

하면서 뒤 후원으로 가서 제일 통통하게 살이 찐 닭을 한 마리 잡아 끓는 솥에 넣었다. 그리고 항아리의 술을 국자로 떠내어 불 위에 올려 따끈하게 데웠다. 그런 뒤에 손으로 닭고기를 뜯어 마늘을 넣은 양념장에 찍어 먹으니 그 맛이 얼마나 기막힌지 몰랐다. 그러면서 중얼거리기를,

"황동의 국자로 맑은 술을 떠내니 초롱에 달빛이 밝게 비친다. 흰 닭을 더럽히며 마늘 간장을 찍으니 바람이 일어 구름을 몰아낸다."

이렇게 한창 마시고 있을 적에 사부 임도사가 문을 열라고 소리치는 소리가 들려왔다. 이에 진경제는 급히 그릇들을 거두어 치워놓고 급히 밖으로 나가 문을 열었다. 임도사는 진경제의 얼굴이 불그스레한 것을 보고서,

"무슨 일이냐?"

하고 물으니, 진경제는 고개를 숙이고 말을 하지 못했다. 이에 임도사가 다시,

"어째 말을 하지 않는 게냐?"

하고 다그치자 진경제는 그제서야 변명했다.

"사부님께 솔직히 말씀을 드리지요. 사부님께서 떠나신 뒤에 뒤채에 있는 봉황 한 마리가 웬일인지 날아갔습니다. 그래서 제가 황급히 지붕으로 올라가 한참을 찾았으나 찾지 못했습니다. 사부님께서 돌아와 때릴 것이 두려워 칼을 가지고 찌르자니 아플 것 같고, 목을 매자니 끈이 끊어져 떨어질까봐 겁이 났고, 우물에 뛰어들자니 우물의 폭이 좁아 목이 걸릴까 두려웠습니다. 아무리 생각해봐도 뾰족한 수

가 없어 하는 수 없이 사부님이 말씀하신 방 안에 있는 독즙을 두 사
발 마셨습니다.”

“그래, 마시고 나니 느낌이 어떠하느냐?”

“마시고 한나절이 지났는데 죽지도 않고 살지도 않는 것이 마치
술에 취한 것 같습니다.”

임도사는 이 말을 듣고 제자들과 함께 웃었다. 그러면서,

“얘가 제법 성실하구나!”

하면서 진경제를 위해 돈을 내어 도첩[度牒](승려나 도사의 정식 신분
증)을 사주니, 이로부터 모든 일에 진경제를 의심치 않았다.

오호라, 사흘에도 한 짐의 진실을 팔지 못하는데, 하루 만에 석 짐
의 거짓을 파는구나.

이 일이 있고 나서 진경제는 항시 돈을 가지고 부둣가에 나가 놀
았다. 그러던 중에 기생집에서 일을 하는 진삼아[陳三兒]를 만났는
데, 진삼아가 진경제를 보고는,

“풍금보의 포주 어멈이 죽었어요. 지금 풍금보는 정[鄭]씨 집으로
팔려가서 정금보아[鄭金寶兒]라고 불리고 있어요. 지금은 큰 술집에
서 손님을 받고 있는데 가서 보지 않으실래요?”

하니, 이에 진경제는 옛 버릇을 고치지 못하고 은자를 챙겨서 진삼아
를 따라 곧장 부둣가에 있는 큰 술집으로 갔다. 가지 말았어야 좋았
을 것을 갔으니 어찌하겠는가.

바로, 오백 년 전의 원수들이 서로 만나고, 몇 해 전의 부부가 서로
다시 만나는 격이었다.

시가 있어 이를 밝히나니,

인생에서 비단 옷을 아끼지 말고
인생에서 젊은 시절을 헛되이 살지 않기를.
꽃을 보고 꺾고 싶으면 꺾어라
꽃이 없으면 빈 가지만 남느니.
人生莫惜金縷衣 人生莫負少年時
見花欲折須當折 莫待無花空折枝

　　원래 이 술집은 임청에서 제일 큰 술집으로 사가주루[謝家酒樓]라
했다. 그 안에는 방이 백여 개 있고 주위에는 모두 푸른 난간들로 가
려져 있었다. 뒤는 산허리에 접해 있고 앞으로는 운하와 접해 있어
실로 사람들이 번잡하게 오가는 곳이고 선박들도 수없이 왕래를 하
는 곳이었다. 그 주루의 모양이 어떠한지를 볼 것 같으면,

　　조각한 처마에 태양이 비치고
　　그림 그린 기둥에 구름이 감돌아 올라간다.
　　푸른 난간이 낮게 창가에 접해 있고
　　푸른 발이 창가에 높게 걸려 있구나.
　　퉁소와 피리 소리는 모두 공자[公子]와 왕손[王孫]이 내고
　　잔 들고 돌리는 것은 가희와 무녀들일세.
　　취하고 지쳐서 보니
　　푸른 하늘에 산이 구름같이 첩첩이 쌓이고
　　깊은 생각에 잠겨 시흥[詩興]이 이니
　　강물에 눈발이 흩날린다.
　　하얀 마름꽃 핀 부둣가에선

어부의 그물 던지는 소리가 들려오고
붉은 연꽃이 피어 있는 백사장에서는
낚시꾼들이 노를 젓누나.
주루 옆 푸른 버드나무에서는 들새가 울고
문전의 파란 버들에는 화려한 새가 걸려 있네.

雕簷映日 畫棟飛雲

綠欄杆低接軒窓 翠簾攏高懸戶牖

吹笙品笛 盡都是公子王孫

執盞擎盃 擺列着歌姬舞女

消磨醉眼 倚靑天萬疊雲山

勾惹吟魂 翻瑞雪一河煙水

白蘋渡口 時聞漁父鳴榔

紅蓼灘頭 每見釣翁擊楫

樓畔綠楊啼野鳥 門前翠柳繫花驄

진삼은 진경제를 이끌고 술집 이층에 있는 한 방으로 들어가 자리를 잡고 앉았다. 방 안에는 검은색 탁자에 붉은색을 칠한 의자가 놓여 있었다. 심부름꾼을 부르니 점원이 급히 와 탁자를 깨끗하게 닦고 젓가락과 잔 하나를 들여오고 좋은 술과 과일 등을 안주로 내왔다. 다시 그 심부름꾼더러 아래로 가서 기생을 불러오라고 시켰다. 잠시 뒤에 계단을 밟는 소리가 들리면서 풍금보가 위로 올라왔는데 손에는 징을 들고 있었다. 풍금보는 진경제를 보고 고개를 푹 숙여 절을 했다. 속담에도 '정인이 정인을 보면 자기도 모르게 두 줄기 눈물부터 흐른다'고 하지 않았던가!

정말로, 달콤한 말은 마치도 꾀꼬리가 지저귀는 듯, 한 줄기 구슬 같은 눈물이 두 볼에서 흘러내리네.

진경제는 풍금보를 보고 잡아 일으켜 한쪽에 앉히면서,

"누이, 그 뒤로 어디 갔었기에 볼 수가 없었지?"

하고 물었다. 이에 풍금보도 눈물을 거두며,

"현청에서 매를 맞고 쫓겨나니 어머니는 놀라서 병을 얻어 얼마 뒤에 죽고 말았어요. 그리고 저는 정오마[鄭五媽]의 집으로 창녀로 팔려갔어요. 요사이는 그곳으로 찾아오는 손님이 적어 이곳 임청의 부둣가로 와서 술손님을 맞고 있어요. 어제 진삼이 저에게 당신이 이곳에서 가게를 열었다며 당신을 한번 만나보기를 원했어요. 그런데 뜻밖에도 당신이 이곳으로 술을 마시러 들러주셔서 만나게 됐군요. 한 번 이렇게 뵙고 나니 이제 죽어도 여한이 없어요!"

라고 말을 하고는 다시 울음을 터뜨렸다. 진경제는 소맷자락에서 손수건을 꺼내 눈물을 닦아주면서,

"귀여운 것아, 너무 괴로워하지 말거라. 내 지금은 사정이 많이 좋아졌단다. 관청에서 매를 맞고 옥살이를 하고 쫓겨나니 집안 살림이 모두 없어져버렸지. 그러다 이러저러해 결국은 이곳 안공묘로 와서 출가를 해 도사가 됐단다. 사부께서 나를 매우 신임하고 있으니 내 자주 와서 너를 만나마."

그러면서 다시 물어보았다.

"그래, 지금은 어디에 있지?"

"저는 지금 다리 서쪽에 있는 술집 유이[劉二]네 집에 머물고 있어요. 유이네 집에는 방이 백여 개나 있는데 사방의 창녀와 기생이 모두 모여 살고 있어요. 낮이면 이곳의 여러 술집을 다니며 손님들을

맞이해요."

말을 하면서 둘은 꼭 껴안고 술을 마셨다. 진삼이 술을 데워가지고 올라올 적에 비파를 가져왔다. 금보는 비파를 타며 경제가 술을 마시며 듣도록 했다. 「보천악[普天樂]」을 안주 삼아 들려주니,

두 줄기 눈물, 눈물은 두 줄기
석 잔은 이별주, 이별주는 석 잔.
난새와 봉황이 갈라지니
갈라지는 것은 난새와 봉황.
산 너머 해가 지는 것을 바라보누나
바라보는 것은 산 너머 지는 해로구나.
하늘이 어둡고 땅이 컴컴하니
그 속에서 헤매누나, 헤매누나 그 속에서.
淚雙垂 垂雙淚
三盃別酒 別酒三盃
鸞鳳對拆開 拆開鸞鳳對
嶺外斜暉看看墜 看看墜嶺外暉
天昏地暗 徘徊不捨 不捨徘徊

두 사람은 술이 오르자 옷을 채 다 벗기도 전에 일을 치러버렸다. 진경제는 오랫동안 여자를 가까이하지 못했기에 몹시도 색에 굶주려 있던 터였다. 그러다 풍금보를 만나니 있는 힘을 다해 구름을 부르고 비를 일으키듯 쉼 없이 성욕을 채웠다. 그 광경이란,
하나가 옥 같은 팔을 급히 흔들면

또 하나는 버드나무 같은 허리를 젖힌다.

두 눈에서는 불을 뿜듯

불같은 성욕이 이글이글 타오른다.

하나가 가슴에 땀을 흘리며 미친 듯 공격을 하니

다른 하나는 분 향내도 모두 잃어버리고

야릇한 신음을 수천 번 내지른다.

싸움이 길어지자 물건은 깊이 들어가 굳세진다.

싸움이 극에 달하자

한 줄기 맑은 샘물이 깊숙이 용솟음친다.

수많은 큰 싸움을 해본 기녀의 몸이지만

이번과 같은 싸움은 없었더라.

一箇玉臂忙搖 一箇柳腰款擺

雙睛噴火 星眼郎當

一箇汗浹胸膛 發狠要贏三五陣

一箇香消粉黛 呻吟叫號數千聲

戰良久 靈龜深人性偏剛

鬪殼多時 一股淸泉往裡邀

幾番鏖戰煙蘭妓 不似今番這一遭

　잠시 뒤에 그렇게 일을 마치고 각자 옷을 걸쳐 입었다. 진경제는 날이 이미 어두워진 것을 보고 풍금보와 작별을 하며 은자 한 냥을 주고 진삼에게는 동전 삼백 문을 주었다. 그러면서 풍금보에게,

　"누이, 내 너를 보러 자주 올 테니 우리 여기서 만나. 나를 만나고 싶으면 진삼을 시켜 찾으면 돼."

하고 당부했다. 그런 후 아래로 내려가 가게 주인인 사삼랑[謝三郞]
에게도 술값으로 은자 석 전을 주었다. 진경제가 묘당으로 돌아가니
풍금보는 진경제를 다리 부근까지 바래다주고 돌아갔다.

　　눈이 빠지게 기다린 것도 다 돈 때문이고
　　울어서 얼굴의 화장이 지워진 것도 다 돈 때문이라네.
　　盼穿秋水因錢鈔
　　哭損花容爲鄧通

세상에서 단지 사람의 마음이 나쁠 뿐

유이가 취해서 진경제를 때리고,
손설아는 술집에 창녀로 팔려가다

꽃은 가난한 곳에도 피고

달은 산과 강 곳곳을 밝게 비추네.

세상에서 단지 사람의 마음이 나쁠 뿐

모든 일은 여전히 하늘의 뜻이 사람을 일깨우니.

어리석은 귀머거리 벙어리 집은 부유해지나

영리하고 총명한 자는 오히려 가난해지네.

타고난 사주팔자로 모든 것이 결정되니

생각건대 운명이지 사람의 뜻이 아니라네.

花開不擇貧家地 月照山河到處明

世間只有人心歹 萬事還敎天養人

癡聾瘖瘂家豪富 伶俐聰明却受貧

年月日時該載定 筭來由命不由人

　　한편 진경제는 진삼이 자기를 끌고 사가주루에 가서 풍금보를 만
난 이후에 둘은 다시 정을 통하며 예전처럼 지내니 이삼 일이 멀다
하고 만나게 되었다. 혹시라도 경제가 묘에 일이 있어 가지 못하면

풍금보가 진삼을 시켜 물건을 보내거나 보고 싶다는 연애편지를 써서 진경제를 불렀다. 한 번 가면 다섯 전 혹은 한 냥을 주기도 하고 그 뒤에는 쌀값이나 땔감 값을 주기도 하고 혹은 방세를 주기도 했다. 그러다가 묘로 돌아갈 때면 언제나 얼굴이 불그스레했다. 이를 보고 임도사가,

"어디서 술을 먹고 왔느냐?"

하고 물으면,

"쌀가게에서 점원들과 피곤을 풀려고 몇 잔 마셨어요."

했다. 또한 사형인 김종명은 옆에서 진경제를 감싸주었다. 그러고는 밤이면 같이 그 짓거리를 했으니 더는 얘기하지 않겠다.

이렇게 시간이 흘러 임도사의 주머니에 있는 값진 물건도 훔쳐내 태반은 써버렸으나 임도사는 그때까지 알아채지 못하고 있었다.

그러던 어느 날 마침내 일이 벌어지고 말았다. 술집 주인인 유이[劉二]는 별명이 좌지호[坐地虎]였다. 유이는 원래 주수비 집에서 가까이 일을 보는 장승의 처남이었다. 부둣가에 전문적으로 창녀집을 열고 자기의 세만 믿고 약한 자를 깔보고, 사채놀이를 하면서 기생과 창녀들한테 돈을 빌려주었는데 이자가 삼 할이었다. 만약 제때 갚지 못하면 서류를 고쳐 이자를 본전에 보태 그 이자를 계산해 돈을 우려냈다. 술을 마시면 행패를 부리니 그 누구도 감히 유이를 건드리지 못했다. 창녀들의 우두머리인 유이는 술손님들을 속이고 등쳐먹는 위인이었다. 그러한 유이가 진경제가 안공묘 임도사의 제자로 얼굴도 허여멀건한 것이, 사삼가의 큰 술집에서 기녀 풍금보를 거의 독차지하고 노는 걸 보았다. 이에 술을 마시고 눈을 부라리며 사발만 한 큰 주먹을 불끈 쥐고 사가주루 밑으로 와서,

"금보는 어디 있느냐?"

하고 물었다. 당황한 사삼랑이 급히 대답하기를,

"유씨 아저씨, 금보는 지금 위층 두 번째 방에 있어요."

하자 이에 유이는 대자 걸음으로 바로 위층으로 올라갔다. 이때 진경제는 금보와 함께 방에서 술을 마시며 한창 재미있게 놀고 있었다. 방문도 걸어 잠그고 밖의 발도 드리우고 있었다. 유이는 다짜고짜 발을 손으로 찢어 젖히면서 큰소리로,

"금보야, 나오거라!"

하고 외쳤다. 놀란 진경제는 코와 입으로 숨도 제대로 내쉬지 못했다. 이때 유이는 발로 문을 냅다 걷어차니 금보는 어쩔 수 없이 밖으로 나가 유이를 보고는,

"유이 아저씨, 무슨 할말이 있으세요?"

하니 이에 유이는 욕을 퍼붓기를,

"음탕한 계집 같으니라구! 방세도 세 달치나 내지 않고 이곳에 숨어 있다니, 썩 돌아가지 못할까?"

했으나 금보는 미소를 지으며,

"아저씨가 먼저 돌아가시면 제가 어머니를 시켜 방 값을 바로 보내드릴게요."

했다. 그러자 유이는 다짜고짜 금보의 가슴을 잡고 냅다 주먹으로 쥐어박고 밀치니 금보는 머리를 층층대 모서리에 들이받아 땅바닥에 가득 피가 흘렀다. 그래도 유이는,

"이 음탕한 년아! 또 언제까지 기다리라는 게냐! 나는 지금 받아야겠다!"

하면서 진경제가 있는 걸 보고 안으로 들어가 탁자를 발로 걷어찼다.

그러자 상 위에 있던 접시들이 산산조각이 났다. 이에 진경제가 소리 쳤다.

"당신은 누구야? 누군데 행패를 부리는 게야!"

"지랄하고 자빠졌네!"

유이는 욕을 하면서 냅다 손을 뻗어 진경제의 머리채를 낚아채서는 땅바닥에 내동댕이치고 주먹으로 때리고 발로 수없이 걷어찼다. 이층에서 술을 마시던 사람들이 모두 달려와 바라보면서 말리지는 않고 눈만 껌뻑일 뿐이었다. 가게 주인인 사삼랑은 처음에는 유이가 술에 취한 걸 보고 감히 어쩌지 못했다. 그러나 점차 유이가 길길이 날뛰며 사람을 때리는 걸 보고는 위로 올라와 뜯어말렸다.

"유씨 아저씨, 당신이 좀 참으세요! 이 사람이 아저씨가 누군지 모르고 헛소리를 하며 대들었으니 한번 봐주세요. 제발 제 얼굴을 봐서 용서하시고 가게 내버려두세요!"

그러나 어디 유이가 사삼랑의 말을 들어줄 리 있겠는가? 오히려 더 힘을 주어 진경제가 까무러칠 때까지 마구 팼다. 그러고는 지방의 보갑을 불러 한 오랏줄에 둘을 묶어서는 기둥에 동여매놓았다. 그러고는,

"내일 아침 일찍 수비부로 끌고 가!"

하고 분부했다.

원래 수비부의 수칙에 의하면 수비는 지방의 안전을 보장하고 도적을 방비하고 또한 운하의 관리를 책임지도록 되어 있다.

이곳 임청에서 진경제가 이렇게 붙잡혀 있는데도 임도사는 전혀 이러한 사정을 모르고 있었다. 임도사는 단지 진경제가 밤이 늦어 쌀가게에서 자고 돌아오지 않으려니 하고 여겼다.

다음 날 아침 지방의 보갑과 운하를 순시하는 포졸들이 진경제와 풍금보를 압송하기 위해 말을 샀 내어 태워서는 일찌감치 수비부의 문 앞에 도착해 기다리며 먼저 서류를 두 집사 장승과 이안에게 보여 주면서, 유씨 아저씨 지방에서 소란이 벌어졌는데 안공묘의 도사인 진경제와 창기인 정금보가 그 사건의 장본인이라고 말해주었다. 이에 옥졸들은 진경제에게 돈을 내놓으라고 요구하면서 말했다.

"우리는 현청에서 형벌을 가하는 사람들인데 모두 열두 명이니 당신이 잘 알아서 하게나. 그리고 저 집사 두 분한테는 결코 소홀히 해서는 안 되네."

"신변에 돈이 있기는 했으나 어젯밤에 유이가 나를 때릴 때 더듬어 모두 빼내갔어요! 입고 있는 옷들도 다 찢어졌는데 돈이 어디 있겠어요? 단지 머리에 꽂고 있는 이 은비녀 하나밖에 없는데 이거라도 빼서 두 분 집사님께 드리지요."

이에 옥졸들은 그 비녀를 빼내 장승과 이안에게 갖다 주며 이러저러하다고 설명했다.

"수중에 돈은 단 한 푼도 없고 단지 이 비녀만 있다는데 이것도 순은은 아니군요."

이를 듣고 장승이,

"이리로 불러오거라. 내가 심문을 해야겠다."

하니 옥졸들이 잠시 뒤에 진경제를 윽박지르며 끌고 와 장승 앞에 무릎을 꿇리자, 장승이 물어보았다.

"너는 임도사의 몇째 제자이냐?"

"세 번째 제자입니다."

"금년에 몇 살이냐?"

"스물넷입니다."

"나이도 어린데 마땅히 묘에서 도사 노릇을 하며 열심히 경전을 익히고 배워야 하거늘, 어쩌자고 밖으로 나다니며 창녀와 잠자리를 같이하고 술을 먹고 행패를 부린단 말이냐? 네놈이 우리 대감님의 아문을 도대체 어떠한 시시한 아문으로 보길래 돈도 제대로 가져오지 않고 이 비녀를 내놓았느냐! 이 비녀로는 물을 휘저어도 흐려지지도 않겠다. 대체 이런 것을 어디에 쓰란 말이냐!"

장승은 경제에게 비녀를 되돌려주면서 옥졸에게,

"나리께서 등청하시면 그놈을 첫 번째로 끌고 와 심문을 받게 하거라. 이 개자식 같은 도사는 돈을 잘도 후려쳐먹는단 말이야! 사방팔방으로 시주들의 돈과 양식을 공짜로 얻어먹고 있잖아. 관청의 일은 그만두고라도 어느 술좌석에 간다고 할지라도 손수건 하나쯤은 가지고 가서 입을 닦잖아. 그런데 이런 관청에 오면서 맨입으로 오다니, 잠시 뒤에 형벌을 가할 적에 있는 힘을 다해 저놈의 주리를 틀도록 하게나!"

라고 분부했다. 그런 뒤에 정금보를 불러올렸다. 정씨네 집에서는 일을 보는 남자 하인이 따라와서 위아래 사람들에게 은자 서너 냥을 이미 먹여놓았다. 이에 장승은,

"너는 본래가 창녀이기에 단순히 손님을 받았을 뿐이고, 그것으로 먹고사니 큰 잘못이랄 것이 없다. 수비 나리께서 화가 나시면 주리를 한 번 틀라고 하실 것이고, 기분이 좋으시다면 너를 그대로 풀어주실 게다."

라고 했다. 이때 옆에 있던 옥졸이,

"나한테도 은자 한 전을 가져와야 해. 그래야 이따가 주리 틀 적에

두 엄지손가락은 주리를 틀지 않고 봐주지!"

하니 이때 이안이,

"여자를 데리고 나가 잠시 기다리고 있거라. 나리께서 등청하신
다!"

라고 분부했다. 잠시 뒤에 나무판을 두드리는 소리가 나면서 주수비
가 등청하고 양편으로 관리들과 옥졸들이 나란히 서니 그 모습이 실
로 질서정연했다.

붉은색의 비단이 주위에 걸려 있고
자줏빛 비단 띠로 탁자를 둘렀네.
대청의 중앙에는 붉은 명주 편액이 걸려 있고
사방으로 비취 발이 드리워져 있네.
심문하는 관원은 의젓이 앉아 있는데
계석[戒石]* 위에는 어제[御製]가 새겨져 있구나.
사람됨이 근면 신중 청렴 정직해 보이고
사슴뿔 옆에 영기[令旗]를 양편으로 꽂아두었네.
옥졸들은 엄숙하고
관원들은 위풍당당하다.
몽둥이 든 옥졸은 계단 밑에 서 있고
아전들은 문서 들고 대청 옆에서 기다린다.
비록 보기에는 원수부[元帥府]의 신하들이지만
과연 대청 가득 문무 관원이 가득하다네.

---

* 오대[五代] 후촉[後蜀]의 군주 맹창[孟昶]이 반포한 것으로 관원들이 삼가고 경계할 것을 사백이십 구
[句]로 만든 것. 후에 송[宋]이 촉을 멸하고 송의 태종이 그 중에서 '爾俸爾祿 民膏民脂 下民易虐 上天難欺'
열여섯 자를 지방 관서에 관원들이 경계[警戒]하도록 새겨놓은 비석

緋羅纏壁 紫綬卓圍

當廳額掛茜羅 四下簾垂翡翠

勘官守正 戒石上刻御製四行

人從謹廉 鹿角旁揷令旗兩面

軍牢沉重 僚掾威儀

執大棍授事立階前 挾文書廳旁聽發放

雖然一路帥臣 果是滿堂神道

　공교롭지 않으면 말이 되지 않나 보다. 속담에도 '오백 년이 된 원수도 만나기 마련이며, 혼인의 연분은 마땅히 이루어진다'고 하지 않던가.

　이때 춘매는 수비부에서 지난 팔월에 남자 아이 소아내[小衙內]를 낳아서 이제 겨우 반년이 지났다. 얼굴이 마치 관옥[冠玉] 같고 입술은 주사[硃砂]를 바른 듯 붉었다. 이에 주수비가 애지중지하기를 손바닥 위의 보석처럼 귀히 여기고 그 무엇보다도 소중히 여겼다. 그런 아들이 생긴 지 얼마 되지 않아 큰마님이 세상을 뜨자 주수비는 춘매를 바로 정부인으로 삼고 또 다섯 칸짜리 안채에서 살게 했다. 그리고 유모 둘을 사서 아기를 돌보게 했는데 하나는 옥당[玉堂]이고, 하나는 금궤[金匱]라고 불렀다. 또 하녀도 두 명을 샀는데 한 명은 취화[翠花]이고 하나는 난화[蘭花]였다. 이 밖에 몸 가까이 두고 노래를 불러주는 아가씨 둘을 샀는데 모두 열대여섯 살로 하나는 해당[海棠]이라 하고, 하나는 월계[月桂]라 했는데 이들이 모두 춘매만을 모시고 시중을 들었다. 손이랑의 방에는 단지 하화아[荷花兒]라는 하녀 하나만을 두고 있었다. 소아내는 작은 장승의 품에 안겨서 밖으로 나가자고 졸랐다. 그래서 주수비가 등청할 적에 때로는 곁에서 구경을 하기도 했다.

이날 주수비가 등청해 자리를 잡고 앉은 뒤에 고패[告牌](아문이 개청할 때 내거는 고시패[告示牌]로 나무 위에 당일 처리하는 안건과 일의 사유를 적어놓았음)를 내거니 각 지방에서 죄인들을 데리고 들어왔다. 첫 심문의 대상자로 진경제와 창녀 정금보가 불려나왔다. 수비는 고소장을 보고 또 진경제의 얼굴을 쳐다보니 얼굴이 온통 상처투성이기에,

"너는 도사의 몸으로 어찌 깨끗한 법규를 지키지 않고 창녀와 함께 자고 술을 마시며 나의 관할 지역에서 소란을 피웠느냐? 행동거지가 틀려먹지 않았느냐! 좌우의 포졸들은 이자를 끌어다 곤장을 스무 대 내리치고 도첩을 빼앗은 뒤에 환속시키거라. 그리고 창녀인 정씨는 주리를 한 번 틀고 회초리를 쉰 대 내리친 뒤에 유곽으로 다시 돌려보내거라."

하고 분부했다. 이에 양편의 옥졸들이 앞으로 나와서 경제를 엎어놓고 옷을 벗기고 결박한 후에 매를 들고 내리치려고 했다. 그런데 기이하게 도장승의 품에 안기어 있던 어린 소아내는 때마침 현청의 계단에 서서 보고 있었다. 그런 소아내가 옥졸들이 진경제를 때리려고 하는 것을 보고 장승의 품에서 몸부림을 치며 경제한테 가 경제의 품에 안기겠다고 발버둥을 치는 것이었다. 장승은 행여라도 수비가 볼까봐 옆으로 비켜섰으나 아기는 더욱더 큰소리로 울기 시작하더니 안채에 있는 춘매의 방으로 데리고 가서도 울음을 멈추지 않았다. 이에 춘매가 물었다.

"애가 왜 울지요?"

"영감께서 안공묘에서 말썽을 부린 진씨라는 도사를 때려주라고 판결을 하셨는데 아기가 갑자기 그 사람한테 안기겠다고 발버둥을 치더군요. 그래서 제가 안고 그 자리를 피했더니 이렇게 울고 야단이에요."

춘매는 진씨 성이라는 말을 듣고는 발걸음 가볍게 치맛자락을 부여잡고 병풍 뒤편으로 가서 고개를 조금 내밀고 쳐다보았다. 매 맞는 사람을 보아하니 목소리나 생김이 진경제와 매우 흡사했다. 그래서 속으로 생각하기를,

'저 사람이 왜 출가해 도사가 되었을까?'

하면서 장승을 불러서는 물어보았다.

"저 사람 이름이 뭐예요?"

"저 도사는 소장에 나이는 스물넷에 속명은 진경제라고 썼더군요."

이 말을 듣고 춘매는 가만히 속으로,

'바로 그 사람이구나!'

그러고는 다시 장승에게,

"잠시 나리를 좀 불러주세요."

했다. 이때 주수비는 대청에서 분부를 내려 한창 경제에게 곤장을 거의 열 대 정도 내리치고 있었고, 한편에서는 창녀에게도 주리를 틀고 있었다. 그런데 갑자가 안채에서 부인이 자기를 찾는다는 전갈을 받고 옥졸들에게 잠시 곤장을 멈추라고 분부하고는 안채로 들어가니 춘매가 말하기를,

"당신이 매를 치고 있는 저 도사는 제 사촌동생이에요. 그러니 제 얼굴을 봐서 그를 용서해주세요!"

하니 이 말을 듣고 주수비는,

"그렇다면 진작 말할 것이지, 이미 열 대를 내리쳤는걸. 할 수 없지 뭐!"

하고는 밖으로 나와 옥졸들에게,

"둘을 모두 풀어주거라!"

하고 분부했다. 창녀도 바로 기원으로 돌아갔다. 수비는 가만히 장승을 시켜,

"가서 저 도사를 불러오거라. 가지 말라 하고 마님께 도사를 만나보시겠냐고 여쭈어보거라."

하니 춘매는 장승을 시켜 진경제를 안채로 불러 만나보려고 했으나 갑자기 한 가지 일이 생각이 나서 말은 하지 않았지만 속으로 궁리하기를,

'눈 안의 종기를 없애야 새로운 살이 나지, 눈앞의 종기를 없애지 않았는데 새 살이 어떻게 나올 수 있겠어?'

하고는 장승에게,

"그냥 돌려보내요. 나중에 내가 천천히 다시 부를게요."

했다. 이에 진경제는 도첩도 빼앗기지 않고 곤장만 십여 대 맞고 바로 수비부를 나와 곧장 안공묘로 달려갔다.

그런데 뜻밖에도 임도사에게 어떤 사람이 와서 말해주기를,

"당신 제자인 진종미가 큰 술집에서 창녀 정금보를 독차지하고 있다가 술집의 좌지호 유이의 화를 사서 실컷 언어맞고 계집과 함께 모두 묶여서 수비부로 끌려갔어요. 일이 잘못되어서 포졸들이 당신도 잡아가 심문을 한다고 하고 또 도첩도 관에서 몰수한다고 하더군요!"

하니 임도사는 이 말을 듣고 늙은 몸에 놀라고, 또 둘째로 몸도 비대해 혈압도 오른 터에 귀중품을 넣는 상자를 열어보니 귀중한 물건들

이 하나도 없는지라 화가 치밀고 가슴속으로 가래가 끌어올라 땅바닥에 혼절해 쓰러졌다. 제자들이 급히 앞으로 나와 임도사를 부축해 일으키고 의원을 청해 치료를 하고 약을 먹였으나 인사불성이 되어 깨어나지 못했다. 그러다 그날 밤에 오호 애재라, 숨이 끊어지고 말았구나! 그때 나이 예순셋이었다.

임도사가 죽은 다음 날 진경제가 그곳에 오니 이웃 사람들이,

"자네, 그러고도 묘당으로 돌아가려고 하는가? 자네 사부가 자네 때문에 화가 나서 결국은 어젯밤 삼경쯤에 죽고 말았어!"

하니 이 말을 듣고 진경제는 크게 당황했다. 그 꼴이란 마치 상갓집 개처럼 놀라고 그물에서 빠져나온 물고기처럼 화급한 모습이었다. 그래서 진경제는 급히 청하현으로 다시 도망쳐 돌아갔다. 참으로, 노루가 누구에게 잡힐지는 알 수 없고, 나비가 장자로 변했는지는 알지 못하겠구나.

여기서 얘기는 둘로 나뉜다.

춘매는 진경제를 보고는 진경제를 남게 해 만나보려다가 갑자기 한 가지 생각이 떠올라 장승을 내보내 진경제를 잠시 돌려보내도록 했다. 그러고는 방에 돌아와 모자 장식을 벗고 옷을 벗고 침대에 누워 이불을 끌어당겨 푹 뒤집어쓰고는 신음 소리를 내었다. 이를 듣고 집안의 모든 사람들이 놀랐다. 그래서 아랫방에 있던 손이랑이 와서 물었다.

"큰마님, 방금 나갈 때는 좋으셨는데, 어째 돌아오셔서 갑자기 몸이 불편하시지요?"

"내버려두고 다 나가봐요!"

잠시 뒤에 주수비가 안으로 들어와 춘매가 침대 위에 누워 신음하는 걸 보고는 크게 놀라서 춘매의 손을 잡고서,

　　"속이 어때서 그래?"

하고 물었으나 춘매는 대답하지 않았다. 그래서 다시,

　　"그럼 누가 당신을 화나게 만들었나?"

　　그래도 대답이 없다. 수비가 다시,

　　"내가 방금 당신 친척을 때려서 그래 화가 났나?"

　　그래도 역시 대답이 없었다. 이에 수비는 더는 어쩌지 못하고 밖으로 나와 장승과 이안을 들라 해서 꾸짖기를,

　　"너희 둘은 일찍이 그 도사가 마님의 친척인 걸 알았을 텐데 왜 진작에 말하지 않았느냐? 그런 줄도 모르고 내가 한 열 대를 후려갈겨 놨더니 집사람이 몹시도 괴로워한단 말이다. 그리고 내가 그 도사를 남게 해 마님과 만나보게 하라고 말하지 않았느냐. 그런데 어째서 그 냥 돌려보냈느냐! 도대체 사리 분별들을 이렇게 제대로 못하니, 원."

하니 이에 장승이,

　　"소인이 마님께 가서 말씀드렸어요. 그랬더니 마님께서 천천히 만나시겠다며 우선 돌려보내라고 하시기에 제가 돌려보냈어요."

하면서 방에 들어가 울면서 춘매에게 하소연하기를,

　　"제발 마님께서 나리께 한 말씀만 해주세요. 그렇지 않으면 나리께서 소인들을 엄히 꾸짖으실 거예요!"

하니 이 말을 듣고 춘매는 눈을 동그랗게 치켜뜨고 눈썹을 곤두세우고는 수비를 잠시 안으로 드시라 해서는,

　　"저 혼자 속이 상해서 그래요. 저들과 무슨 상관이 있다고 그러세요? 제 동생이 분수를 지키지 않고 밖에서 도사 노릇을 하고 있으니

122

좀 더 고생을 하며 세상 물정을 알게 한 뒤에 천천히 불러서 만나볼 게요."

했다. 이 말을 듣고 수비는 비로소 더는 장승과 이안을 꾸짖지 않았 다. 그러면서도 수비는 춘매가 신음 소리를 내자 다시 장승을 시켜 의원을 불러 맥을 보게 하니, 의원이 말하기를,

"마님께서는 유욕칠정[六慾七情]의 병에 걸려 그 화가 가슴을 짓 누르고 있습니다."

하고는 약을 지어 왔으나 먹지 않고 차게 그냥 내버려두었다. 하녀들 도 모두 그 앞에 나아가 감히 약을 먹으라고 말하지 못해 할 수 없이 주수비를 모셔왔다. 주수비가 약을 먹으라고 권하니 춘매는 마지못 해 한 모금 마시고 더는 마시지 않았다. 주수비가 밖으로 나가자 큰 하녀인 월계가 약을 가지고 들어와,

"마님, 약을 드시지요."

했다. 그러자 춘매는 약사발을 빼앗아 월계의 얼굴에 끼얹으며 욕을 하기를,

"이년아! 어쩌자고 네년은 이런 쓴 물만 가져와 내게 마시라고 하 는 게야! 내 뱃속에 무엇이라도 들어 있는 게냐!"

하면서 춘매 앞에 무릎을 꿇게 했다. 그러자 손이랑이 건너와 묻기 를,

"월계가 어쩐 일이냐? 왜 마님께서 월계를 꿇어앉혔느냐?"

하니 해당이 말했다.

"마님께 월계가 약을 갖다 드렸어요. 그런데 마님께서 약을 월계의 얼굴에 냅다 끼얹으며 자기 뱃속에 무엇이 들어 있느냐고 하셨어요. 왜 약을 가져다 들이붓느냐면서 월계한테 무릎을 꿇게 하셨어요."

이 말을 듣고 손이랑이,

"오늘 마님께서 아무것도 드시지 않았는데 월계 그것이 도통 모르고 있었군요. 제 얼굴을 보아 때리지 마시고 용서해주세요."

하면서 해당에게,

"빨리 주방에 나가 죽을 좀 끓여와 마님께 자시도록 갖다 드리거라!"

하고 분부했다. 이에 춘매도 그제서야 비로소 월계를 놓아주었다. 해당은 부엌으로 가서 정성껏 작은 솥에다 찹쌀과 좁쌀을 넣어 진하게 죽을 한 사발 쑤고 반찬을 네 접시 담고 상아 젓가락을 받쳐 따스할 때 바로 방으로 가지고 들어왔다. 가지고 들어와 보니 춘매는 침대 위에서 안쪽을 보고 돌아누워 있었다. 해당은 감히 부르지도 못하고 서 있었다. 그러다 춘매가 돌아눕자 그제야 비로소,

"죽을 끓여왔으니 좀 드세요."

했으나 춘매는 눈을 꼭 감고 들은 척도 하지 않았다. 해당이 다시,

"죽이 식으니 일어나서 좀 드세요."

하니 손이랑도 곁에서,

"큰마님, 온종일 아무것도 드시지 않았어요. 좀 괜찮으시면 일어나 죽을 드세요. 그래야 힘을 추스릴 수가 있지요."

하자 그제야 춘매는 마지못해 자리에서 일어나 유모를 시켜 등불을 가져오게 해 한 모금을 떠먹고 한 옆으로 획 던져버리니 하마터면 땅에 떨어져 산산조각이 날 것을 유모가 가까스로 받아올렸다. 그러면서 버럭 소리를 내지르며 손이랑에게,

"왜 쓸데없이 나더러 죽을 먹으라고 하는 게야. 이년이 끓여온 죽을 좀 봐요! 내가 해산을 한 임산부도 아닌데 이렇게 얼굴이 훤히 비

치는 멀건 죽을 어떻게 먹으라는 거예요!"

그러면서 유모 금궤에게,

"저년의 귀싸대기를 네 대 때려!"

하고 분부하자, 금궤는 정말로 해당의 따귀를 네 대 걸어올렸다. 손
이랑이 다시 말했다.

"마님, 죽을 들지 않으시겠다면 다른 무엇이 잡숫고 싶으세요? 그
렇게 굶으시면 안 돼요."

"나더러 먹으라 하지만 속에서 받아넘기지를 못해요."

한참이 지나 춘매는 작은 하녀인 난화를 불러서,

"계첨탕[鷄尖湯]을 먹고 싶어. 그러니 부엌에 가서 그 음탕한 년더
러 손을 깨끗이 씻고 계첨탕을 끓여오라고 해. 죽순과 초를 넣어 새
콤하면서도 매콤하게 끓여서 가져와."

하니 손이랑도,

"설아한테 끓이도록 해. 먹고 싶은 걸 먹어야 그게 바로 약이지요."

했다. 난화는 바로 부엌으로 가서 손설아에게 말했다.

"마님이 당신더러 계첨탕을 끓이라고 하시니 빨리 하세요. 드시려
고 기다리고 계세요."

원래 계첨탕은 닭의 날갯죽지를 잘게 다져서 만든 국이다. 이에
손설아는 먼저 손을 씻고 손톱을 깎고 어린 두 마리의 닭을 잡아 깨
끗이 씻은 다음에 날개를 뜯어내 날카로운 칼로 잘게 썬 다음에 후추
와 파, 죽순, 참기름, 간장 등을 넣어 맑게 끓였다. 두 대접을 떠서 붉
은 쟁반에 받쳐들고 뜨거울 때 난화가 부리나케 방 안으로 가져오니
춘매는 등불 아래 한차례 비추어 보고 한 모금을 먹더니만 별안간 냅
다 소리를 질렀다.

"너 가서 그 음탕한 년한테 말하거라, 이게 무슨 놈의 국이냐구! 멀겋기가 마치도 맑은 물 같은데 도대체 이게 무슨 맛이야! 너네들은 나보고 먹으라고 하면서 도리어 내 속만 긁어놓고 있잖아!"

"마님께서 죽이 너무 멀겋다고 하시면서 욕을 하고 난리예요!"

이에 설아는 아무런 말도 하지 않고 끓어오르는 화를 참고 묵묵히 처음부터 다시 솥을 얹고 다시 죽을 한 사발 끓였다. 이번에는 후추 등 양념을 좀 더 넣고 구수하게 해서 난향을 시켜 가져가게 했다. 춘매는 다시 너무 짜다고 트집을 잡아서는 그릇을 들어 땅바닥에 집어 던져버렸다. 다행히 난화가 잽싸게 피했으니 망정이지 그렇지 않았으면 온몸에 다 뒤집어쓸 뻔했다. 그러면서 욕하기를,

"가서 그 종년한테 말해. 그년더러 공연히 화를 내지 말고 끓이라고 해! 이번 것도 맛이 없으니 알아서 좀 더 잘 끓여보라고 해!"

하니 손설아가 이 말을 듣고 결코 하지 말았어야 할 말을 나지막이 중얼거렸다.

"이것이 언제부터 이렇게 컸다고 설치고 있어!"

그러나 생각지도 않게 난향이 이를 듣고 방 안으로 돌아가 춘매에게 모두 고해바쳤다. 춘매가 안 들었으면 몰라도 듣고서는 눈썹을 치켜뜨고 눈을 둥그렇게 뜨고 이를 갈고, 얼굴이 시뻘겋게 열이 나서는 큰소리로,

"가서 그년을 잡아끌고 오거라!"

하고 외쳐대자, 아낙네 몇이 몰려가 즉시 설아를 끌고 방으로 왔다. 춘매는 독이 올라서 한 손으로 손설아의 머리채를 움켜쥐고는 설아의 머리 장식을 땅바닥으로 던져 짓밟으며 욕을 하기를,

"이 계집 종년아! 언제부터 내가 이렇게 컸냐구? 너희네 서문경

집안 덕으로 내가 이렇게 큰 것이 아니야! 네년을 사와 나를 시중들게 만들었더니 네년은 그게 화가 나서 내가 좀 먹게 죽을 끓이라고 하니 멀겋게 하지 않으면 쓰거나 짜게 심통을 부리며 끓여! 그러면서 도리어 하인 애들을 데리고 내가 언제부터 이렇게 컸냐고 흉을 보고 있어! 그리고 뭐 도도해졌다고? 내가 너 같은 것을 어디다 써먹겠느냐!"

하면서 주수비를 안으로 들게 해서는,

"설아를 끌어다 뜰 안에 꿇리고 장승과 이안을 시켜 설아의 옷을 벗겨 곤장을 삼십여 대 내리치세요."

했다. 이에 양편에 집안의 하인들이 등불을 대낮같이 밝히고 장승과 이안이 각기 큰 곤장을 들고 대령하고 있었다. 그러나 설아는 한사코 옷을 벗지 않으려고 발버둥을 쳤다. 수비는 춘매가 더 화를 낼까 두려워 앞에 서 있기만 할 뿐 아무 말도 하지 않고 있었다. 손이랑은 곁에서,

"큰마님께서 몇 대를 때리시건 그것은 괜찮지만 속옷을 벗기는 것만은 말아주세요! 여기 이렇게 남정네들도 많은데 손설아의 옷을 벗기면 나리 체면도 좋지가 않잖아요. 그러니 마님께서 좀 사정을 봐주세요. 여하튼 저것이 잘못을 했어요."

했으나 춘매는 듣지 않고 한사코 옷을 벗기고 때리겠다고 악을 쓰며 이르기를,

"누구든지 나를 말리면 내가 먼저 이 아기를 집어던져 죽여버리고 그런 다음에 나도 목매어 죽어버리겠어요! 여하튼 저년만 남겨두면 되잖아요!"

하더니 매질도 하지 않고 땅바닥에 머리를 처박고 혼절해 인사불성

이 됐다. 이에 주수비는 놀라서는 급히 춘매를 안아 일으키면서,

"때리고 싶으면 때려! 원, 이렇게 화를 내다니!"

했다. 불쌍한 손설아도 더는 어쩌지 못하고 땅바닥에 엎어져 옷을 벗고 곤장을 삼십여 대 맞았다. 삼십여 대를 맞고 나니 살이 터지고 피가 흘러내렸다. 그러고는 한밤에 옥졸한테 설씨를 불러오라고 이르고는 설씨더러 즉시 설아를 끌고 가 팔아버리라고 했다. 춘매는 설수를 불러 가만히 분부하기를,

"나한테는 여덟 냥만 갖다 주면 돼요. 그렇지만 이년은 반드시 창녀촌에 팔아버려야 돼요! 설씨가 중간에서 얼마를 더 받든지 나는 상관치 않을게요. 창녀촌에 팔지 않고 만약에 다른 곳에 팔다가 나한테 발각되면 다시는 나를 볼 생각 말아요!"

"제가 어떻게 사는데 감히 마님의 말씀을 거역하겠습니까?"

설씨는 그날 밤으로 설아를 데리고 집으로 갔다. 설아는 서글프고 애절하게 날이 밝도록 울었다. 설씨는 그만 울라고 하면서,

"그만 울게, 다 당신의 팔자소관이야. 원수와 어떻게 한집에서 살 수 있겠어! 나리께서는 보고만 있잖아. 보아하니 그 마님이 당신한테 전부터 무슨 원한이 있어 앙갚음을 하는 것 같은데 나리가 나서서 무엇을 할 수 있겠어! 게다가 아들까지 낳았으니 마님의 말을 듣고 따를 수밖에 없지. 그러니 마님 밑에 있는 손이랑이 마님한테 많은 것을 양보하잖아. 속담에도 '쌀도적이 창고지기가 된다'고 하잖아. 더 말해 무엇하겠나, 그러니 그만 울게나."

이에 설아는 눈물을 거두고 설씨에게 고맙다고 인사하면서 부탁했다.

"이왕에 이렇게 되었으니 빨리 적당한 자리를 알아봐주셔서 밥이

나 얻어먹게 해주세요."

"그 사람이 나한테 신신당부하기를 자네를 창녀로 팔아버리라고
했어. 그렇지만 나도 딸자식을 키우는 사람인데 천리[天理]를 모르
겠나? 내가 자네를 위해 홀아비거나 부인이 하나만 있는 집을 찾거
나, 작은 가게를 하는 사람을 찾아봐줄게. 그래야 당신을 먹여 살릴
수 있잖아."

이 말을 듣고 설아는 설씨한테 수없이 고맙다고 인사를 했다.

이틀이 지나 설씨의 이웃인 장노파가 건너와서,

"설씨, 집 안에 웬 여인이오? 그런데 왜 그리 서럽게 울고 있지요?"
하고 물었다. 이에 설씨는 장노파를 보고,

"장씨, 잠시 안으로 들어와 앉으세요."
하고는 얘기하기를,

"바로 이 부인이에요. 큰 부잣집에서 쫓겨나왔는데 큰마님과 마음
이 맞지 않아서 이곳으로 나와 시집갈 데를 찾고 있어요. 홀아비거나
부인이 하나인 데를 원하는데 그러면 화도 풀릴 거예요."

"우리 집 아래쪽에 산동에서 면화를 팔려고 온 솜 장수가 있어요.
성이 반[潘]씨로 집안에서 다섯째인데 나이는 서른일곱이랍니다. 솜
을 몇 수레 싣고 와서는 항상 우리 집에서 묵지요. 일전에 저한테 집
안에 노모가 있는데 병이 들고 나이가 일흔이 넘었다고 하더군요. 그
런데 부인이 죽은 지 거의 반년이 다 되어 노모를 모실 사람이 없다
고 하더군요. 그러면서 저더러 적당한 부인을 찾아 혼사를 시켜달라
고 거듭 부탁했으나 아직까지 마땅한 자리를 찾지 못하고 있어요. 이
부인과는 나이도 거의 비슷해 보이니 반씨한테 시집을 가는 게 좋겠
군요."

"솔직히 말해 이 부인은 대갓집에서 나왔지만 궂은일이건 무엇이건 못하는 게 없답니다. 바느질이건 부엌일이건 말할 것도 없고 또 국도 아주 잘 끓여요. 금년에 나이가 서른다섯인데 그 집에서는 서른 냥을 내라는 거예요. 중간의 소개비는 잘 쳐주겠다면서 말예요."

"그럼 장롱 같은 것은 있나요?"

"단지 입고 있는 옷하고 비녀와 귀고리만 있고 장롱 같은 것은 없어요."

"그렇다면 내가 집으로 돌아가 반씨한테 와서 직접 보라고 할게요."

장노파는 차를 마시고 잠시 앉았다 바로 돌아갔다. 저녁에 이런 사정을 반씨한테 말해주었다. 그러고는 다음 날 아침을 먹고 난 뒤에 과연 장노파는 반씨를 데리고 설아를 보러 왔다. 반씨가 설아를 보니 얼굴도 예쁘장하고 나이도 어린지라 단번에 은자 스물닷 냥을 꺼내주고 설씨에게도 중매료로 은자 한 냥을 집어주었다. 이에 설씨도 더는 군말을 하지 않고 바로 은자를 달아 받고 문서를 쓴 뒤에 저녁에 데리고 가기로 했다. 설아는 다음 날 수레를 타고 갔다. 설씨는 사람을 시켜 서류를 고쳐 쓰게 하고는 단지 은자 여덟 냥만을 수비부의 춘매에게 가져다주고 설아는 창녀로 팔아버렸다고 했다.

한편 반씨는 설아를 장노파 집으로 데려와 그 집에서 하룻밤을 지냈다. 다음 날 오경쯤에 장노파에게 고맙다고 인사한 뒤에 바로 수레를 타고 출발해 임청으로 향했다. 때는 바야흐로 유월이라 해는 길었다. 부둣가에 도착하니 그제서야 비로소 해가 지려고 했다. 술집에 이르고 보니 그곳은 방이 백여 개나 있고 모두가 사방 각처에서 온 창녀와 기생들이 머물고 있었다. 손설아도 그 중의 방 하나로 끌려 들어갔는데 반 칸짜리 방에 온돌이 놓여 있고 온돌 위에는 오륙십 세가 되어 보이는 노파가 앉아 있고 또 열대여섯 살 되어 보이는 계집아이가 머리를 둘둘 말아 올리고는 입술을 빨갛게 칠하고 속이 훤히 들여다보이는 얇은 비단 옷을 걸치고 온돌가에 걸터앉아 비파를 타고 있었다. 설아는 이러한 것을 보고 가슴이 덜컥 내려앉았다. 이때서야 비로소 반오[潘五]라는 사내가 바로 수객[水客](인신매매를 하는 자)으로 설아를 사와서 창녀로 삼은 것을 알게 되었다. 반오는 설아에게 옥아[玉兒]라고 이름을 지어주었다. 그 작은 계집애는 이름이 금아[金兒]로 매일 징을 들고 술집으로 가 노래를 불러주거나 길에서 손님을 불러 그 짓을 하기도 했다. 반오는 설아를 끌고 와서는 다짜고짜 한차례 두들겨 패고 이틀을 자기가 데리고 잤는데 밥도 이틀에 두 번밖에 주지 않았다. 그러면서 악기를 다루고 노래 부르는 것을 배우게 했는데 제대로 하지 못하면 또 팼다. 그렇게 심하게 맞으니 온몸이 다시 퍼렇게 멍이 들었다. 그러면서 겨우 웬만큼 배우고 나자 그때서야 비로소 설아에게 좋은 옷을 입히고 화장을 해 치장하게 하고는 문 앞에 서서 미소를 지으며 지나가는 손님들을 유혹해 끌어들이도록 했다.

그야말로, 종적은 남아서 오갈 때 사람 눈에 띄니, 연지분 사지 않고 단청을 그리는구나.

시가 있어 이를 밝히나니,

궁지에 처하니 오갈 데 더욱 없고
남북으로 오가도 쉴 곳이 없구나.
하룻밤 새에 고운 구름은 어딘가로 흩어지고

꿈은 밝은 달을 따라서 기원에 이르누나.

窮途無奔更無投 南去北來休便休

一夜彩雲何處散 夢隨明月到靑樓

설아는 술집에서 어쩔 수 없이 그렇게 보내고 있었다. 그러던 어느 하루 장승이 수비의 명을 받고 강 하구로 가서 술을 빚는 누룩 십여 섬을 사 집에서 술을 담그려고 했다. 술집 주인인 좌지호 유이는 자기 매형이 온 걸 보고 급히 술집을 깨끗하게 치우게 하고는 술집에서 가장 좋은 방에다 술과 안주 그리고 여러 가지 신선한 과일과 생선 요리를 장만해 장승을 윗자리에 앉게 하고 대접했다. 이때 술집 지배인이 술을 데워와 앞으로 다가와서는,

"어른께 아룁니다. 아래쪽의 누구를 불러 술을 따르게 할까요?"

하자 유이는,

"왕씨네 늙은 것하고, 조씨네 교아[嬌兒], 반씨네 금아, 옥아 넷을 올려 보내 우리 자형을 모시도록 하거라."

하고 분부했다. 이에 지배인은 대답하고 밑으로 내려갔다. 얼마 되지 않아 계단 위에서 웃음소리가 들리면서 기생 넷이 올라오는데 모두 꽃과 같이 화장을 하고 속살이 훤히 비치는 얇은 비단 옷을 걸치고 있었다. 위로 올라와 꽃가지가 바람에 나부끼듯 비단 띠가 바람에 펄럭이듯 날아갈 듯이 절을 네 번 올리고는 곁에 섰다. 이에 장승은 눈을 크게 뜨고 그들 중 하나를 뚫어지게 쳐다보았다. 아무리 봐도,

'지난번 나리 댁에서 쫓겨난, 부엌에서 일을 하던 설아댁 같은데 어째서 이런 곳에 와서 일을 하고 있을까?'

하고 생각했다. 설아도 눈을 들어 바라보니 장승인지라 아무런 말도

못했다. 장승이 유이에게 물어보았다.

"저 기녀들은 누구 집 사람인가?"

"이쪽은 반오네 집의 옥아와 금아이고, 저쪽은 왕씨이고, 또 하나는 조교아[趙嬌兒]입니다."

"왕씨는 내가 알고 있고, 이쪽 반가네 옥아는 눈에 익은데…."

장승은 옥아를 가까이 오라고 불러서,

"혹시 주수비 어른 댁에 있던 손씨 아주머니가 아닌지요? 어떻게 이런 데 오게 됐어요?"

하고 물었다. 설아도 장승이 이렇게 묻자 닭똥 같은 굵은 눈물을 두 줄기 흘리면서,

"한마디로 말하기는 힘들어요!"

하면서 그간의 일을 죽 설명하고는,

"설씨 아주머니가 나를 속여 이곳에 스물닷 냥에 팔았어요. 그래 이곳으로 팔려와 어쩔 수 없이 술을 따르고 노래를 부르며 손님을 받아 몸을 팔고 있어요!"

했다. 장승은 예전부터 손설아가 예뻐장해 마음에 품고 있었다. 설아도 그것을 아는지 앞으로 다가와 앉으며 은근히 술을 따라 권했다. 둘이 얘기를 나누다 보니 점점 더 마음이 통하여 설아와 금아는 함께 비파를 끌어다 장승이 술을 마시며 듣도록 「사괴금[四塊金]」 노래를 불러주었다.

전생을 생각해보니 그대에게 사랑의 빚을 얼마나 졌던가.
중도에서 헤어지니 동심대[同心帶]*도 묶지를 못하겠네.

---

* 동심결[同心結]이라고 함. 예전에 비단 띠를 꼬아 만든 고리 모양으로 남녀 간 애정의 징표로 주고받던 것

이야기를 하자니 눈물이 뺨에 가득하고
답답한 마음과 근심이 바다와도 같구려.
철석같이 했던 맹세 지금은 그 어디에
무정한 내 님아
어쩌자고 나의 수많은 사랑을 저버리시나.
前生想咱 少欠下他相思債
中途漾却 綰不住同心帶
說着叫我淚滿腮 悶來愁似海
萬誓千盟 到今何在
不良才 怎生消磨了我許多時恩愛

　이렇게 노래를 부르고 둘은 서로 잔을 바꾸어 마시기도 하고 장승
은 푸른 치마에 감싸여 입술을 빨기도 했다. 술이 점점 더 취해 오르
니 속담에도 '세상에서 돈과 여인과 술, 누가 이 세 가지에 빠지지 않
을 수 있겠는가?'라고 했으니 장승이 바로 설아를 좋아하게 된 것이
다. 이날 밤 둘은 저녁에 방에 남아서 잠자리를 함께했다. 이에 설아
는 잠자리 기술로 귓가에는 아름다운 사랑의 밀어를 속삭이며 장승
과 온 힘을 다해 마치 물고기가 물을 만난 듯 즐기니 쾌락이란 이루
다 말로 할 수 없는 것이었다.
　다음 날 장승과 설아가 일어나 얼굴을 씻고 머리를 빗으니, 유이
가 일찌감치 술과 안주를 준비해 매부를 극진히 대접했다. 장승은 크
게 한차례 배부르게 먹고 짐들을 정리하고 말들도 배불리 먹이고 또
누룩도 잘 실었다. 출발하기에 앞서 장승은 설아에게 은자 석 냥을
주고 또 따로 유이에게,

"잘 돌봐주게나, 사람들이 우습게 보지 못하게 말이야!"
하고 당부했다.

　이후로 장승이 하구 쪽으로 내려오면 바로 술집으로 건너와 설아를 만났다. 그렇게 오가며 매월 반오에게 은자 닷 냥을 주어 설아를 독차지하고는 다른 사람들이 가까이 하지 못하도록 했다. 또한 유이도 자기 매형의 환심을 사기 위해 설아한테는 방세도 받지 않을 뿐만 아니라 각 기생집에서 돈을 뜯어내 장승을 대신해 설아를 데리고 노는 값을 치러주기도 하고 땔감이나 쌀도 사다주었다.

　시가 있어 이를 증명하나니,

　누가 알겠는가 예전에 마음대로 놀던 것을
　음란함을 탐하고 세를 믿고 마음을 속이더니
　재앙이 찾는 것이 아니라 사람이 스스로 찾고
　색이 미혹하는 것이 아니라 사람이 절로 빠진다네.
　豈料當年縱意爲 貪淫倚勢把心欺
　禍不尋人人自取 色不迷人人自迷

득실과 영고(榮枯), 모든 게 운명일지니

평안이 전당 잡힌 물건을 훔치고,
설씨 아주머니는 꾀를 내어 인정을 말하다

복이 있다고 다 누리지 마라.
복이 다하면 가난뿐이라네.
권세가 있다고 위세를 떨지 마라.
권세가 다하면 원수를 만나리니.
복이 있어도 마땅히 아끼고
권세가 있어도 의당 공손하라.
인간 세상에서 권세와 복은
시작은 있으나 대개 끝이 없나니.

有福莫享盡 福盡身貧窮

有勢莫倚盡 勢盡冤相逢

福宜常自惜 勢宜常自恭

人間勢與福 有始多無終

이렇게 손설아가 술집에서 창녀가 된 얘기는 이쯤에서 접어두자.

애기는 둘로 나뉘어서, 한편 오월랑은 서문경의 큰딸이 죽고 난 다음에 진경제를 관가에 고소해 혼을 내주었고, 집안 하인들의 우두

머리 격이던 내소가 죽고 처 일장청도 아들인 소철아를 데리고 다른 사람에게 시집을 가고 말았다. 그래서 내흥이 대문을 지켰다. 방 안에서 일을 보던 수춘은 왕비구니에게 보내 제자로 삼아 출가를 시켰다. 내흥은 아내 혜수가 죽은 다음에 부인이 없이 홀로 지냈다. 유모 여의아가 가끔 효가를 안고 내흥한테 놀러 가서 음식도 같이 먹곤 했다. 그러면 내흥은 또 술을 데워가지고 나와 유모와 같이 마시며 둘은 서로 장난을 치기도 했다. 그러다 둘은 서로 살을 섞게 되었다. 이런 일이 하루이틀이 아니라 유모가 앞채로 나왔다가 다시 안채로 들어갈 적에는 언제나 얼굴이 불그스레했다. 월랑은 이를 눈치 채고 한 차례 야단을 쳤다. 그러나 집안의 추문은 밖으로 알리지 않는다고, 유모한테 옷 한 벌과 비녀 네 개, 은으로 수[壽]자를 새긴 비녀 하나와 빗 하나를 주어 좋은 날을 택해 내흥에게 시집을 보냈다. 이로써 여의아는 낮에는 부엌일에 아기를 돌보고 안채의 일을 봐주었고, 밤에는 앞채로 나가 내흥과 함께 잠자리를 했다.

팔월 보름날, 이 날은 바로 월랑의 생일이다. 오대구 부인, 오이구 부인, 그리고 비구니 셋이 모두 건너와서 월랑의 생일을 축하해주고 안채에서 함께 술을 마셨다. 저녁에는 모두 맹옥루가 머물던 사랑채로 건너가 오대구 부인과 오이구 부인, 세 비구니가 잠자리를 같이하며 이경까지 불경 얘기를 들었다. 중추아가 뒤채에서 차를 끓이고 있었는데 월랑이 몇 번을 불러도 대답이 없었다. 그래서 월랑이 직접 안방으로 들어가 보니 대안이 소옥을 눕혀놓고 온돌 위에서 한창 재미를 보고 있었다. 월랑이 문을 밀치고 갑자기 들어오는지라 둘은 당황해 손발을 제대로 놀리지 못했다. 월랑은 그러한 꼴을 보고서도 아무 말도 하지 않고 단지,

제95화 득실과 영고(榮枯), 모든 게 운명일지니

"못된 것들! 뒤채에 가서 왜 차를 내오지 않는 게야? 집 안에서 스님들이 하루 종일 경을 읽느라 차를 드시려고 하는데 말이야. 여기에서 대체 무슨 짓들을 하는 게야!"

하니 이에 소옥이,

"중추아보고 차를 끓이라고 시켰어요."

그러고는 고개를 숙이고 뒤채로 들어갔다. 대안도 바로 중문을 지나 앞채로 나갔다. 이틀이 지나 오대구 부인과 오이구 부인, 세 비구니도 모두 집으로 돌아갔다. 월랑은 내흥이 살고 있던 방을 비우게 한 다음에 말끔하게 정리를 하고서는 대안이 머물게 했다. 그러고는 내흥을 내소가 묵던 곳으로 이사를 가게 하고는 대문을 지키게 했다.

대안에게 이부자리 두 채와 새 옷 한 벌, 새 모자 하나, 버선과 신을 장만해주고, 소옥에게는 쪽머리 하나와 금은 머리 장식 몇 개, 금과 은으로 만든 비녀 네 개와 귀고리, 반지와 화려한 비단옷 두 벌을 주어 좋은 날을 택해 대안한테 시집을 보내 둘을 부부로 짝지어주었다. 소옥은 낮이면 여전히 안으로 들어가 월랑의 방에서 시중을 들고 저녁 중문을 닫을 때쯤 밖으로 나와 대안과 함께 잠자리를 했다. 이 소옥 계집은 맛있는 음식이 있으면 잘 두었다가 어떻게 해서라도 밖으로 가지고 나와 대안에게 먹였다. 월랑은 이것을 보기는 했으나 못 본 체했다. 속담에도 '사랑에 빠진 사람은 눈이 어둡고, 욕심을 내는 사람은 지칠 줄을 모른다.' 또 '양과 술을 제대로 나누어주지 않으면 끄는 말들이 제멋대로 날뛰고, 집안을 바르게 단속하지 않으면 노비들이 원망한다'고 했다. 한편 평안은 월랑이 소옥을 대안에게 주어 짝을 맺어주고 대안한테 방 한 칸도 내주어 살림을 차려주고 또 옷과 장신구도 새로 만들어주는 등 다른 사람에게보다 훨씬 더 잘해주는 것을 보았다. 평안은 금년에 대안보다 두 살이 많은 스물두 살인데 마누라는 고사하고 방 한 칸도 제대로 없었다.

　그러던 어느 날 부지배인이 다른 사람의 금박 입힌 모자와 도금한 목걸이를 서른 냥에 저당 잡는 것을 보았다. 그 사람은 은자를 한 달만 사용하고는 이자를 붙여서 물건을 찾으러 오겠다고 했다. 부지배인은 대안더러 점포 안 큰 상자 안에 잘 넣어두라고 했다. 그러나 생각지도 않게 평안이 물건을 보고는 다른 마음이 일어 상자째로 훔쳐 달아났다. 훔쳐 달아나서는 남쪽에 있는 사창가 무장각[武長脚]의 집으로 갔다. 그곳에는 창녀 둘이 있었는데 한 명은 설존아[薛存兒]이고, 다른 한 명은 반아[伴兒]였는데, 평안은 창녀들과 이틀을 묵었다. 주인집 포주는 평안이 돈을 마구 쓰는 데다 상자 안에 금붙이 등 귀금속이 들어 있어 패물과 그릇 등으로 술을 사는 것을 보고 수상히 여겨 몰래 포졸을 끌고 와 평안을 방으로 잡아들여 귀방망이를 두어 차례 내려친 다음에 바로 묶어버렸다. 일이 공교롭게 되는지 생각지도 않게 마침 오전은이 순검[巡檢]으로 승진을 해 말을 타고 순찰을 하면서 이쪽으로 건너오고 있었다. 이러한 광경을 보고,

　"왜 저자를 묶었느냐?"

하고 물으니, 순라군은 무릎을 꿇고 아뢰기를,

　"여차여차해 물건을 가지고 나와 창녀집에 머물며 금은 귀중품을 마구 쓰길래 의심이 되어 체포했습니다."

하니 이를 듣고 오전은이,

　"내가 끌고 가 심문하겠다!"

하면서 평안을 순검청[巡檢廳]으로 끌고 갔다. 오전은이 자리를 잡고 앉자 양편으로 무장을 한 포졸들이 도열하고 섰다. 순라군이 평안

을 끌고 앞으로 나아갔다. 앞으로 나아가자 평안은 바로 오전은을 알아보았다. 당초에 서문경의 가게 지배인을 하던 사람이 아니었던가! 그래서 속으로,

'나를 보면 바로 풀어줄 거야.'

하고는 바로 입을 열어,

"소인은 서문경 댁에 있는 평안입니다."

하니 이 말을 듣고 오전은은 짐짓 딴청을 하며 물었다.

"네가 그 집의 하인인데 이 물건들을 가지고 기생집에서 무엇을 하고 있던 게냐?"

"큰마님께서 친척에게 빌려준 장신구들을 찾아오라고 시키셨어요. 오다가 늦었고 또 성문도 닫혔기에 기생집에서 하룻밤을 지낸 것입니다. 그런데 갑자기 순라군 나리들께서 저를 체포하시더군요."

이에 오전은이 욕을 해댔다.

"이 노비 놈이 허튼소리를 하고 있구나! 너희 집에 아무리 패물이 많다기로서니 너 같은 노비에게 찾아오라고 심부름을 시키겠느냐! 게다가 그것을 가지고 계집들 집에서 쉬며 놀게 하겠느냐! 틀림없이 네놈이 패물을 도둑질했을 게다. 일찍 바른대로 말하면 주리 트는 것을 면해주리라!"

"정말로 친척집에 빌려줬던 것을 큰마님께서 소인더러 찾아오라고 분부하셨어요. 결코 거짓말이 아닙니다."

하자 오전은은 더욱 화를 내며,

"이놈이야말로 진짜 도둑이구나! 맞지 않고는 사실대로 불지 않겠구나."

하면서,

"곤장을 가져와 주리를 틀거라!"

하고 좌우에게 호령했다. 포졸들이 몽둥이를 가지고 올라와 주리를 트니 평안은 마치 도살장에 끌려가는 돼지처럼 죽는 소리를 내지르며 말했다.

"나리, 그만 주리를 트세요. 소인이 다 사실대로 말할게요!"

"네놈이 사실대로 불면 내 주리를 틀지 않으마!"

"소인이 전당포에서 다른 사람이 저당 잡힌 귀중품과 목걸이를 훔쳤습니다."

"그렇다면 너는 왜 그러한 것을 훔쳐가지고 나왔느냐?"

"저는 금년에 스물두 살인데 큰마님께서 저한테 색시를 하나 얻어 장가를 보내주시겠다고 하셨는데 여태 그렇게 해주지 않으셨어요. 집 안에서 심부름시키는 대안이라는 애는 올해 스무 살인데 큰마님께서는 그 방에서 부리던 하녀와 짝을 맺어주고 방 한 칸도 내줬어요. 소인은 이러한 것 때문에 화가 나서 전당포에서 귀중품들을 훔쳐 도망나왔어요."

이 말을 듣고 오전은 넌지시 말했다.

"그 대안이라는 하인 놈하고 오씨가 정을 통한 게지. 그래서 먼저 자기 방의 하인 애를 대안한테 주어 부인으로 삼게 한 게야. 네가 솔직히 말한다면 너하고는 상관없는 일이니 내 바로 용서해주마."

"그건 잘 몰라요."

"네가 사실대로 불지 않으면 주리를 틀리라."

오전은은 좌우에 명해 다시 주리를 틀도록 했다. 당황한 평안은 겁을 먹고 제멋대로 주워대며 말했다.

"나리, 주리를 틀지 마세요, 소인이 다 말씀드리면 되잖아요."

"그래야지, 네가 말만 하면 너하고는 상관없는 일이야."

하면서 더는 주리를 틀지 않았다. 이에 평안은,

"소인의 마님과 대안은 정을 통했어요. 대안은 먼저 소옥과도 놀아났어요. 둘이 노는 걸 마님께서 보고 아무 말도 하지 않고 오히려 많은 옷과 장신구 등을 주어 짝을 맺어주었지요."

라고 했다. 이에 오전은은 아전을 시켜 방금 평안이 진술한 것을 기록하고 그의 확인을 받은 다음에 평안을 순검사[巡檢司]에 가둬놓았다. 그러고는 체포 영장을 발부해 오월랑과 대안, 소옥을 끌고 와 이 사건을 심문하기로 했다.

이날 전당포에서 상자 안에 넣어둔 머리 장신구들이 보이지 않자 부지배인은 크게 놀라 대안에게 못 봤느냐고 묻자 대안이 말했다.

"저는 약재 가게에 있었고, 아저씨는 이곳에서 식사를 하셨는데 제가 뭘 알아요?"

"내가 머리 장신구 등을 분명 궤 안에 넣어두었는데 어째 보이지가 않지?"

부지배인이 평안을 사방으로 찾았으나 보이지가 않자, 부지배인은 부리나케 향을 피워놓고 자기의 결백을 맹세했다. 물건을 저당 잡힌 사람이 찾으러 오니 부지배인은 아직 물건을 어디에 두었는지 찾지 못했다며 돌려보냈다. 그 사람은 물건을 찾으러 몇 차례 왔다 가면서 찾지 못하자 문 앞에 서서 소리쳤다.

"내가 두 달을 저당 잡히고 본전과 이자까지 한 푼도 깎지 않고 다 쳤는데 왜 돌려주지 않는 거야? 머리 장식과 목걸이는 칠팔십 냥은 나가는 물건이야!"

부지배인은 평안이 밤새 돌아오지 않는 것을 보고 평안이 물건을 훔쳐 달아났음을 알았다. 그래서 사방으로 사람을 보내 평안을 찾았으나 찾지 못했다. 이에 물건 임자는 또다시 문 앞에서 떠들어댔다. 이에 부지배인이 월랑에게 물건 주인한테 쉰 냥을 변상해주자고 했다. 그러나 물건 주인은 받으려 하지를 않으며,

"머리 장신구만 해도 예순 냥은 나가는 거야. 목걸이와 보석 구슬로 상감한 것만 해도 열 냥은 돼. 그러니 일흔 냥은 배상해야 해."

하니 부지배인은 할 수 없이 열 냥을 더 얹어주겠다고 했으나 그는 그렇게는 못하겠다며 한사코 일흔 냥을 내라고 우겼다. 한참을 그렇게 다투고 있는데 사람이 와서 알려주기를,

"이 집에 있던 평안이 귀중품을 훔쳐내 남쪽에 있는 창녀촌에서 계집과 놀다가 오전은 순검한테 잡혀 지금 감옥에 갇혀 있대. 그러니 어서 가서 그 물건들을 찾아오게나."

했다. 오월랑은 오전은이 순검이 되었다는 말을 듣고 예전에 자기네 집에서 지배인을 하던 사람인지라 바로 오대구를 청해 어떻게 하면 좋을지 상의했다. 그러면서 바로 서류를 꾸며 다음 날 부지배인한테 물건을 찾아오라고 보내면서,

"저당을 잡힌 본래의 물건이 있으면 양쪽 집이 서로 다툴 필요가 없잖아요. 공연히 남들로 하여금 우리 집 앞에 와서 시끄럽게 할 필요가 없잖아요!"

하니 부지배인은 서류를 꾸려 순검사로 가면서 오전은이 옛정을 보아 바로 물건을 내줄 것으로 기대했다. 그런데 뜻밖에도 오전은은 부지배인을 보자,

"늙은 개자식! 이 늙은 노비 놈아!"

하면서 욕을 한 다음에 포졸을 시켜 부지배인을 엎어놓고 옷을 벗겨

엉덩이를 드러나게 해 매질을 한 다음에 풀어주었다. 그러면서,

"네 집의 하인이 오씨와 대안이 수차례나 정을 통했다고 다 실토했어. 그래서 내 이미 서류를 작성해 부현에 보고하고 체포 영장을 보내 오씨를 잡아와 대질 심문을 하려는 참이야. 그런데 이 개자식은 그런 것도 모르고 감히 여기에 와서 물건을 찾아가려고 하다니!"

했다. 부지배인은 오히려 오전은한테 '늙은 노비'니 '늙은 개자식'이니 욕만 잔뜩 얻어먹고 쫓겨 나와 황급히 집으로 돌아왔다. 집으로 돌아와 감히 속이지 못하고 사실 그대로 월랑에게 다 전해주었다. 월랑이 듣지 못했으면 몰라도 듣고 나니 정말로, 등뼈가 여덟 조각이 나는 듯 머리끝으로부터 차가운 얼음이 언 듯했다.

월랑은 이를 듣고 놀라고 당황해 손발이 다 마비되었다. 이때 또다시 물건 임자가 문 앞에 와서 고래고래 소리를 지르기를,

"잃어버렸다는 핑계를 대 원래 물건도 주지를 않고 또 은자로 배상해주지도 않으며, 나를 속여 두어 차례나 왔다 갔다 하게 하면서 가지고 놀고 있잖아! 오늘 오면 장물을 찾아다 주겠다고 하고는 내일 다시 오라고 하니… 도대체 받아온 물건은 어디에 있는 게야? 세상에 이런 말 같지도 않은 게 또 어디 있어!"

하니 이 말을 듣고 부지배인이 밖으로 나가 물건 임자한테 사정하며 달래기를,

"한 이틀만 참아주시구려, 그러면 머리 장신구들을 가져올 수 있을 테니까. 만약 원래 물건이 없으면 두 배로 배상해드리리다."

하자 이에 그 사람은,

"정히 그렇다면 내 돌아가 주인께 말씀을 드려보리다."

하고는 돌아갔다.

월랑은 엎친 데 덮친 격으로 계속 속상한 일만 생기는지라 수심에 싸여 미간을 펴지 못하고 하인을 시켜 오대구를 불러서 상의를 했다. 그래서 사람을 시켜 선물을 가지고 오전은에게 가서 이 사건을 적당히 얼버무려달라고 부탁하고자 했다. 그러자 오대구는,

"아마도 그 사람은 선물을 받지 않을걸. 그러니 적당히 뇌물을 줘야 할 거야."

하니 이 말을 듣고 월랑은 어이가 없다는 듯이 말했다.

"처음 오전은이 벼슬할 적에 다 우리 집에서 돌봐줘서 된 거잖아요. 게다가 우리 집에서 꿔간 돈 백 냥도 갚지 않았는데, 나리께선 차용증서도 받지 않으셨어요. 그런데 오늘날 은혜를 원수로 갚다니!"

"누이는 지금 그렇게 말을 하는 게 아니야! 자고로 은혜를 원수로 갚는 사람이 어디 그 한 사람뿐이겠어."

"오라버니께서 수고스러우시더라도 좀 방법을 찾아보세요. 오전은한테 은자를 주더라도 그 머리 장신구들을 찾아와 물건 주인한테 돌려줘야 공연한 입씨름을 할 필요가 없지요!"

그렇게 말을 하고 월랑은 오대구에게 식사를 대접한 뒤에 보냈다. 월랑은 오대구를 문가까지 나와 전송했다. 일이 공교롭게 되는지라 때마침 설씨 아주머니가 꽃바구니를 들고 나이 어린 하인 애를 하나 데리고 지나갔다. 월랑이 설씨를 불러 물었다.

"설씨 할멈, 어디 가세요? 왜 요새 우리 집에 통 오지 않았죠?"

"예, 요사이 할일이 많아 매우 바빴어요. 수비부의 작은마님께서 옥졸을 시켜 수차례나 다녀가라고 불렀는데도 시간이 없어 가 뵙지를 못했어요."

"허풍 떨기는! 작은아씨가 자네를 왜 또 왔다 가라고 부르지?"

"지금은 작은아씨가 아니라 큰마님이세요."

"어떻게 큰마님이 되었지?"

"마님께서는 아직 모르고 계셨군요. 그분은 정말로 조화 덩어리예요! 춘매 아씨가 아들을 낳은 지 얼마 뒤에 큰마님이 돌아가셨어요. 이에 수비 어른께서 춘매 아씨를 정부인으로 들어앉히고 국가에서 주는 봉증낭자[封贈娘子]로 삼았어요. 둘째 마님인 손씨는 그보다 훨씬 못해요. 수하에 유모 둘과 하인 넷을 거느리고 있어요. 또 방에는 노래를 부르는 여자 둘이 있는데 모두가 수비 어른께서 손을 댄 사람들이에요. 그렇지만 큰마님이 때리고 싶으면 언제든지 매를 대지요. 나리께서도 어떻게 하시지를 못해요. 그런데 누가 감히 큰마님을 화나게 만들겠어요? 일전에는 무슨 까닭인지 모르지만 설아 아씨를 한차례 때리고 머리칼을 다 뽑아버리고 야밤에 나를 불러 데리고 나가라고 해서 여덟 냥을 받고 팔았어요. 손이랑은 방에 하화[荷花]라는 하녀 하나만을 두고 있는데 큰마님은 네다섯 되는 하녀에 유모를 둘씩이나 두고 있는데도 적다고 하세요. 그래도 손이랑은 아무 말도 하지 않고 하루 종일 이래도 큰마님, 저래도 큰마님 하면서 춘매 아씨의 비위를 맞추고 있어요. 며칠 전에 저한테 말하기를, '설씨 할멈, 내가 부릴 하녀 하나만 구해주세요' 하면서 작은 애는 일을 할 줄도 모르고, 부엌일도 할 줄 모른다고 하더군요. 사실 그 방의 일이 많기는 해요. 오늘도 제가 한창 자고 있는데 이른 새벽에 일찌감치 옥졸을 보내저를 두 번이나 데리러 왔더군요. 빨리 저더러 자기네 집으로 건너오라면서요. 저한테서 비취로 만든 머리 장식 두 개와 봉황 아홉 마리를 새긴 은비녀 하나, 봉황 한 마리가 입에 구슬을 물고 아래쪽으로 푸르고 붉은 보석의 금패[金牌]를 사겠다며 미리 은자 닷 냥을 줬어요. 그런데 은자는 어디 썼는지도 모르게 다 없어지고 물건들은 아직 갖다 주지 못했어요. 그러니 이번에 저를 보면 얼마나 욕을 할지 모르겠어요. 지금 저는 이 애를 그 집으로 데려가는 중이에요."

"잠시 안채로 들어가 어떠한 비녀들인지 나한테 보여줄래요?"

이렇게 말하며 설씨를 안채로 데리고 들어가 자리를 권했다. 설씨가 꽃가방 상자를 열고 물건들을 꺼내 월랑에게 보여주었다. 과연 아름답고 훌륭하며 값져 보였다. 손가락 네 개 너비로 온통 쪽머리를 가릴 수 있는 것에 비취와 금빛이 서로 어른거리고 비취가 겹겹이 둘러쳐져 있고 뒷면에는 금이 입혀져 있었다. 아홉 번 구운 비녀에는 봉황이 입에 구슬을 물고 있었는데 매우 독특하면서도 기이했다. 설씨가,

"이 가느다란 비녀를 만드는 데는 본전이 석 냥 닷 푼이 들었고, 저 구름이 겹겹인 모양은 한 냥 닷 푼이 들었어요. 그런데 아직 돈을 받지 못했어요."

한창 이렇게 말을 하고 있을 적에 대안이 급히 안으로 뛰어들어와 월랑에게 말하기를,

"밖에 머리 장식을 맡긴 사람이 다시 찾아와서 시끄럽게 떠들고 있어요. 장물을 찾아올 때까지 기다리지 못하겠다면서, 언제 가서 그 물건을 가져올지 알 게 뭐냐는 거예요. 만약 내일까지 물건을 내놓지 않으면 부지배인을 한바탕 손을 보아준 뒤에 그곳으로 찾아가서 법대로 처리하겠다는 거예요. 부지배인이 그 말을 듣고 속이 뒤집혀서는 집으로 돌아갔어요. 물건 주인도 그렇게 시끄럽게 떠들다가 돌아갔어요."

하니 이를 듣고 설씨 할멈이,

"무슨 일인데 그러세요?"

하고 물었다. 이에 오월랑은 길게 한숨을 내쉬면서 설씨에게 하소연 하기를,

"평안 그놈의 자식이 전당포에 있던 남이 맡긴 머리 장신구와 도 금한 목걸이 하나를 훔쳐 달아나 성 밖의 홍등가에서 계집과 놀아나 다가 오전은 순검에게 잡혀 옥살이를 하고 있어요. 이러고 있는 참에 물건을 맡긴 주인이 찾으러 와서는 지금 그 물건이 없다고 하자 문 앞에서 떠들고 야단을 부리고 있는 거예요. 그런데 오전은은 고의로 문제를 시끄럽게 만들어서는 그 물건들을 돌려주지 않으면서 찾으 러 간 부지배인을 때리고는, 우리가 뇌물을 건네기를 은근히 바라고 있어요. 아무리 머리를 짜내도 좋은 방법이 없으니 이를 어쩌면 좋다 지요? 영감이 죽고 나자 대번에 몰락해 그런 사람들한테까지도 이렇 게 멸시를 받고 있다니, 너무나 괴롭고 힘들어요!"

하면서 구슬 같은 눈물을 흘렸다. 이를 보고 설씨는,

"마님께서는 왜 방법을 찾지 않으세요? 이 집에 있던 춘매 아씨한 테 편지를 써서 주시면 제가 가지고 가서 잘 말씀을 드릴게요. 그래 서 춘매 아씨가 수비 어른께 말씀을 잘 하면 머리 장식 하나가 아니 라 열 개라도 가져올 수 있을 거예요."

하니 이 말을 듣고 월랑은,

"주수비는 무관직인데 어찌 순검사를 다스릴 수 있겠어요?"

하자 설씨는 아는 척을 하며 말했다.

"마님께서는 아직 잘 모르고 계셨군요. 주수비 나리께서는 조정으 로부터 최근에 새로운 칙서를 받았는데 관할하는 일이 매우 많고 광 범위해요. 지방의 하천이나 군마 양식 등을 모두 주수비 나리께서 관

리하세요. 또 하동, 하서의 도적떼나 강도들을 잡는 것도 모두 그분 소관이랍니다."

"만약 그런 것까지 관할하신다면 설씨 할멈이 좀 수고스럽더라도 방씨 아씨께 한마디 좀 해줘요. 한 손님이 두 주인에게 폐를 끼치지 않는다 했으니 주수비 어른께 잘 말씀을 드려서 오순검이 가지고 있는 머리 장식을 찾아올 수 있게 해줘요. 그렇게만 해준다면 내 당신한테 수고비 조로 은자 닷 냥을 줄게요."

"마님두, 돈은 무슨 돈이에요! 마님께서 당황해 어쩔 줄 몰라 하시는 걸 보고 그냥 지나칠 수 없어 드린 말씀이에요. 사람을 시켜 어서 편지를 써주세요. 차는 마시지 않을래요. 제가 편지를 가지고 수비부로 건너가 잘 말씀드려 일이 잘되면 마님 마음대로 하세요. 만약 제대로 되지 않으면 제가 다시 돌아와 마님께 말씀을 드릴게요."

월랑은 소옥을 불러 차를 내와 설씨를 대접하려고 했다. 이에 설씨는,

"늦었으니 차는 마시지 않을래요. 어서 하인을 시켜 편지를 한 통 써주세요. 제가 가지고 갈게요. 마님께서는 제가 할일이 얼마나 많은지 모르실 거예요."

하니 이 말을 듣고 월랑은 그래도,

"할멈이 밖에 나온 지 반나절이 넘은 것을 알고 있으니, 과자라도 좀 먹고 가도록 해요."

하자 이에 소옥은 바로 탁자를 깔고 차와 과자를 내왔다. 월랑도 설씨와 함께 차를 들었다. 설씨는 자기가 데리고 온 계집 하인에게도 과자 두어 개를 먹으라고 건네주었다.

"이 애는 몇 살인가?"

"올해 열두 살이에요."

잠시 뒤에 대안이 앞채에서 편지를 써 왔다. 설씨 할멈은 차를 다 마시고 편지를 소맷자락 안에 넣고 월랑과 작별을 하고 꽃상자를 들고 대문을 나서 꼬불꼬불한 골목을 돌고 돌아서 곧장 수비부로 건너갔다. 춘매는 그때까지 따스한 온돌 위에서 잠을 자며 일어나지 않고 있었다. 큰 하녀인 월계가 안으로 들어가 아뢰기를,

"설씨 할머니가 왔어요."

하니 이 말을 듣고 춘매는 작은 하녀인 취화[翠花]를 시켜 방 안의 창문 휘장을 걷게 했다. 밝은 햇살이 비단창을 통해 비치니 온 방 안이 다 훤해졌다. 설씨가 안으로 들어와,

"마님, 아직까지 일어나지 않고 계셨어요?"

하면서 꽃상자를 바닥에 내려놓으며 절을 했다. 춘매는 이를 보고,

"절은 무슨 절이에요! 내가 속이 별로 좋지 않아서 좀 더 누워 있었어요."

그러면서 다시 물었다.

"그래, 내게 만들어주겠다던 비취 구름 비녀와 아홉 마리의 봉황 비녀는 다 만들어 왔나요?"

"마님, 이 두 가지를 만드는 데 여간 손이 가는 게 아니에요. 어젯밤에야 비로소 그 비녀를 만드는 가게에서 가져왔어요. 그렇지 않아도 오늘 가지고 오려고 했는데 생각지도 않게 마님께서 옥졸들을 시켜 저를 또 부르시더군요."

설씨는 물건들을 꺼내 춘매에게 보여주었다. 춘매는 물건들을 보고 만든 것이 그다지 썩 마음에 들지 않았는지 잠시 보고 상자 안에 넣어서는 월계한테 잘 간수하라고 이른 다음에 차를 내와 설씨한테

마시라고 권했다. 차를 마시며 설씨는 자기가 데리고 온 하녀를 안으로 들어오라 불러 춘매에게 절을 올리도록 했다.

"어디에서 데리고 왔지요?"

"둘째 마님께서 저한테 몇 차례 말씀을 하셨어요. 하화[荷花]는 밥밖에 지을 줄 모른다며 저한테 다른 애를 하나 구해달라고 하더군요. 바느질이며 다른 일도 좀 할 줄 아는 애를 말이에요. 그래서 제가 이 애를 데리고 왔어요. 본래 시골 애인데 금년에 열두 살로 애가 아주 착해요. 그러니 조금만 가르치면 잘할 거예요."

"할멈이 기왕에 애를 하나 구해다줄 것 같으면 성안의 아이들이 좀 영리하잖아요. 이 시골뜨기 애가 무엇을 알겠어요? 지난번에 장씨 할멈이 시골 애들 둘을 데리고 왔는데 하나는 열한 살이고 또 하나는 열두 살이었어요. 하나는 생금[生金]이라 하고, 하나는 활보[活寶]라고 불렸어요. 둘 다 별로 맘에 들지 않았는데 둘 다 닷 냥씩을 달라 하고 부모들이 성 밖에서 돈 받기를 기다리고 있다고 하더군요. 그래서 내가 애들을 이삼 일 집에 있게 하면서 일솜씨를 보고 또 심부름을 제대로 하는지 본 다음에 돈을 줄 테니 그때 와서 받아가라고 했지요. 그러면서 그 애들을 하룻밤 묵도록 했지요. 그랬더니 그것들이 철딱서니도 없이 고깃국에 밥을 말아먹고 하더래요. 그다음 날 날이 밝자 하인 애들이 시끄럽게 떠들어대더군요. 그래서 왜 시끄럽게 떠들고 있느냐고 야단을 쳤지요. 알고 보니 생금은 이불 안에다 오줌을 싸고, 활보는 바지에다가 오줌을 싸서 제대로 걷지를 못하고 있더군요. 그것을 보고 얼마나 우습고 또 얼마나 한심하던지… 그래서 장씨 할멈이 오자 당장에 그 애들을 다시 데리고 나가라고 했어요."

그러면서 다시 물었다.

"이 애는 얼마를 달래요?"

"그리 많지가 않아요, 넉 냥만 달래요. 이 애 아버지는 군대에 나간 답니다."

이 말을 듣고 춘매는 해당을 불러,

"이 애를 데리고 둘째 마님의 방으로 가거라. 돈은 내일 줄 테니." 하고는 다시 월계를 불러,

"큰항아리에 금화주가 있으니 설씨 할멈이 드셔서 몸을 좀 녹이게 데워오너라. 또 과자도 한 상자 갖다 드리거라." 하면서,

"이른 아침이니 안주가 없더라도 술이라도 드시게 해드려야지." 했다. 이에 설씨가,

"월계 아씨, 술은 데워오지 말아요. 저는 마님과 이야기나 나눌게 요. 방금 다른 곳에서 좀 먹고 왔어요."

"솔직히 말해봐요, 어디서 드셨어요?"

"방금 큰마님 댁에서 저를 잡아놓고 먹도록 내주셨어요. 여차여차 하다며 저를 붙잡고 하소연을 하며 우시더군요. 말씀하시기를 평안 그놈이 전당포에서 다른 사람의 잡아놓은 머리 장신구와 도금을 한 귀고리를 훔쳐다 밖에서 창녀와 놀아났대요. 그러다가 순라군에게 체포됐는데 물건의 주인이 와서 그 물건을 내놓으라고 떠들어대길 래 부지배인을 시켜 그 장물을 찾아오라고 시켰답니다. 그런데 그 오 전은이란 자는 예전에 그 집에서 지배인 노릇을 했고 또 나리께서 살 아 계실 적에 잘 돌봐주어 벼슬살이를 하게 되었답니다. 그런데 그런 사람이 지금 와서 얼굴을 바꾸어 은혜를 잊고 하인을 때리고 주리를 틀어 허위 자백을 받아내고, 장물도 돌려주지 않고 돈을 요구하고 있

답니다. 게다가 물건 주인은 부지배인을 욕하고 겁을 주니 놀란 부지배인은 사정이 별로 좋지 않음을 알고 집으로 몸을 숨겨버렸답니다. 그래서 큰마님께서 부탁하시기를 마님께 잘 말씀을 드려 마님이 주수비 어른께 청을 해주십사 하더군요. 이 댁의 주수비 어른께서 순검사도 관리하는 것을 모르고 계세요. 가엾게도 눈을 들어 사방을 둘러봐도 친척이라고는 없으니 대신 마님이 나리께 말씀을 잘 드려 머리장식을 찾을 수 있게 해주시면 큰마님께서 직접 오셔서 마님께 고맙다는 인사를 드리겠다고 하시더군요."

"그럼 편지라도 있어요? 별거 아니에요. 나리께서는 지금 순시를 돌러 나가셨는데 아마도 늦게라도 돌아오실 터이니 그때 나리께 잘 말씀드릴게요."

"편지는 여기에 있어요."

설씨가 편지를 소맷자락에서 꺼내주니 춘매는 다 읽어보고 되는 대로 창문 위에 올려놓았다. 잠시 뒤에 접시에 네 가지의 찬과 안주를 담아 내왔다. 월계는 큰 잔에 가득 따라 설씨에게 권했다. 설씨는,

"아이구 맙소사, 내가 어찌 이렇게 큰 잔으로 마실 수가 있겠어요!"
하니 이 말을 듣고 춘매는 웃으며,

"당신 영감의 물건보다는 작잖아요. 그것은 삼키면서 이것은 삼키지 못한단 말이에요? 어서 삼켜요. 그렇지 않으면 월계더러 코를 쥐고 있으라고 해서 쏟아붓겠어요!"
하자, 이에 설씨는 어쩔 수 없다는 듯이 말했다.

"그럼 먼저 과자라도 뱃속에 좀 넣어야겠어요."

"이 할멈이 거짓말을 하고 있네! 방금 그쪽에서 먹고 왔다고 하더니 왜 아무것도 먹은 게 없다는 게지."

"차를 두 잔 마셨는데 아직까지 뱃속에 남아 있겠어요?"

곁에 있던 월계가,

"설씨 할머니, 어서 이 술을 드세요. 제가 과자를 집어드릴게요. 그렇지 않으면 마님께서 아무 쓸데도 없는 인간이라고 저를 또 때리실 거예요!"

하니 이 말을 듣고 설씨 할멈도 더는 어쩌지 못하고 술을 들이켰다. 큰 잔으로 한 잔을 들이키고 나니 마치 가슴속에서 작은 사슴이 뛰어다니듯 가슴이 벌떡벌떡 뛰었다. 이에 춘매는 입을 삐쭉 내밀며 해당한테 다시 한 잔 가득 따라 설씨에게 주라고 했다. 설씨 할멈은 그 잔을 한편으로 밀어놓으며,

"아이구 맙소사, 이제 정말로 한 방울도 못 마시겠어요!"

하니 해당이,

"할머니, 어째 월계 누이가 주는 잔은 받으시고 제가 드리는 잔은 받지 않으세요. 그러시면 마님께서 저를 때리실 거예요!"

하자 이 말을 듣고 설씨 할멈은 급히 땅바닥에 무릎을 꿇고 앉았다. 그제서야 춘매는 비로소,

"됐어요. 이제 저 과자를 가져다드리거라. 안주로 드시게 말이다."

했다. 월계가,

"설씨 할머니, 누가 저처럼 할머니를 생각해주겠어요! 이렇게 맛있는 장미 모양의 과자를 드리잖아요."

하면서 큰 접시에서 새콤한 장미 모양의 과자를 주었다. 설씨가 하나만 먹고 더는 먹지 못하자 춘매는 나머지를 모두 설씨의 소매 안에 넣어주면서,

"집에 가지고 가서 영감님과 함께 드세요!"

라고 했다. 설씨는 술을 마시면서 얼굴을 가리고 불에 구운 고기, 소금에 절인 거위 등을 종이에 싸고 천으로 묶은 뒤에 소매 안에 우겨넣었다. 해당은 성이 난 것처럼 해서 억지로 설씨에게 술 반 잔을 권했다. 그랬더니 설씨는 더는 참지를 못하고 토하고 말았다. 이에 그네들도 더는 어쩌지 못하고 그릇을 치우고는 술을 더 주지 않았다. 춘매는,

"내일 얘기를 들으러 오세요. 그때 애 몸값도 드릴게요."

하면서 해당보고 손이랑한테 가서 애가 어떤지 물어보고 오라고 시켰다. 잠시 뒤에 해당이 돌아와서는,

"애를 두고 쓰시겠대요. 큰마님께 말씀드려 은자를 내어주시라고 하더군요."

이 말을 듣고 설씨는 작별을 고하고 떠나려고 하니 이를 보고 춘매가 분부했다.

"할머니, 공연히 벙어리인 체 귀머거리인 체하지 마세요. 그 비취 비녀는 별로 잘 만들지 못했어요. 그러니 내일 두어 개 다른 것을 가지고 와서 보여주세요."

"잘 알겠어요. 그러니 마님께서 다른 아씨를 시켜 저를 바래다주게 하세요. 개가 제 다리를 물까 겁이 나요."

춘매가 웃으며,

"우리 집 개는 눈이 있어서 물더라도 정강이 아래만 물어요."

하면서 난화한테 설씨를 문 앞까지 바래다주라고 일렀다.

한편 이날 주수비는 해가 질 무렵에 패와 푸른 기를 들고 말을 탄 기마병들과 뒤에서 창을 들고 따르는 군졸들의 호위를 받으며 집으로 돌아왔다. 집으로 돌아와 바로 안채로 들어가니 좌우의 하인들이

옷을 받아든다. 방으로 들어가 춘매와 소아내를 보고 매우 즐거워하면서 자리에 앉았다. 주수비가 자리에 앉자 월계와 해당이 차를 내왔다. 수비는 차를 마시며 순찰 나갔던 일을 들려주었다. 잠시 뒤에 탁자를 내려놓고 식사를 내왔다. 식사를 다 한 뒤에 촛불을 밝히고 술과 안주를 내와 술상을 준비했다. 주수비는 술을 마시며,

"그래 집안에는 별일 없었고?"

하고 물으니 춘매는 설씨 할멈이 가져온 편지를 꺼내 주수비에게 보여주면서,

"오월랑 그 댁에 이러이러한 일이 생겼다고 해요. 하인 평안이 머리 장식과 도금한 귀고리를 훔쳐 달아나 창녀촌에서 계집질을 하다가 오순검한테 붙잡혀 감옥에 갇혔대요. 그런데 오순검이 그 장물을 돌려주지 않고 하인을 족쳐 하인인 평안과 오씨가 서로 정을 통했다고 불게 만들어서는 돈을 요구하고 있대요. 그렇지 않으면 문서를 작성해 상부 현에 보고하겠다고 은근히 협박한답니다."

하니 수비는 편지를 보고 또 춘매의 말을 다 듣고 나서,

"이 일은 바로 우리 아문에서 처리해야 하는데 어째서 부현에 보고를 하겠다는 거야? 오순검이라는 그놈이 그렇게 고약하단 말인가? 내 내일 체포 영장을 보내 그놈까지 잡아다 심문을 해봐야겠군!"

그러면서 말했다.

"내가 듣건대 그 오순검이란 자는 원래 그 집의 지배인으로 있다가 동경으로 가서 채태사한테 생일 선물을 올릴 적에 그 덕으로 벼슬을 하게 되었다던데 왜 그렇게 그 집을 모함하고 못살게 구는 게야!"

"맞아요, 그러니 내일 혼을 좀 내주세요."

그렇게 그날 밤은 보냈다.

다음 날 주수비는 오월랑 집에 사람을 보내 새로 고소장을 쓰게한 뒤에, 대청에 나가 꽃무늬가 들어간 문서에 정식으로 공문을 작성해 봉투에 잘 넣었다. 그리고 그 위에,

산동 수어부[守禦府]에서 도적 안건으로 인해 순검사의 관원과 도적이 함께 출두할 것을 명한다. 우후[虞侯] 장승과 이안을 보낸다.

라고 적었다. 이에 두 사람은 공문을 받아 쥐고 먼저 오월랑의 집에 갔다. 월랑은 술과 밥을 내어 두 사람을 잘 대접하고 각각 은자 한 냥씩을 수고비로 쓰게 주었다. 부지배인은 이때 집에서 잠을 자고 있었고, 오이구가 장승과 이안을 따라 순검사로 갔다.

오순검은 평안을 감옥에 처넣고 이틀을 기다려봐도 서문경의 집에서는 사람을 보내 인사를 하지 않았다. 이에 아전과 관리들을 시켜 서류를 작성해 부현으로 보고하려고 했다. 이때 수비부에서 보낸 두 명이 도착해 공문을 꺼내 오전은에게 보여주었다. 겉봉에는 공문임을 나타내는 붉은 표시가 되어 있으며,

순검사의 관원과 도적이 함께 출두할 것을 명한다.

라고 쓰여 있었다. 또 안에는 오월랑의 고소장이 들어 있기에 그것을 보고 심히 당황했다. 오히려 어쩌지 못하고 장승과 이안에게 은자 두 냥을 건네주고 급히 서류를 작성해 죄수와 함께 수비부로 가서 한참을 기다렸다. 마침내 수비가 등청하니 좌우에 관원들이 도열을 하고 그들을 데리고 안으로 들어갔다. 오순검은 서류를 위로 바쳤다. 수비

가 서류를 한 차례 훑어보고는 소리쳤다.

"이 일은 우리 아문 내의 일이거늘 너는 어째서 제때에 보고해 이리로 끌고 오지 않았느냐? 또 공연히 범인을 감옥에 집어넣어 심문하는 것을 지연하며 뇌물을 갈취하려고 하다니, 이는 분명 무슨 꿍꿍이수작이 있으렷다!"

"소인이 서류를 작성해 영감님께 보고하려던 참에 영감님의 공문이 도착한 것입니다."

이 말을 듣고 주수비는 냅다 호통을 치며,

"이런 개 같은 관원 같으니라구! 네놈의 벼슬이 얼마나 높기에 이렇게 국가의 법을 무시하고 제멋대로 하며 윗사람의 지시를 우습게 본단 말이냐! 나는 조정의 칙명으로 지방의 안전을 보장하고 도적들을 잡아 체포를 하고 군사의 일을 감독하고 운하의 일도 관리하는 등 내가 맡은 바 직분이 분명하다. 그런데 어째서 네놈은 이 안건을 접수하고 보고하지 않았단 말이냐? 어찌 네 마음대로 매를 들어 고문하고 무고하게 죄를 만들어 덮어씌우려 하는 게냐? 여기에는 필시 어떤 수작이 있으렷다!"

했다. 이 말을 듣고 오순검은 바로 관모를 벗어 계단 아래 내려놓고 머리를 조아렸다. 이를 보고 주수비가,

"너같이 개만도 못한 관원은 엄히 다스려야 하나 내 이번만은 특별히 용서를 해주마. 하지만 다음에 이러한 일이 다시 한 번 있을 시에는 절대로 용서치 않으리라!"

하면서 평안을 끌고 오라고 분부해서는,

"네 이 종놈의 자식아! 재물을 훔치고 또 그것도 부족해 주인을 모함하다니! 모든 종놈들이 네놈 같다면 겁나서 어찌 종들을 부릴 수

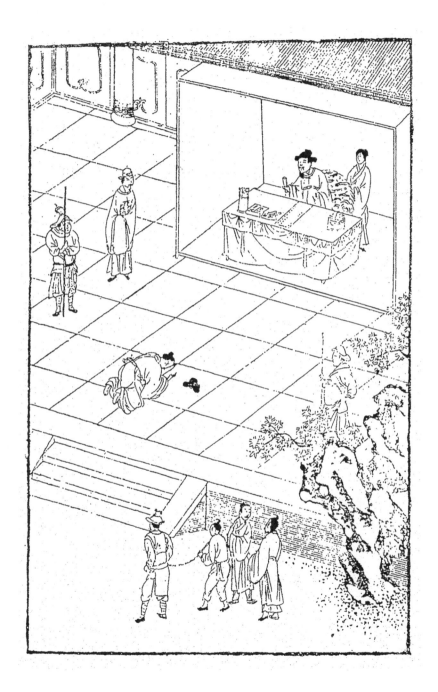

있겠느냐!"

하고 야단을 치고 좌우에게 명해,

"곤장 서른 대를 때린 다음에 석방하거라. 또 장물을 원래대로 잘 봉한 뒤에 주인에게 돌려주거라."

그러면서 오이구를 들라 해 물건을 건네주고 물건 인도증을 써 받았다. 주수비도 안으로 들어가 장승에게 답신을 써주어 서문경의 집으로 보내 대우를 해주었다. 오월랑은 장승에게 술과 밥으로 잘 대접하고 다시 은자 한 냥을 주었다. 이에 장승은 부로 돌아와 수비와 춘매에게 갔다 온 얘기를 보고했다.

오순검은 공연히 평안을 잡았다가 오히려 은자 몇 냥만 손해를 보게 되었고 월랑은 물건을 찾아와 원주인에게 돌려주니, 본래의 물건인지라 주인도 아무런 군말 없이 돌아갔다. 부지배인은 집으로 돌아가 상한병[傷寒病]으로 시름시름 앓다가 결국 이레 만에 치료도 제대로 해보지 못하고 세상을 뜨고 말았으니 오호 애재라, 애달픈 죽음이어라!

월랑은 이러저러한 일로 화도 나고 또 되는 것이 없이 어수선한지라 전당포의 물건도 본전만 내고 찾아가게 하고는 더는 전당포 일을 하지 않았다. 단지 오이구와 대안을 시켜 집 앞에 있는 약재 가게만 꾸려가게 해서는 그 수입으로 그럭저럭 살림을 꾸려나갔다.

하루는 월랑이 설씨 할멈을 불러 은자 석 냥을 건네주니 이에 설씨가 말했다.

"그만두세요. 공연히 수비부 작은마님 귀에 들어가면 저를 나무라실 거예요."

"하늘도 사람을 공짜로 부리지는 않는 법이에요. 이번에 얼마나 신세를 졌는데… 내가 춘매 아씨를 만나더라도 절대로 이 일은 꺼내지 않을게요."

월랑은 안주 네 가지와 산돼지 한 마리, 남주 한 항아리와 비단 한 필을 마련해 설씨 할멈에게 주며 수비부로 가지고 가서 춘매에게 고맙다고 인사를 해달라고 했다. 대안이 푸른 옷을 입고 금테를 두른 상자에 예물목록을 넣어 들고 곧장 안으로 들어가 춘매를 만나려고 하니, 설씨가 대안을 안내해 안채로 데리고 들어갔다. 춘매는 설씨 할멈과 대안이 왔다는 전갈을 받고 밖으로 나오는데 금양관[金梁冠]을 쓰고 금비녀와 봉황비녀를 꽂고 위에는 수를 놓은 비단옷을, 아래에는 비단 치마를 입고 좌우에 시녀들이 모시며 시중을 들었다. 대안은 땅바닥에 넙죽 엎드려 절을 했다. 춘매는 탁자를 내다 깔고 차를 내와 대안한테 권했다. 그러면서 대안한테 말했다.

"별일도 아니니 그냥 계셔도 될 텐데… 무엇하러 마님께서는 이렇게 신경을 써서 예물을 보내오셨다니? 수비어른께서는 받지 않으실 게야."

"저희 마님께서 말씀하시기를, 지난번 평안의 일로 주수비 어른과 마님께서 너무나 많은 수고를 하셨답니다. 별것 아니니 받아두셨다가 아랫사람들한테 쓰시래요."

"어찌 받을 수 있겠어요?"

이 말을 듣고 곁에 있던 설씨 할멈이,

"마님께서 받지 않으시면 저쪽에서 저를 나무라실 거예요."

했다. 이에 춘매도 어쩌지 못하고 주수비를 안으로 들게 청해서 상의한 뒤 술과 돼지, 음식은 받아두고 비단은 되돌려 보내기로 했다. 그러고는 대안에게 손수건 하나와 석 전을 주고 음식함을 메고 온 일꾼들에게도 은자 두 전을 수고비로 주었다. 춘매가 다시 물어보았다.

"효가는 잘 지내나?"

"도련님은 아주 장난이 심해요."

"너는 언제 소옥을 부인으로 맞이했지?"

"팔월에 했어요."

"집에 돌아가거든 마님께 이렇게 선물을 보내주셔서 고맙다고 말씀드리거라. 마님을 한번 집으로 초대를 하려고 하나 수비 나리께서 조만간에 또 순시를 나가셔. 그러니 아예 설을 쇠고 정월 효가의 생일 때 댁으로 찾아뵌다고 전하거라."

"마님께서 오시겠다고 하면 제가 돌아가 마님께 그렇게 말씀을 드리고 그때 가서 제가 모시러 올게요."

말을 마치고 대안은 문을 나섰다. 문을 나서려고 하자 설씨는 대안에게,

"아저씨, 먼저 가요. 나는 마님과 아직 할 얘기가 있어요."

했다. 이에 대안은 짐들을 메고 다시 집으로 돌아와 월랑에게,

"여차여차해 주수비께서는 돼지와 술, 음식만 받으시고 비단은 다시 가지고 가라고 하셨어요. 그런 다음에 춘매 아씨께서 안채로 들게 해 음식과 차를 주셨어요. 도련님의 안부와 집안의 여러 가지 일을 물으시며 저한테는 수건 하나와 은자 석 전을 주시고 물건을 지고 간 사람들한테도 은자 두 전을 주셨어요. 그리고 큰마님께 선물을 보내주셔서 감사하다고 전해달라고 하셨어요. 아무것도 받지 않으려고 하시길래 설씨 할머니와 제가 수차례나 말씀을 드려서야 겨우 술과 돼지 등 음식은 받으시고 비단은 돌려보내셨어요. 그렇지 않아도 마님을 댁으로 한번 모실려고 했는데 주수비 나리께서 조만간에 또

순시를 나가신답니다. 그래서 어쩔 수 없이 설을 지내고 정월 효가의
생일에 이곳으로 건너오시겠답니다."
하고는 다시 말했다.

　"춘매 아씨는 지금 다섯 칸짜리 본채에 살고 있으며 비단 치마 저
고리를 입고 금 모자를 쓰고 전보다 키도 크고 살도 더 찐 것 같아요.
수하에 많은 하녀와 유모들이 따라다니며 시중을 들고 있더군요."

　"그 사람이 정말로 내년 애 생일 때 우리 집으로 오겠다고 하더냐?"

　"정말로 저한테 그렇게 말했어요."

　"그렇다면 그날 사람을 보내 모셔와야겠구나."

　그러면서 다시 물었다.

　"그런데 설씨 할멈은 왜 아직까지 안 오는 게지?"

　"문을 나서는데 춘매 아씨와 더 나눌 얘기가 있다며 저보고 먼저
돌아가라고 했어요."

　이 일이 있은 후로 두 집은 서로 내왕이 그치지 않았다. 실로, 세상
인정은 차고 더움을 따져보고, 사람은 지위 높고 낮음을 따른다네.

　시가 있어 이를 증명하니,

　득실[得失]과 영고[榮枯]가 운명으로
　모든 게 팔자로 태어날 때 정해졌네.
　가슴에 뜻이 있으면 반드시 이룰 수 있어도
　주머니에 재물이 없으면 재간 있다 말하지 말라.
　得失榮枯命裡該 皆因年月日時栽
　胸中有志應須至 囊裡無財莫論才

귀인이 이끌어 하늘에 오르는구나

춘매가 예전에 살던 집에 가서 노닐고,
주수비는 장승을 시켜 경제를 찾다

속은 비고 겉만 번지레 화려하게 벌여놓으니
손님 맞고 사람 접대하며 많이도 쓰고 있네.
말은 죽고 노비는 도망가 잔치 열기도 어렵고
축대 기울고 누각 무너지니 노래도 그쳤구나.
빌린 땅 빌린 가게는 모두 주인에게 돌아가고
금은 패물도 거간꾼에 팔려나가는구나.
부잣집에 가서 잠시 돈을 빌리려고 해도
사람 앞에서 부끄러워 어찌 입을 열겠나.
裏虛外實費張羅 待客酬人使用多
馬死奴逃難宴集 臺傾樓倒罷笙歌
租田稅店歸農主 玩好金珠托賣婆
欲向富家權借用 當人開口奈羞何

　　광음[光陰]은 신속하고 일월[日月]은 마치도 베틀의 북처럼 빨리
지나간다. 어느덧 정월 스무하루가 되었다. 춘매는 주수비에게 말하
고 제사상 하나, 과일과 과자 네 가지, 남주 한 동이를 준비해 하인 주

인[周仁]을 시켜 오월랑에게 보냈다. 하나는 서문경의 죽은 지 삼 년이 되는 제사를 올리기 위한 것이고, 한편으로는 효가의 생일을 축하하기 위함이었다. 월랑은 이 같은 예물을 받고 심부름 온 주인에게 손수건 하나와 은자 석 전을 수고비로 주었다. 그러고는 바로 대안에게 푸른 옷을 입고 예를 갖추어 초청장을 써서 갖다 주라고 일렀다. 초청장에 쓰기를,

> 매번 후한 선물을 보내주셔서 감사합니다.
> 변변치 않으나마 술과 음식을 마련해 초청하고자 하니
> 부디 왕림해주시기를 간절히 바라옵니다.
> 서문오씨 삼가 대덕[大德] 주부인께 올립니다.

  춘매는 이를 받아 보고 점심때가 되어서야 집을 떠났다. 머리에는 진주비취와 봉황의 모양을 한 금비녀를 꽂고, 서역에서 나는 호주[胡珠]산 귀고리에, 붉은빛에 네 마리의 짐승이 기린을 향해 절을 하는 무늬의 긴 저고리에, 남색 꽃무늬에 수많은 가지가 그려진 치마를 입고 옥패를 매 옥 소리가 걸음을 뗄 때마다 딩동거렸고, 또 금띠를 두르고 붉은 꽃을 수놓은 흰 비단 굽 높은 신을 신고 있었다. 네 명이 메는 사인교에 앉아 있었는데, 푸른 바탕에 금테를 두른 가마로 군졸들이 막대기를 들고 길을 비키라고 크게 외치는 가운데 하인과 수종들이 따르며 옷함을 들고 따라왔다. 뒤편에는 어멈들이 탄 작은 가마가 큰 가마에 바짝 붙어 따라왔다.
  오월랑 쪽에서는 오대구 부인을 불러 같이 상대하게 하고, 가수도 둘을 불러 악기를 연주하며 노래를 부르게 했다. 춘매가 온다는 연락

을 받고서 월랑도 화려하게 단장을 했다. 머리에는 오량관[五梁冠]을 쓰고, 금과 비취를 드문드문 몇 개 꽂고, 귀에는 진주 귀고리를, 목에는 금목걸이를 했다. 그리고 흰 비단 저고리에, 남색 비단에 금실로 테를 두른 치마를 입고, 옥색의 굽 높은 신을 신었다. 춘매가 도착하자 오월랑은 오대구 부인과 함께 바깥뜰까지 나가 맞이했다. 춘매는 중문에 이르러 가마에서 내렸다. 양편에서 하인들이 춘매를 모시고 대청으로 안내하고 서로 인사를 나누었다. 춘매가 먼저 월랑에게 날아갈 듯이 절을 했다. 월랑도 급히 답례를 하면서 입을 열었다.

"일전에 여러 가지로 신세를 많이 졌어요. 그런데 어째서 비단을 받지 않고 돌려 보내셨어요! 게다가 여러 차례 후한 선물과 제사상을 마련해주시니 어찌 감사해야 좋을지 모르겠어요."

"무슨 말씀을요, 되레 죄송할 뿐이에요. 관원 생활을 하다 보니 별로 특별한 것이 없어서 단지 이러한 것으로 성의를 표할 뿐이에요. 늘상 마님을 저희 집으로 한번 모시려고 생각하고 있었는데 나리께서 또 순시를 나가시는 바람에 부득이 모실 수가 없게 됐어요."

"부인의 생일이 언제지요? 그때 제가 선물을 준비해 뵈러 갈게요."

"사월 스무닷새예요."

"그날 제가 꼭 건너갈게요."

둘이 이렇게 인사를 하면서 춘매는 막무가내로 월랑에게 절을 하려고 하자 월랑도 어쩌지를 못하고 두 번 절을 받았다. 그런 후에 오대구 부인을 만나니 인사를 하고 또 역시 절을 하려고 했다. 오대구 부인이 극구 사양을 하자 춘매는,

"마님께서 이러시면 더 이상하잖아요!"

하고는 절을 했다. 이에 오대구 부인이,

"아씨, 예전과는 이제 다르잖아요. 저를 아주 난처하게 만드시는 군요."

하면서 자기도 답례를 하고는 춘매를 상석에 앉히고 월랑과 오대구 부인은 주인석에 앉아 담소를 나누었다. 그런 다음에 어멈과 하녀, 유모들이 모두 들어와 인사를 했다. 춘매는 유모 여의아가 효가를 안고 있는 것을 보았다. 이에 월랑이,

"아가야, 어서 마님께 고맙다고 인사를 해야지. 네 생일을 축하해 주시기 위해 일부러 오셨는데 말이다."

하니 이 말을 듣고 효가는 정말로 여의아의 품에서 내려와 엎드려 춘매에게 인사를 했다. 이를 보고 월랑이 다시,

"절을 해야지, 어째 인사만 해?"

했다. 이에 춘매는 얼른 소맷자락 안에서 비단 수건과 금붙이 팔길상[八吉祥]을 꺼내 효가의 모자에 꽂아주었다. 월랑이,

"어유, 또 마음을 써주시다니!"

하면서 고맙다고 인사를 했다. 잠시 뒤에 소옥과 유모가 인사를 했다. 춘매는 소옥에게 금비녀 한 쌍을 주고 유모에게는 은꽃 모양의 머리 장식을 주었다. 월랑이 말했다.

"참, 부인은 모르고 계시겠군요. 유모와 내흥이 한 부부가 되었어요. 내흥의 본처가 병으로 죽었거든요."

"유모는 이 집에 영원히 있겠다고 하더니, 정말 잘됐군요."

이렇게 얘기를 나누고 있는데 하녀들이 차를 내와 차를 마셨다. 월랑이,

"안채 따스한 데로 가서 앉지요. 이곳은 좀 추워요."

그러면서 춘매를 안채로 들게 했다. 춘매가 안채로 들어가 서문경

의 영전 앞에 가보니 일찌감치 촛불이 켜져 있고 탁자 위에 제사상이
준비되어 있었다. 춘매는 지전을 불태우면서 눈물을 몇 방울 흘렸다.
하인들이 주위에 병풍을 치고 화로 안에 탄을 넣어 불을 지피고 팔선
탁자를 내놓고 먼저 차를 내왔다. 모든 것이 정갈하고 맛깔스러워 보
였다. 세심하게 공들인 과일이며 야채며 진기한 음식들이 금박 접시
에 가득 담겨져 있고, 상아 젓가락과 은 술잔과 좋은 차가 곁들여졌
다. 월랑은 오대구 부인과 함께 춘매를 상대해 차를 마셨다. 그런 다
음에 춘매를 안방으로 안내해 편한 옷으로 갈아입게 했다. 춘매는 윗
옷을 벗어놓았다. 어멈들은 옷상자를 열어 녹색 바탕에 꽃무늬가 있
는 저고리와 자주색 치마를 꺼내와 갈아입게 해주었다. 옷을 갈아입
고 다시 월랑이 있는 곳으로 와 앉아서 한참 동안 얘기를 나누었다.
그러다가 월랑이 물었다.

"애는 잘 커요? 어째서 오늘 데려오지 않았어요?"

"나리께서 오늘 날씨가 차다며 감기 들까 걱정이 된다고 하셨어
요. 그렇지 않으면 데리고 와서 인사를 시켰지요. 그 애는 방에 잠시
도 가만히 있지 못하고 보채서 당직을 서는 사람들이 안고서 대청 밖
으로 왔다 갔다 해요. 그런데 최근 이삼 일은 울기만 해요."

"이렇게 엄마가 밖에 나오면 찾지 않아요?"

"좌우에서 그 애를 봐주는 유모가 둘이나 있으니 번갈아 돌봐주면
될 거예요."

"주나리께서 나이도 많으신데 마님이 그렇게 아이도 낳아주시니,
마님이 복덩어리 같겠군요. 듣자 하니 손이랑이라는 분도 여자아이
가 하나 있다고 하던데 올해 몇 살인가요?"

"둘째가 낳은 애는 옥저[玉姐]라고 하는데 올해 네 살이고 우리 애

는 금가[金哥]라고 불러요.”

“주나리의 주변에 또 아씨가 두 분 있다고 들었는데?”

“둘 다 악기를 타고 노래를 하는 애들로 열예닐곱 살짜리들이에요. 하루 종일 장난이나 치고 있어요.”

“나리께서 그들한테도 자주 가세요?”

“마님두, 그분이 어디 그리 한가하게 집에 있을 시간이 있어요? 대부분 밖에 계시고 집에 계시는 적은 별로 없어요. 지금도 사방에서 도적들이 날뛰고 있어 조정에서 또다시 조서가 내려와 그이더러 많은 일을 관할하도록 했어요. 지방의 치안도 담당하고 순시와 운하 관리도 하고 도적들도 잡고 또 군사들을 훈련시키고 말도 잘 키워놓아야 해요. 그러니 늘 밖으로 돌며 순시를 하실 수밖에요. 정말로 고생이 많으세요.”

말을 마치자 소옥이 차를 가지고 왔다. 차를 마시고 나서 춘매가 월랑에게,

“큰마님, 우리 다섯째 마님께서 계시던 화원에 좀 데려다주시겠어요?”

하고 부탁하자 월랑이 말했다.

“화원이 아직도 있기는 해요. 하지만 나리께서 돌아가신 뒤에는 누구 하나 제대로 손질해놓지 않았어요. 그래서 지금은 다 부서지고 돌더미도 쓰러지고 나무도 죽고 해서 나도 가보지 않았답니다.”

“괜찮아요, 그냥 마님께서 계시던 곳이라 가보고 싶어서 그래요.”

이에 월랑도 더는 어쩌지 못하고 소옥에게 화원의 열쇠를 가져와 문을 열게 했다. 월랑과 오대구 부인이 춘매 등 여러 사람과 같이 안으로 들어가 한참을 구경했다. 그 모습이란,

담장은 허물어지고 정자는 기울었네.
양편의 벽화에는 푸른 이끼가 자라고
바닥의 꽃 벽돌 위에는 잡초가 무성하네.
인공[人工] 산의 괴암 괴석은 무너져내려
들쑥날쑥하지를 않고
정자 안의 자리에는 습기가 차서
이미 걸터앉을 수가 없게 되었구나.
석동 입구에는 거미가 거미줄을 쳐놓았고
연못 안에는 개구리가 떼를 이루고 있네.
와운정에서는 여우가 잠을 자고
장춘각에는 족제비들이 오간다.
오랫동안 사람은 오지를 않으나
하루 종일 구름은 오가누나.
垣牆欹損 臺榭歪斜
兩邊畫壁長靑苔 滿地花磚生碧草
山前怪石 遭塌毀不顯嵯峨
亭內涼床 被滲漏已無框檔
石洞口蛛絲結網 魚池內蝦蟆成群
狐狸常睡臥雲亭 黃鼠往來藏春閣
料想經年人不到 也知盡日有雲來

춘매는 한차례 둘러본 뒤에 먼저 이병아가 있던 곳으로 건너갔다.
누각 위에는 부서진 탁자, 못쓰게 된 등의자와 등받이 없는 의자가
버려져 있고, 아래의 방들은 모두 비어 잠겨 있었다. 땅 위에는 잡초

들만 무성하고 황량하게 자라 있었다.

그런 다음에 금련이 있던 곳으로 건너와 보니 누각 위에는 아직도 여전히 약재와 향료가 약간 쌓여 있었고 아랫방에는 옷장 두 개만이 덩그러니 놓여 있을 뿐 침대는 보이지 않았다. 그래서 소옥에게,

"우리 마님께서 쓰시던 그 침대는 어디로 갔지? 어째서 보이지 않는 게지?"

하고 물으니 소옥이,

"셋째 마님께서 시집가실 때 그 침대를 가지고 가셨어요."

하고 말해주었다. 이에 월랑이 앞으로 다가서며,

"영감이 살아 계실 적에 맹씨가 가져왔던 침상은 큰딸이 진씨 집으로 시집갈 때 가지고 갔어요. 그 후에 맹씨가 개가하면서 반씨가 쓰던 침상을 가지고 간 거예요."

하고 설명해주었다. 이 말을 듣고 춘매는,

"제가 들으니 큰아씨는 죽고, 큰아씨가 죽은 후에 큰마님께서는 그 침상을 다시 이 집으로 가져오셨다고 하던데요."

"가져와서는 돈이 없어서 여덟 냥을 받고 팔았어요. 그 돈으로 현청의 아전들에게 뇌물을 주었어요."

춘매는 이 말을 듣고 고개를 끄떡였다. 눈에는 눈물이 맺히며 씁쓸한 생각이 들었으나 말로는 하지 못하고 단지 속으로,

'우리 마님께서 살아 계실 적에 얼마나 콧대가 드셌던가. 그래서 영감님을 졸라 그 침상을 사달라고 했던 것인데… 그래서 내가 그 침상을 가지고 돌아가 그분의 기념이라도 하려고 했는데, 뜻밖에도 다른 사람이 가져가버렸구나!'

하고 생각하니 자기도 모르게 애달픈 생각이 들었다. 그래서 다시 월

랑에게,

"그럼 여섯째 마님의 나전 침상은 어째 보이지 않죠?"

하고 물었다. 이에 월랑이 답했다.

"한마디 말로는 설명하기 힘들어요. 나리께서 돌아가신 이후에 단지 나가는 것만 있을 뿐 들어오는 것은 하나도 없었어요. 속담에도 '집안에 하는 일 없이 쓰고 먹으면 금이 말로 있어도 부족하다'고 하잖아요? 집안 살림에 여유가 없자 그것도 사람을 시켜 내다 팔았어요."

"얼마를 받고 팔았어요?"

"은자 스물닷 냥만 받았어요."

"아까워라, 그 침상은 당초에 나리께서 은자 예순 냥은 된다고 말씀하시는 걸 들었는데 그것밖에 받지 못했다니! 마님께서 그 물건들을 그렇게 처리하실 줄 진작에 알았더라면 제가 삼사십 냥이라도 드리고 가져갈 걸 그랬어요."

이 말을 듣고 월랑은,

"모든 게 다 그렇잖아요. 세상일을 미리 아는 사람이 어디 있어요."

하면서 한참을 탄식했다. 그러는 중에 하인 주인[周仁]이 들어와서,

"나리께서 마님보고 일찍 돌아오시랍니다. 도련님께서 마님을 찾으며 울고 있어요!"

하고 알려주었다. 이에 춘매는 바로 몸을 일으켜 안채로 들어갔다. 월랑은 소옥을 시켜 화원의 문을 잠그게 하고 함께 안채의 거실로 돌아와 다시 공작이 날개를 펴고 있는 병풍을 치게 하고 주렴을 드리우고 술자리를 마련케 했다. 그러자 두 기녀가 쟁과 비파를 타며 곁에서 노래를 불렀다. 월랑은 술을 권하며 춘매를 상석에 앉게 하자 춘매는 극구 사양을 하며 오대구 부인을 끌어다 둘이 함께 자리에 앉았

다. 월랑은 주인석에 앉아 술을 권했다. 국과 밥, 과자 등이 차례로 들어왔다. 춘매는 하인인 주인을 시켜 요리사에게 은자 석 전을 수고비로 주라고 분부했다. 말할 필요도 없이 접시에는 기이한 음식이 가득 쌓였고 술잔에는 술이 넘쳐흘렀다. 서로 잔을 돌리며 해가 질 저녁 무렵까지 술을 마셨다. 그런데 수비부에서 주수비가 하인에게 등불을 들려 다시 춘매를 맞이하러 보냈다. 그러나 월랑은 좀 더 있다 가라며 술을 권하고 두 기녀를 시켜 춘매 앞에 무릎을 꿇고 연주와 노래를 하며 술을 권하도록 했다. 그러면서,

"멋들어진 곡을 주마님께 들려드리거라."

하고 분부하면서, 한편으로는 소옥을 불러 큰 잔에 술을 따라 춘매한테 올리라고 하면서,

"아씨, 좋아하는 곡이 있으면 말씀하세요. 기녀들한테 부르라고 할게요."

했다. 이에 춘매가 말했다.

"마님, 더는 마시지 못하겠어요. 집에서 애가 울면서 찾고 있다니 말이에요."

"애가 찾고 있더라도 유모들이 잘 돌보고 있을 거예요. 날도 이렇게 이르고 또 내가 아씨의 주량이 어느 정도인지는 이미 다 알고 있잖아요."

이에 춘매는 두 기녀에게,

"이름들이 뭐지, 누구 집에 있느냐?"

하고 물었다. 이에 두 명은 무릎을 꿇으며,

"소인은 한금천의 동생인 한옥천[韓玉釧]이고, 저 애는 정애향의 조카인 정교아[鄭嬌兒]예요."

"그럼 둘은 「눈썹 그리기도 귀찮다[懶畫眉]」를 부를 줄 아느냐?"

한옥천이,

"예, 부를 줄 알아요."

하니 곁에 있던 월랑이,

"너희 둘이 부를 줄 안다면 마님께 술을 따라 올리고 어서 불러보거라."

했다. 이 말을 듣고 소옥이 얼른 술을 따르고 두 기생은 하나는 쟁을 타고 하나는 비파를 타며 노래를 부르기 시작했다.

님이여 그대 생각 언제나 끝나리오.

봄이 가고 다시 가을이 와도

누가 이 마음을 알아주리오.

하늘이 나를 외롭게 하는구려.

소식만 들어도 두 줄기 눈물이 흐르네.

종전에 맺은 인연을 이야기해도

누가 당신이 무정하게 나를 버릴 줄 알았겠는가.

冤家爲你幾時休

捱過春來又到秋 誰人知道我心頭

天害的我伶仃瘦 聽的音書兩淚流

從前已往訴緣由 誰想你無情把我丟

춘매가 술을 다 마시자, 월랑은 다시 정교아더러 춘매에게 술을 따라주라고 했다. 이에 춘매는,

"마님도 저와 함께 드세요."

라고 했다. 이에 모든 사람이 잔을 들고 두 기생은 또다시 노래를 부르는데,

님이여 그대의 풍류가 사라졌는지
까치가 처마 끝에서 울고 있네요.
소리만 요란하고 맥없이 울고 있으니
하늘이 마치 놀리는 듯하구나.
처량하게 두 줄기 눈물만 흐르고
그가 간 후에 아무것도 없는데
누가 당신이 나를 저버릴 줄 생각했겠는가.
冤家爲你減風流 鵲噪簷前不肯休
死聲活氣沒來由 天倒惹的情拖逗
助的淒涼兩淚流 從他去後意無休
誰想你辜恩把我丟

노래를 들으며 춘매는,
"마님, 대구 마님께도 큰 잔으로 권하시지요."
했다. 이에 월랑은,
"큰올케는 잘 마시지 못하니 작은 잔으로 마시라고 하면 돼요."
하고는 소옥에게 오대구 부인께 작은 잔으로 술을 따라 올리라고 했다. 두 기생은 또다시 노래를 부르는데,

님이여 그대 때문에 근심하며
언제나 밤낮으로 애태우네.

향기 나던 피부는 마르고 온기도 없고
당신을 만나려 하나 만날 수 없구려.
가슴이 답답하니 두 줄기 눈물만 흐르네.
종전에는 당신과 그토록 사이가 좋았건만
누가 당신이 나를 버릴 줄 알았겠는가.
冤家爲你惹場憂 坐想行思日夜愁
香肌憔瘦減溫柔 天要見你不能勾
悶的我傷心兩淚流
從前與你共綢繆 誰想你今番把我丟

춘매는 소옥을 앞으로 오라고 불러서는 큰 잔에 술을 따라 소옥에게 주며 마시게 하니 월랑이 말했다.
"아씨, 소옥은 못 마셔요."
"마님, 저 애도 두어 잔은 마셔요. 제가 이 집에 있을 적에 마셔봤어요."
춘매는 술을 따라 소옥에게 주었다. 기생들이 또 노래를 하는데,

님이여 그대 때문에 근심 걱정에 빠지니
병들어 침대에 누워 일어나지를 못해요.
가슴에 수심이 가득 차 양미간이 찌푸려지고
잊으려 해도 옛일이 생각나는구려.
양볼에 두 줄기 눈물이 흐르네요.
종전에는 그대와 함께했건만
누가 당신이 나를 버릴 줄 생각했겠는가.

冤家爲你惹閑愁 病枕着床無了休

滿懷憂悶鎖眉頭 天忘了還依舊

助的我腮邊兩淚流

從前與你兩無休 誰想你經年把我丟

여러분, 내 말 좀 들어보소. 춘매가 왜 기녀들한테 이 노래를 부르
도록 시켰을까? 바로 마음속으로 항상 진경제를 그리고 있으나 만날
수 없었기 때문이라네. 그리는 정이 마음에 뿌리를 내리니 감회에 빠
져 노래를 통해서 그 마음을 발설한 것이라네.

또 한편으로는 두 기생이 달콤하면서도 붙임성 있게 연신 '마님'
'마님' 하면서 떠받들어주니 마음이 대단히 흡족했다. 그래서 하인을
가까이 불러서 은전 두 꾸러미를 가져오게 해 기녀들한테 은자 두 전
씩을 주었다. 이에 두 기녀는 악기를 잠시 내려놓고 날아갈 듯이 인
사를 하고 돈을 받았다.

잠시 뒤에 춘매가 자리에서 일어나니 월랑도 더는 붙잡지 못했다.
하인들에게 등불을 밝히게 하고 작별을 고하고 대문을 나서 가마에
오르니, 하인들과 어멈들도 작은 가마를 타고 앞뒤로 등불 네 개를
밝히고 군졸들이 길을 열라고 크게 외치면서 출발했다. 바로, 때를
만나면 무쇠도 빛을 발하고, 운이 다하니 황금도 빛을 잃는 법이 아
닐 수 없다.

시가 있어 이를 증명하나니,

붉은 입술로 옥피리를 부니
봉황새 내려와 피리 소리를 듣네.

문 앞에 이르러 주렴을 걷어 올리니
제비가 옛 둥지로 돌아오는구나.
點絳唇紅弄玉嬌 鳳凰飛下品鸞簫
堂前高把湘簾捲 燕子還來續舊巢

춘매는 이렇게 월랑의 집에 놀러 갔다 온 이후에 더더욱 진경제를 그리워했으나 경제가 있는 곳을 도무지 알 수 없었다. 그래서 집에 돌아와 하루 종일 일어나지를 않고 짜증만 내었다. 이에 주수비는 춘매가 짜증을 내는 이유를 알아내고는,

"동생을 생각하느라 그래?"
하고 묻고는 바로 장승과 이안을 불러,

"내가 전부터 마님의 동생을 찾으라고 했는데 어째 열심히 찾지 않는 게냐?"
하자, 두 사람은 일제히 대답했다.

"저희들이 전부터 열심히 찾고는 있으나 어디에 있는지 도무지 찾을 수가 없었습니다. 그래서 이미 마님께 말씀을 드렸습니다."

"내 너희들한테 닷새의 시간을 줄 테니 반드시 찾아오도록 하거라. 만약 찾지 못하면 그 뒷일은 너희들이 더 잘 알 것이다!"

장승과 이안 둘은 잘 알겠노라고 대답하고 물러났다. 그러나 찾는 일이 너무 걱정스러워 얼굴에 근심이 가득한 표정으로 온 거리를 누비고 다니며 진경제의 행방을 묻고 다녔다. 얘기는 여기에서 둘로 나뉜다.

진경제는 수비부에서 매를 맞고 나와 묘당으로 돌아가려고 했다. 그런데 다른 사람이 진경제를 보고 하는 말이,

"임도사는 당신이 창녀와 계집질을 하다가 붙잡혀 매를 맞고 또 수비부로 끌려갔다는 소문을 들으셨다네. 그러다가 방 안에 귀금속을 넣어둔 상자를 조사해보고 그 안의 귀중한 물건들이 거의 없어진 것을 발견하고는 울화가 치밀어 그날 밤에 바로 돌아가셨다네. 그런데도 다시 안공묘로 돌아간다면 아마도 제자들이 자네를 때려죽일 걸세!"

하니, 이 말을 듣고 경제는 잔뜩 겁이 나서는 감히 안공묘로 돌아가지 못했다. 그렇다고 다시 행암 왕노인을 찾아갈 면목도 없었다. 그래서 낮에는 이곳저곳을 하는 일 없이 오가며 밥을 빌어먹고, 밤에는 거지 움막에 숨어들어 잠을 자곤 했다.

일이 공교롭게도 되는지라 그러던 어느 날 진경제는 길거리에 서 있다가 쇠손톱 양대랑이 새 비단 모자를 쓰고, 흰 비단 저고리에 검정색 외투를 걸치고, 짙은 감색 버선에 하얀 신을 신고, 은으로 만든 고삐와 안장을 한 나귀를 타고는 하인 한 명을 거느리고 걸어오는 것을 보았다. 이에 진경제는 그가 분명 양광언임을 알아보고는 바로 앞으로 뛰어나가 나귀의 입에 물린 재갈을 낚아채면서,

"양형, 오랫동안 보지를 못했소! 우리 둘이 청포강으로 물건을 사러 가지 않았소! 배를 청포강 가에 정박해놓고 내가 엄주부로 친척을 만나러 갔다가 모함을 당해 옥살이를 하면서 고생했는데 자네는 어째서 나를 기다리지 않았소? 자네가 배의 절반이 넘는 물건을 가지고 달아나 행방을 감췄기에 내가 좋은 뜻으로 자네의 집으로 가서 행방을 물었는데, 오히려 자네 동생 양이풍이 벽돌로 자기 머리에 생채기를 내놓고는 우리 집까지 따라와 자기 형님을 내놓으라며 행패를 부렸지! 나는 지금 이렇게 알거지가 되어 있는데 자네는 떵떵거

리며 잘살고 있는 것 같구먼."

이라고 말했다. 양대랑은 진경제가 밥이나 빌어먹는 비렁뱅이가 된 것을 보고는 의기양양해 미소를 지으며,

"오늘은 재수가 없구나, 문을 나서자마자 옴 붙은 귀신을 만나다니! 빌어먹다 뒈질 거지 놈아, 무슨 놈의 배의 반이나 되는 화물을 훔쳐냈다고 나한테 와서 달라는 게냐! 어서 재갈에서 손을 떼지 않으면 이 말채찍 맛을 보여주겠다!"

하니 이 말을 듣고 진경제는 거듭,

"나는 지금 완전히 빈털터리라네. 그러니 은자가 있으면 조금 주게나. 그렇지 않다면 나와 함께 관청으로 가줘야겠어!"

했다. 양대랑은 진경제가 한사코 놓지 않는 것을 보고 나귀에서 훌쩍 뛰어내려 진경제를 말채찍으로 몇 대 후려갈겼다. 그러고는 하인에게,

"이 뒈질 거지 놈을 끌어내거라!"

하고 호령했다. 이에 하인은 있는 힘을 다해 진경제를 한옆으로 밀쳤다. 양대랑이 다시 앞으로 다가와 몇 차례 발로 걷어차니 경제는 비명을 내질렀다. 삽시간에 주위에 많은 사람들이 몰려들었다. 이때 구경꾼들 중에서 한 사람이 갑자기 뛰쳐나왔는데, 까만 고깔모자를 쓰고 손수건을 동이고 자줏빛 저고리에 흰 잠뱅이 바지를 입고 짚신을 신고 있었다. 움푹 파인 두 눈에 빗자루 같은 눈썹, 쭉 째진 입, 세 갈래의 수염 그리고 얼굴에는 자줏빛 비계덩이가 달려 있고 팔뚝에는 근육이 불끈 솟아 있었다. 그러한 그가 눈을 치켜뜨고는 주먹을 내저으며 양대랑에게 소리쳤다.

"너무하시는구려, 이 사람은 나이도 어리고 또 이렇게 굶주리고

헐벗고 있는데 어찌 그렇게 때리기만 한단 말이오? 자고로 노한 주먹도 웃는 얼굴은 때리지 못한다고 하지 않소! 게다가 저 사람이 당신 기분을 그다지 상하게 한 것 같지도 않으니 돈이 있거들랑 평소의 친분을 생각해서 저 사람한테 몇 푼 주시구려. 돈이 없으면 그만두면 되지 않소! 그러면 될 걸 때리기만 하는 게요? 자고로 길이 평평치 않으면 등이나 불을 보고 가라고 하지 않소이까!"

"당신은 몰라요. 이놈의 자식이 내가 배에 실어놓은 자기의 물건을 빼돌렸다고 떼를 쓰고 있어요. 이런 비렁뱅이 자식이 무슨 화물이 있다고 말이에요!"

"보아하니 이 사람은 전에 웬만큼 살았던 사람 같아요. 그리고 하늘에서 날 때부터 이렇게 가난하게 태어났겠어요? 하지만 당신은 돈이 있지 않소. 그러니 노형께서는 제 말대로 돈을 가지고 있으면 이 사람한테 돈을 좀 주시구려."

양대랑은 더는 어쩌지 못하고 소맷자락 손수건에서 네댓 돈 되는 은자 덩이를 꺼내 진경제에게 건네주었다. 그리고 그 사람에게는 손을 한 번 흔들어 보이고는 나귀를 타고 횡 하니 떠났다. 진경제가 땅에 엎드려 있다가 고개를 들어 그 사람을 바라보니 다른 사람이 아니라 바로 예전에 거지 소굴에서 자기와 함께 잠을 자던 야경꾼 우두머리 비천귀[飛天鬼] 후림아[侯林兒]였다. 후림아는 최근에 쉰여 명을 거느리고 성의 남쪽에 있는 수월사[水月寺] 효월장로[曉月長老]가 있는 곳에 가서 절의 여러 곳을 짓고 있었다. 그러한 후림아가 한 손으로 진경제를 부여잡으며,

"아우, 방금 내가 그자한테 몇 마디 하지 않았다면 이 다섯 전의 은자라도 자네한테 주었겠나? 그 도적놈의 자식이 그래도 눈치가 있었

길래 망정이지 눈치도 없이 멍청히 굴었다가는 이 주먹맛을 봤을 텐데! 나와 함께 술집에 가서 술이나 한잔하세."

그러면서 구수한 냄새가 나는 작은 술집으로 들어가 자리를 잡고 앉았다. 술집 점원을 불러 밥 네 그릇과 술 두 주전자를 가져오라고 했다. 점원이 탁자를 깨끗하게 닦고 안주와 밥을 내왔다. 안주 네 접시와 당시 사람들이 즐겨 마시던 감람주[橄欖酒] 두 주전자를 내오니 작은 잔은 쓰지 않고 큰 사발에 부어 마셨다. 그러면서 후림아가 진경제에게 묻기를,

"동생, 밥을 먹을 텐가, 아니면 국수를 먹을 텐가?"

하니 이에 점원이,

"국수는 따스한 것이고, 밥은 흰밥입니다요."

했다. 이에 진경제는,

"국수를 먹을게요."

했다. 잠시 뒤에 국수 세 그릇이 올려졌다. 후림아가 한 그릇을 먹고, 진경제가 두 그릇을 먹었다. 그런 뒤에 다시 술을 마시기 시작했다. 후림아가 진경제에게 말했다.

"동생, 오늘은 나와 함께 여인숙에서 하룻밤을 지내세. 그리고 내일은 나와 함께 성 밖 수월사 효월장로가 있는 그곳으로 가서 절과 승방[僧房] 등을 짓도록 함세. 이 형님이 한 쉰여 명을 데리고 일을 하고 있으니, 자네가 그곳에 간다 해도 어려운 일은 하지 않고 단지 흙이나 몇 광주리 나르면 돼. 그렇게 하면 자네가 한탕 일한 것으로 계산해서 은자 넉 전을 주지. 내 밖에다 방을 하나 얻을 테니 밤에는 우리 둘이 그곳에서 쉬면 되잖아. 밥도 지어 사람들한테도 먹이고 말이야. 문은 모두 잠그고 집안 살림도 모두 자네한테 맡길 텐데 자네

생각은 어떤가? 자네가 거지 소굴에서 거지 노릇을 하며 야경이나 돌며 방울이나 흔들고 다니는 것보다는 훨씬 나을 걸세. 이것은 약간의 체면도 서고 말이야!"

"형님께서 저를 그렇게만 돌봐주신다면 그보다 좋을 수가 없지요! 그런데 그 공사는 언제쯤 끝나는지요?"

"시작한 지 한 달밖에 안 됐네. 본래는 시월까지인데 그때까지 끝날지 모르겠어."

둘은 이렇게 얘기를 나누면서 서로 큰 잔에 술을 따라 주거니 받거니 하면서 두 주전자의 술을 다 마셔버렸다. 점원이 와서 계산을 하니 한 돈 서 푼이 나왔다. 진경제가 먼저 은자를 꺼내 달아 계산하려고 했으나 후림아가 진경제를 옆으로 밀치면서,

"멍청한 동생 같으니라구, 누가 자네보고 계산을 하라고 하던가! 내 여기 이렇게 돈이 있다네."

하면서 돈 꾸러미를 꺼내 한 돈 닷 푼의 은자를 달아서 주인에게 주고, 거스름돈 두 푼을 받아 소맷자락에 넣었다. 그런 뒤에 진경제의 어깨를 감싸 쥐고 밖으로 나와 여인숙으로 들어가 둘은 함께 잠자리를 했다. 이날 밤 둘은 모두 취해 있었다. 그런데도 후림아는 밤에 진경제와 그 짓을 하느라 하룻밤을 다 보냈다. 이에 진경제도 형님, 아빠, 여보, 할아버지 등 입으로 무수한 소리를 내지르며 남자들끼리의 맛을 즐겼다.

다음 날 날이 밝자 성 남쪽의 수월사로 가서 후림아는 얘기한 대로 절 밖에 반 칸짜리 방 하나를 세내주었다. 안에는 나무 장작을 때는 부엌과 온돌이 있었다. 또 많은 그릇이며 잔 등 살림 도구를 사다 놓았다. 아침 일찍 공사장에 나가니 점호를 했다. 사람들이 진경제를

보아하니 나이는 스물네댓밖에 되어 보이지 않고, 희멀건 얼굴에 이목이 수려한 것을 보고는 바로 후림아의 형제[兄弟](동성애 남자)임을 알아보고 놀려댔다. 한 사람이 물었다.

"젊은이, 자네 이름이 무엇인가?"

"진경제라고 합니다."

또 다른 사람이,

"진경제라, 자기도 모르게 밀어 넣는단 말이군!"

하자 곁에 있던 또 다른 사람이,

"자네는 아직 나이도 어린데 이런 짓을 하고 있어? 그 큰 짐을 어떻게 지겠다는 겐가?"

하고 놀려댔다. 이에 후림아가 여러 사람들에게 냅다 소리를 질러 욕을 하기를,

"이 비렁뱅이 자식들아, 왜 쟤를 놀려대는 게야!"

하면서 괭이, 삽, 광주리 등을 나누어주고는 일을 시작하게 했다. 흙을 메어 나르는 사람은 메어 나르고, 흙을 짓이기는 사람은 짓이기고, 벽돌을 쌓는 사람은 벽돌을 쌓았다.

원래 효월장로는 엽두타[葉頭陀]라는 사람을 주방장으로 삼아서 일꾼들이 먹고 마시는 것 등 모든 것을 맡겨놓고 있었다. 이 사람은 나이가 거의 쉰 살이 된 자로 애꾸눈에 의복은 남루하고 맨발이며 허리에는 비단 띠를 두르고 있었다. 불경도 볼 줄 모르고 단지 염불만 할 줄 알고 마의신상[麻衣神相](일종의 관상술)을 잘 봤다. 여러 사람들이 그를 엽도[葉道]라고 불렀다.

하루는 일을 끝내고 모든 사람들이 식사도 마친 뒤에 한가하게 서 있을 사람은 서 있고, 앉아 있을 사람은 앉아 있고, 쭈그리고 앉아 있

는 사람은 쭈그리고 있었다. 이때 진경제가 엽도의 앞으로 가서 차를 좀 달라고 했다. 엽도는 진경제를 위아래로 훑어보았다. 그러자 여러 사람 중에서 한 사람이,

"엽도, 이 젊은이는 새로 왔는데 당신이 관상 좀 한번 봐주시구려."

하자 또 다른 사람이,

"보나 안 보나 동성애[同性愛] 관상이지!"

하니 이에 다른 사람도,

"이미자[二尾子](한 몸에 양성[兩性]의 생식기관을 가지고 있는 사람) 관상이야!"

했다. 엽두타는 진경제를 가까이 오라고 해서는 자세히 살펴본 뒤에 말했다.

"색은 부드러운 것이 두렵고 또 귀여운 것이 무서운 것이야. 소리가 귀엽고 기가 부드러우면 서로가 용납을 못하지! 나이가 들어 색이 부드러우면 고생하게 되고, 젊어서 색에 강하면 오래 견딜 수가 없다오. 자네는 얼굴이 잘생긴 게 탈이야! 평생 여인들의 귀여움을 받게 되네. 여덟 살, 열여덟 살, 스물여덟 살에는 아래로 코의 윗부분에서 인당[印堂](양미간) 윗부분까지, 위로는 머리칼까지 생계를 잃지 않을 상이며, 서른 살에는 인당에 살[煞]의 상이 감돌고 있네. 눈은 맑고 마음속으로는 여러 가지 생각을 하고 있으니 책을 제대로 읽지 않더라도 될 사람이군. 모든 사람에게 귀여움을 받으나 그 거짓됨은 진실로 어떻게 되지 않는다네. 내 솔직히 말하는 것을 탓하지 말게나. 자네는 일생 동안 영리하고 잔꾀를 부려 항상 여인네들의 도움을 받을 걸세. 자네, 올해 몇 살인가?"

"스물넷입니다."

"용케도 지금까지 살아왔구만. 자네의 양미간이 너무 좁아 자식과 아내를 잃을 것이고 또 이마가 흐리고 어두우니 사람이 죽고 가옥을 없앨 것이며, 입술이 이빨을 가리지 못하니 일생 동안 시비를 불러일으킬 것이고, 코가 아궁이 같으니 가산을 탕진할 상이오. 최근에 관청에 가서 곤욕을 치르거나 가산을 탕진한 일이 있나?"

"예, 있습니다."

"그리고 또 한 가지, 자네의 콧선이 끊어져서는 안 되네. 마의조사 [麻衣祖師]께서 두어 마디 좋은 말씀을 하셨지. '콧날이 끊어지면 일찍 꽃이 떨어지고, 조상의 유업도 잇지 못하고 반드시 패가망신한다'라고 말이야. 조상들이 재산을 아무리 많이 남겨놓았다 해도 자네의 손에는 하나도 없게 되지. 자네는 상체는 짧고 하체는 기니, 성공도 많고 실패도 많아서 돈이나 재물을 다 썼다가도 다시 돌아온다네. 머지않아 가정을 이루겠지만, 작열하는 태양이 얼음이나 서리를 비추는 꼴이라네. 자네 두어 걸음 걸어보게나."

이에 진경제는 진짜로 두어 걸음을 걸어 보였다. 이를 보고 엽도는 다시 말했다.

"머리가 발보다 먼저 나가니 어릴 때는 호강을 하겠으나 말년에 고생을 하겠군. 또 발로 땅을 제대로 밟지 않으니 전답을 다 팔아먹고 타향을 전전하며 일생 동안 조상의 가업을 지키지 못할 걸세. 부인이 셋이 있을 수인데 한 명은 이미 세상을 떴구면?"

"맞아요."

"앞으로도 부인 세 명을 만날 걸세. 자네의 얼굴이 불그스레하고 빛이 나니 주색을 탐하며 살겠군. 그렇지만 모든 것이 좋은 것만은 아니라네. 서른 살이 되면 소인배의 원한을 사게 되겠고, 기생집에는 자주 가지 않는 것이 좋으니 알아서 잘 하게나!"

이 말을 듣고 다른 사람이,

"엽도, 당신이 틀렸어요! 저 사람은 지금 다른 사람의 마누라인데 어찌 세 명의 부인이 있겠어요?"

하자 모든 사람들이 와, 하고 폭소를 터뜨렸다. 이때 효월장로의 목탁을 두들기는 소리를 듣고 사람들은 괭이나 호미, 삽, 광주리 등을 집어 들고 각자 일터로 갔다. 이렇게 하며 진경제는 수월사에서 거의 한 달 동안 일을 하며 보냈다.

삼월 중순 어느 날 진경제는 여러 사람과 흙을 메고 나왔다가 절 대문 옆 담장에 기대어 햇볕을 쬐며 쭈그리고 앉아서 몸에 이를 잡고 있었다. 그런데 그때 머리에는 만자건을 쓰고 누런 띠를 두르고, 위에는 푸른 적삼을 걸치고 배에는 자주색 띠를 매고, 각반을 차고 검은 신을 신고 누런 말을 타고 손에 한 바구니의 신선한 꽃을 든 사내가 진경제를 보고는 화급히 말에서 뛰어내려 앞으로 다가와서는 공손하게 인사를 했다. 그러면서,

"진서방님! 소인이 얼마나 많은 곳을 찾았는데요. 여기에 계셨군요."

했다. 이 말을 듣고 진경제도 놀라서는 급히 답례를 하면서,

"형씨는 어디에서 오셨지요?"

하고 물었다. 그러자,

"소인은 수비부 주나리 곁에 있는 장승이라는 사람입니다. 서방님께서 그날 수비부에서 나가신 뒤로 마님께서 지금까지 몸이 좋지 않으세요. 그래서 나리께서 사람들을 시켜 사방으로 서방님을 찾아보게 했는데, 어디 계신지 알 수가 있어야지요. 오늘 아침 일찍 마님께

서 저더러 성 밖 장원에 가서 작약꽃 몇 송이를 꺾어오라고 하셔서
이곳을 지나가게 되었는데, 이런 곳에서 서방님을 찾을 줄 생각이나
했겠어요? 하나는 서방님의 운이 좋은 것이고, 하나는 제가 인연이
있는 모양입니다! 지체하지 마시고 어서 말에 올라 소인과 함께 수
비부로 돌아가시지요."
했다. 진경제는 열쇠를 후림아에게 넘겨주고 말에 오르니 그 뒤를 장
승이 바짝 따라붙어서는 곧장 수비부로 돌아갔다.

　실로, 사나이 득의[得意]한 때는 어릴 적인데, 오늘 밤 밝은 달은
어느 누각을 비출꼬.

　시가 있어 이를 밝히나니,

　　백옥이 바위돌 속에 숨어 있고
　　황금이 진흙 속에 묻혀 있구나.
　　오늘 아침 귀인이 이끌어주니
　　사다리를 타고 하늘에 오르는 듯하네.
　　白玉隱於頑石裡　黃金埋在汚泥中
　　今朝貴人提拔起　如立天梯上九重

제97화 흐르는 세월은 지는 노을을 따라가네

진경제가 수비부에서 일을 하고,
설씨 할멈은 장삿속으로 중매를 서다

세상에서 일흔까지 살아가는데
무엇하러 밤낮으로 정신을 쓰는가.
세상일에는 시작과 끝이 있고
눈앞에 있는 화려한 것은 진실이 아니라네.
빈궁과 부귀는 하늘의 뜻이고
득실과 영고는 티끌과 같은 것.
마음을 열고 실컷 놀아보게나
저승사자 찾아오면 모든 것은 끝이라네.
在世爲人保七旬 何勞日夜弄精神
世事到頭終有盡 浮華過眼恐非眞
貧窮富貴天之命 得失榮枯隙裡塵
不如且放開懷樂 莫待無常鬼使侵

　진경제는 수비부에 도착해 말에서 내리고, 장승이 먼저 안으로 들어가 춘매에게 아뢰었다. 이를 듣고 춘매가 분부했다.
　"먼저 바깥에 있는 숙직실에 데리고 가서 향을 넣은 욕조에서 몸

을 깨끗하게 씻게 해요. 그런 다음에 안채의 유모한테 새 옷과 신발
을 내달래서 갈아입게 하세요."

장승은 진경제가 벗어놓은 예전의 남루한 옷들을 둘둘 말아서 숙
직실 한쪽에 걸어놓고 돌아와 춘매에게 보고했다. 그때까지 아직 수
비는 퇴청하지 않고 있었는데 춘매는 진경제를 안방의 대청으로 들
게 했다. 그리고 춘매는 예쁘게 화장을 하고 화려한 옷을 입고 밖으
로 나와 진경제를 만났다. 진경제는 문에 들어서서 춘매를 바라보고
는 네 번 큰절을 올렸다.

"누님, 제 절을 받으세요."

이에 춘매는 반절만 받고 맞은편 자리에 앉았다. 자리에 앉은 뒤
에 그간 헤어지고 나서의 정황을 주고받았다. 그러노라니 둘 다 눈가
에 눈물이 맺혀 흘렀다. 춘매는 수비가 퇴청해 돌아올까 겁이 나서
눈앞에 사람이 없는 것을 보고는 눈짓을 하며 살그머니 진경제에게
가르쳐주었다.

"잠시 뒤에 나리가 퇴청해서 당신께 나와의 관계를 물으면 단지
고종사촌 동생이라고 하세요. 저는 당신보다 한 살이 많은 스물다섯
살로 사월 스무닷새 오시[午時]생이에요."

"잘 알겠어요."

그러고 있노라니 하녀가 차를 내와 두 사람은 차를 마셨다. 차를
마시다 춘매가,

"어쩌다가 출가해서 도사가 됐나요? 제 집에서 얻어맞고 나간 뒤
에 수비께서는 당신이 제 친척인 줄 모르고 때렸다면서 얼마나 후회
를 하셨는지 몰라요. 그때 당신을 붙잡아두고 떠나지 못하게 하고 싶
은 마음이 간절했지만, 손설아 그 천한 년이 여기에 떡 버티고 있기

에 어쩔 수 없이 당신을 떠나보낸 거예요. 나중에 그년을 쫓아내고 장승을 시켜 사방을 다 뒤져 당신을 찾게 했어도 찾지를 못했어요. 그런데 당신이 성 밖에서 그런 잡일을 하고 있을 줄 누가 알았겠어요! 어쩌다 이런 지경에까지 이르게 됐나요?”

“솔직히 말해 한마디로는 다 하기 힘들어요. 당신과 헤어진 이후에 나는 반씨 마님과 결혼을 하려고 했어요. 그런데 동경에 계시던 부친께서 돌아가시는 바람에 돈을 가지고 오는 것이 조금 지체가 되어 반씨 마님을 데려오지 못해 결국은 무송한테 죽임을 당했지요. 당신이 좋은 마음으로 마님의 시신을 거두어 영복사에 안장해줬다는 말을 들어 저도 그곳에 가서 지전을 태우고 제사를 올려주었어요. 그 사이 집에서는 어머니도 돌아가셨지요. 어머니의 장례식을 치르고 나서 사람한테 사기를 당해서 밑천을 다 날려버렸어요. 집에 돌아와 보니 집사람도 죽었어요. 그런데 엎친 데 덮친 격으로 그 음탕한 장모가 큰딸이 죽은 것이 다 내 탓이라며 관청에 고소를 하고 침상이며 화장대 등을 모두 가져가버렸어요. 그렇게 공연히 고소 일에 휘말려 관청에 드나들다 보니 집이며 물건은 다 거덜이 나서 지금과 같은 빈털터리가 되었지요. 다행히도 부친의 친구인 왕행암이 나를 불쌍히 여겨 보살펴주고 도와줘서 임청현에 있는 안공묘로 데리고 가서 출가를 시켜주었지요. 그런데 뜻하지 않게 유이라는 건달 놈에게 얻어맞고 수비부로 끌려와서는 곤장을 열 대 맞고 쫓겨났지요. 이곳에서 그렇게 맞고 나가보니 친척들도 아는 체를 하지 않고 친구들도 거들떠보지 않더군요. 그렇게 결국 절을 짓는 곳으로 가서 막일을 하고 있었지요. 그런데 다행히도 누님이 이렇게 걱정을 하시어 장승을 시켜 나를 찾아주신 거예요. 누님을 이렇게 한번 뵈었으니 그 고마운 은혜를 절대로 잊지 않고 꼭 갚아드릴게요!”

이렇게 그동안 자기가 지내온 신세타령을 하면서 둘은 함께 눈물을 흘렸다. 이렇게 둘이 얘기를 나누고 있는 도중에 주수비가 퇴청해 안채로 들어왔다. 좌우에서 발을 걷으니 수비가 안으로 들어왔다. 들어오는 것을 보고 진경제는 주수비를 향해 정중하게 몸을 굽혀 인사를 했다. 수비도 황급히 답례를 하면서 말했다.

“지난번엔 아랫사람들이 속이고 알려주지를 않았기에 내가 그만 아우인 줄 모르고 그런 곤욕을 치르게 했으니, 동생은 너무 서운하게 생각지 말게나!”

“제가 잘못을 해서 그렇지요. 인사를 제대로 차리지 않고 가까운 친척들을 찾아뵙지도 않아서 그런 일이 생긴 것이니 용서해주시기 바랍니다.”

진경제는 다시 머리를 조아렸다. 이에 주수비는 진경제를 한 손으로 잡으며 윗자리에 앉도록 권했다. 그러나 진경제는 영리하고 상황을 잘 아는 인물인데 어찌 그대로 따르겠는가! 그래서 극구 사양하며 의자를 끌어다 한편에 앉았다. 수비가 자리를 잡고 앉자, 춘매도 그 맞은편에 자리를 잡고 앉았다. 잠시 뒤에 차가 나오자 다 함께 차를 마셨다. 차를 마시며 수비가 묻는다.

“동생은 올해 몇 살인가? 그간 보지를 못했는데, 어째서 출가를 했지?”

“하는 일 없이 나이는 스물넷입니다. 누님은 저보다 한 살이 많고 사월 스무닷새 오시생이시지요. 얼마 전에 부모님께서도 모두 돌아가시고 부인도 죽어버리는 바람에 어찌지 못하고 안공묘로 가서 출가를 했어요. 그런데 이곳에 누님이 계신 줄 몰랐기에 찾아와 인사도 올리지 못했습니다."

"그날 동생이 그렇게 떠나버린 뒤에 자네 누이가 밤낮으로 근심 걱정하며 제대로 먹지도 않고 잠도 못 자고 걱정하며 지금까지 지내 왔다네. 그러면서 사람을 시켜 줄곧 자네를 찾았으나 찾지 못했지. 여하튼 오늘 이렇게 다시 만났으니 실로 다 삼생[三生]의 인연이고 하늘의 돌보심이 있었기 때문이야."

수비는 좌우에게 분부해 탁자를 내려놓고 술과 음식을 준비해 올리게 했다. 잠시 뒤에 탁자가 깔리고 닭, 돼지 발, 오리, 거위, 볶고 지지고 튀기고 찌고 무친 것과 밥과 국, 과자 등이 상에 가득 차려졌다. 은 주전자와 옥으로 만든 잔에는 좋은 술이 넘쳐흘렀다. 수비는 진경제와 춘매를 상대로 늦게까지 술을 마시다가 촛불을 켤 무렵에 자리를 파했다. 수비는 하인에게 서쪽의 서재를 깨끗하게 정리하라고 분부했는데 그곳에는 책과 침상, 휘장 등 모든 것이 갖추어져 있었다. 춘매는 이부자리 두 채와 베개를 내와 경제에게 주어 덮고 자게 했다. 그리고 또 하인인 희아[喜兒]도 보내 경제를 시중들게 했다. 또 명주옷과 비단옷 두 벌을 꺼내와 진경제에게 주어 갈아입게 했다. 춘매는 매일 밥을 먹을 때에 진경제를 안채로 불러 같이 식사를 했다. 실로, 하루아침에 운이 텄으나 조금도 사람의 힘이 아니라네.

세월의 흐름은 실로 광음과도 같이 빠르고, 일월[日月]은 베틀의 북과 같은 것.

　지나가다 연말에 매화를 보았는데
　어느덧 새해 되어 일월이 되었고,
　살구꽃이 가지에 만발한지도 몰랐는데

또 새로운 연꽃이 물 위에 떴구나.

行見梅花臘底 忽逢元旦新正

不覺艶杏盈枝 又早新荷貼水

이렇게 진경제가 수비부에서 생활하며 지낸 지도 어느덧 한 달이 지났다. 바야흐로 사월 스무닷새, 춘매의 생일이 되었다. 오월랑 쪽에서 선물을 사서 보내왔는데, 생일 축하 복숭아 한 접시, 생일 국수 한 접시, 삶은 거위 두 마리, 생닭 네 마리, 과일 두 접시, 남주 한 항아리로 대안이 푸른 옷을 입고 선물 목록을 가지고 왔다. 수비는 마침 대청에 앉아 있었는데, 문지기가 들어와 보고를 하고 예물을 메고 안으로 들어왔다. 대안이 먼저 선물 목록을 올리고 땅바닥에 엎드려 절을 올렸다. 주수비는 선물 목록을 보고 나서,

"자네 마님께서 신경을 쓰셔서 또 선물을 보내오셨군."

하면서 하인에게,

"선물을 가지고 들어가 차를 들도록 하거라. 또 이 선물 목록은 하인을 시켜 마님의 동생께 가져다드리도록 하거라. 수건 하나와 은자 석 전을 싸서 심부름 온 사람에게 주고, 물건을 메고 온 사람들에게는 은자 일백 문을 주거라. 또 잘 받았다는 회신을 가져가 고맙다고 전해드리거라."

하고 분부한 뒤에 옷을 갈아입고 자리에서 일어나 사람을 만나보기 위해 밖으로 나갔다. 대안은 대청 앞에서 답장을 기다리고 있었다. 그러다가 보니 웬 젊은이가 와릉모[瓦楞帽]를 쓰고 푸른 도포를 입고, 깨끗한 버선과 신발을 신고 쪽문 안에서 나와 손에 들고 있는 회답과 수고비를 하인에게 전해주고는 다시 안채로 들어가는 것을 보

왔다. 이를 보고 대안은,

 '거참, 이상하구나! 아무리 봐도 진서방님 같은데 어떻게 이곳에 있을까?'

하고 생각했다. 이때 하인이 다가와 대안에게 수건과 은자를 건네주길래 받아 들고 집으로 돌아왔다. 집으로 돌아와 월랑에게 얘기하면서 회신을 건네주니 그 위에,

 주문[周門] 방씨[龐氏]가 올립니다.

라고 쓰여 있었다. 월랑이 이를 보고 물었다.

 "아씨는 만나보지 못했나?"

 "아씨는 보지 못했는데, 서방님을 봤어요."

 이 말을 듣고 월랑은 웃으며,

 "무슨 버릇없는 소리를, 그 댁에 무슨 큰서방님이 있다는 게야? 수비 어른께서 나이가 많으신데 자네가 어찌 서방님이라고 부르나!"

하니 이 말을 듣고 대안이 황급히 답했다.

 "수비 어른을 말씀드리는 것이 아니라 우리 집의 진서방님 말이에요! 제가 처음에 그 댁에 갔을 적에 주수비 어른께서는 대청에 계셨어요. 제가 선물 목록을 올리고 절을 드리자 나리께서 '또 마님께서 수고스럽게 선물을 보내주셨군' 하시며 하인들보고 저한테 차를 갖다 주라시며 '이 선물 목록을 마님의 동생한테 갖다 주고 수건 하나와 은자 석 전을 달라고 해서 이 사람한테 주도록 하고, 물건을 메고 온 심부름꾼들에게는 은자 일백 문을 주도록 하거라'라고 말씀을 마치신 다음에 수비께서는 옷을 갈아입고 말을 타고 사람들을 만나기

위해 나가셨어요. 한참 있다가 그가 쪽문 쪽에서 나와 회신과 수고비를 하인에게 건네주고는 바로 안채로 다시 들어갔어요. 그래서 저는 상자들을 메고 밖으로 나왔어요. 진서방이 아니면 누구겠어요?"

"도깨비같이 무슨 헛소리를 하고 있는 게야! 그 버러지 같은 자식은 비렁뱅이로 전락해 어디서 빌어먹고 있다 했으니 얼어 죽지 않았으면 굶어 죽었을 게야! 그가 어떻게 그곳에서 무슨 짓을 하고 있겠어? 더군다나 수비 어른은 진서방을 전혀 모를 텐데 어떻게 알고 데려다 일을 시키겠어?"

"그럼 마님께서 저와 내기를 하실래요? 제 눈으로 정말로, 똑똑히 봤어요! 그가 비록 다 타서 재가 된다고 해도 저는 알아볼 수가 있어요!"

대안이 우기자, 월랑이 다시 묻는다.

"그래, 무엇을 입고 있던?"

"새 와릉모를 쓰고 금비녀를 꽂고, 푸른 비단 도포를 걸치고, 깨끗한 버선에 깨끗한 신발을 신고 있었어요. 또 잘 먹고 지냈는지 신수가 훤하던데요!"

"난 안 믿어, 믿기 힘든 얘기야!"

이 얘기는 여기서 접어두자.

한편 진경제가 안채로 들어가니 춘매는 때마침 경대 앞에 앉아서 얼굴에 분을 바르고 눈썹을 그리고 있었다. 진경제는 오월랑이 보내온 선물 목록을 춘매에게 보여주면서,

"그 집에서 어떻게 당신 생일에 선물을 보내와요? 무슨 사연이 있어요?"

하고 물으니, 춘매는 청명절에 영복사에서 우연히 월랑을 만난 일들을 죽 얘기해주었다. 그리고 후에 평안이 전당포에서 저당 잡은 물건들을 훔쳐 창녀촌에서 계집질을 하다가 오전은 순검에게 붙잡혀 매를 맞은 일, 그리고 오순검이 평안한테 오월랑과 놀아났다는 허위 자백을 받았고, 그래서 중간에서 설씨 할멈이 나서서 자신더러 수비한테 부탁해 잘 처리해달라고 간청한 일을 말해주었다. 그 일이 잘 처리되어서 오월랑이 선물을 사가지고 왔고 또 춘매가 정월 효가의 생일에 건너가 지금까지 이르게 되었는데 그때 월랑이 춘매의 생일에 선물을 사서 오겠다고 했다고 말해주었다. 이를 듣고 진경제는 춘매를 째려보면서 불만 섞인 어투로,

"누이는 참 속도 없구려. 생각해봐요! 그 음탕한 계집이 우리들 모두를 억지로 갈라놓았고 또 그래서 다섯째가 목숨을 잃었잖아요. 천 년이고 만 년이고 아는 체도 말고 서로 상봉하지도 말아야 해요. 그런데 왜 인정을 베풀고 그래요! 오전은이 평안을 고문해 주리를 틀어 그년과 정을 통했다고 자백받아, 그 음탕한 년이 밧줄에 묶여 관청에 끌려가 망신을 당한다 할지라도 우리랑 무슨 상관이 있어요. 월랑이 대안 그놈과 놀아나지 않았다면 어째서 소옥을 대안한테 시집보냈겠어요! 내가 일찍이 이곳에 있었더라면 절대로 당신이 그런 인정을 베풀지 못하게 했을 거예요! 그년은 나와 당신의 원수인데, 그런 년과 왕래를 해서 무엇을 하겠다는 건가요? 그년이 당신 덕을 톡톡히 봤군요."

이렇게 따지고 들자 춘매는 입을 다물고 아무 말도 못했다. 그러다가 한마디를 했다.

"다 지나간 일이잖아요! 저는 마음이 약해서 원수를 갚지 못해요."

"하지만 요새 세상은 어진 사람이 보답을 받지 못한다니까요!"

"선물을 보내왔는데, 어떻게 그냥 받기만 할 수 있겠어요? 제가 사람을 보내 초청하기를 기다리고 있을 거예요."

"오늘 이후에는 아는 체를 하지 않을 텐데 월랑을 청해서 뭘 하자는 거예요?"

"청하지 않는 것도 좀 무엇하잖아요. 일단 초청장을 보내놓고, 오건 안 오건 그쪽에서 알아서 하라고 하면 되잖아요. 혹 온다면 당신은 그쪽 서재에서 절대로 나오지 마세요. 그리고 이후에는 월랑을 부르지 않으면 되잖아요!"

이 말을 듣고 진경제는 화가 나서 한마디 말도 하지 않고 앞채로 나가 초청장을 썼다. 춘매는 하인 주의[周義]를 시켜 오월랑을 초청했다.

오월랑은 화장을 하고 옷을 갖추어 입은 뒤에 유모 여의아한테 아기 효가를 안고 작은 가마를 타고 그 뒤를 따르라 이르고 대안을 데리고 곧장 수비부로 건너왔다. 춘매와 손이랑도 모두 치장을 하고 나와서 오월랑을 맞이해 거실로 안내한 뒤에 서로 인사를 나누었다. 여의아는 효가를 안고 절을 올렸다. 진경제는 서재 안에 몸을 숨기고 밖으로 나오지 않았다. 춘매와 손이랑은 거실에서 술과 안주를 마련하고 음식을 들었다. 그러면서 한옥천과 정교아 두 기녀를 불러 악기를 타고 노래를 부르게 했다.

대안은 앞채의 사랑방에서 대접을 받고 있었다. 그러다가 한 하인이 뒤채로 국과 밥, 과자 등을 차려서 들고 가는 것을 보았다. 하인은 서쪽의 서재가 있는 쪽문으로 가고 있는 중이었다. 그래, 대안이 하인보고 물었다.

"누구한테 갖다 주는 건가요?"

"외삼촌한테 가져다드리는 거예요."

"그 외삼촌의 성이 무엇인가요?"

"진씨예요."

하인이 뒤채로 들어가기에, 대안은 살그머니 그 뒤를 따라 서재 쪽으로 가보았다. 하인은 서재에 이르러 발을 걷고 안으로 들어갔다. 대안이 몰래 창밖에 서서 안쪽을 들여다보니 바로 진경제가 아닌가! 진경제는 서재의 침상 위에 누워 있었는데 국과 밥 등 음식을 가지고 오는 것을 보고 급히 자리에서 일어나 탁자에 놓고 먹는 것이었다. 이를 보고 대안은 다시 발걸음을 죽여 살그머니 밖으로 나와 모른 체하고는 사랑채에 앉아 있었다. 저녁이 되어 월랑의 집에서 등불을 가지고 모시러 왔기에 오월랑은 가마를 타고 집으로 돌아왔다. 집으로 돌아오자 대안은 하나에서 열까지 모든 것을 다 낱낱이 고해바치면서,

"정말로 진서방이 그 집에 살고 있어요."

하니 그 이후로 진경제가 왕래를 가로막았기에 양가는 서로 오가지 않게 되었다.

풋내기가 가로막을 줄 누가 알겠는가
온정을 원수로 바꾸어놓는구나.
誰知豎子多間阻 一念翻成怨恨媒

이때부터 진경제는 수비부 안에서 춘매와 몰래 재미를 보기 시작했다. 그러나 그 사실을 아무도 알지 못했다. 수비가 집에 없으면 춘매는 진경제를 방 안으로 불러서 함께 밥도 먹고 술도 마시고, 한가

로울 적에는 바둑도 두는 등 못하는 짓이 없었다. 그러다가 수비가 집에 있으면 하녀를 시켜 진경제가 있는 서재로 밥을 갖다 주게 하거나, 대낮에는 춘매가 항상 서재로 건너가 진경제와 함께 시시덕거리며 놀다가 안채로 돌아가곤 했다. 이러면서 둘의 몸이 점점 더 달아오른 것은 두말할 필요도 없다.

하루는 주수비가 사람을 거느리고 말을 타며 순시를 떠났는데, 때는 바야흐로 오월 단오절 아름다운 계절이었다. 춘매는 서쪽 서재의 화원에 있는 정자에 술상을 차려놓고 손이랑과 진경제를 청해 웅황주[雄黃酒](해독[解毒]과 살충[殺蟲]에 쓰는 웅황을 술에 넣은 것으로 주로 오월초 단오절 기간에 마심)를 마시고, 종자[粽子](연꽃잎에 주먹밥을 싼 것)를 먹으며 즐겁게 놀았다. 하녀들이 양편에 서서 시중을 들었다. 이날의 화려한 풍경이 어떠한지를 볼 것 같으면,

분에는 녹색의 버들이 자라고 있고
꽃병에는 붉은 석류가 꽂혀 있구나.
수정 발은 새우 수염같이 흩날리고
운모 병풍은 공작새를 펼쳐놓은 듯하네.
창포가 옥같이 반짝이는데
미인은 웃으며 자색의 술잔을 드누나.
수북이 쌓인 종자[粽子] 앞에서
시녀들은 벽옥 잔을 높이 들어올린다.
음식은 진귀하고 맛있으며
세철 과일들은 신선하기도 하구나.
쑥으로 만든 호랑이 모양의 부적을 머리에 꽂고

오색의 비단 끈을 엮어서 어깨에 드리웠다.

집집마다 단오절을 감상하고

곳곳마다 향기로운 술을 마시고 있네.

마음이 들뜨니 건곤도 취한 듯하고

소유[逍遊]한 항아리 속에 한가로운 달이 있네.

많은 패물이 소리를 내고 발[足]은 작고

비단 부채를 흔드는 손은 부드럽기만 하구나.

盆栽綠柳 瓶挿紅榴

水晶簾捲鍛鬚 雲母屛開孔雀

菖蒲切玉 佳人笑捧紫霞觴

角黍堆金 侍妻高擎碧玉盞

食烹異品 果獻時新

靈符艾虎簪頭 五色絨繩繫臂

家家慶賞午節 處處歡飮香醪

遨遊身外醉乾坤 逍遣壺中閑日月

得多少珮環碎金蓮小 紈扇輕搖玉箏柔

춘매는 하녀 해당과 월계에게 술좌석에서 악기를 연주하고 노래를 부르게 했다. 따갑던 태양이 서산으로 지고 보슬비가 서늘하게 내릴 무렵까지도 마셨다. 춘매는 큰 연꽃 모양의 잔을 들고서 권했다. 술이 몇 순배 돌자 손이랑은 더는 술기운을 이기지 못하고 먼저 자리에서 일어나 뒤채 방으로 돌아갔다. 남아 있는 춘매와 진경제는 화원의 정자에서 주사위 던지기 놀이를 하며 너 한 잔 나 한 잔 서로 잔을 주거니 받거니 하면서 계속 마셨다. 잠시 뒤에 하녀가 비단 등을 내왔고, 유모 금계와 옥당은 금가를 재우러 돌아갔다. 경제는 내기에서 지게 되자 서재 안으로 들어가 더는 술을 못 마시겠다며 나오지 않았다. 이에 춘매는 해당을 보내 나오라 했다. 진경제가 말을 듣지 않고 계속 나오지 않자 다시 월계를 보내면서,

"만약 안 나오려고 한다면, 네가 끌고서라도 데리고 나와야 한다. 그렇지 않으면 나한테 귀싸대기 열 대를 맞을 줄 알거라!"

하고 분부했다. 이에 월계가 서재로 가 문을 밀고 안으로 들어가 보니 경제는 비스듬히 누워 코를 골면서 움직이지 않고 있었다. 월계가 가까이 다가가,

"마님께서 저더러 외삼촌을 모셔오라고 하셨어요. 만약 모셔가지 못하면 저를 때리겠다고 하셨어요!"

하고 애원을 했다. 그러나 진경제는 중얼거리기를,

"네가 맞는 것하고 나랑은 상관이 없어. 게다가 나는 취해서 더는 마실 수가 없어."

하자 이에 월계는 손으로 진경제를 잡아끌며 말했다.

"정히 그러시면 제가 끌고 가겠어요. 모시고 가지 못하면 저는 말이 아니지요!"

등을 밀린 진경제는 다급해져서는 어둠 속에서 거짓으로 취한 척을 하면서 슬그머니 월계를 껴안고 입을 맞추었다. 이에 월계는 발끈 화를 내면서 말했다.

"좋게 부르러 왔는데 점잖지 못하게 이게 무슨 짓이에요!"

"귀여운 것아, 네가 내 말만 잘 들어주면 될 것 아니냐?"

경제는 다시 월계를 끌어안고 입을 맞추고는 비로소 밖으로 나가 화원의 정자로 갔다. 월계가,

"마님께서 저를 때려주겠다고 하셔서서 억지로 외삼촌을 모시고 왔어요!"

했다. 춘매는 해당더러 큰 술잔에 술을 따르게 하고 둘은 다시 바둑을 두고 술내기를 하며 즐겁게 놀았다. 너 한 판 나 한 판 계속해서 두자 하녀들도 모두 지쳐 잠을 자러 돌아갔다. 춘매는 월계와 해당한테 안채로 가서 차를 끓여 오라며 들여보냈다. 그네들이 안으로 들어가자 둘은 화원의 정자에서 패옥을 풀고 옥과 같은 피부를 드러내고 붉은 입술을 빨며 육체의 향연을 벌였다.

실로, 많은 꽃나무 그늘 난간 아래 등불이 비스듬히 비치고, 곁에는 비녀가 떨어져 있고 봉황을 수놓은 신발 한 쌍이 있네.

시가 있어 이를 알리나니,

꽃밭 속 정자에서 구름결 같은 머리를 젖히니
향기 나는 땀방울은 붉은 비단을 적시네.
깊숙한 정원에 해는 길고 사람은 오지 않으니
꾀꼬리가 여러 꽃들을 쪼아보고 있구나.
花亭懽洽鬢雲斜 粉汗凝香沁絳解紗
深院日長人不到 試看黃鳥啄名花

두 사람이 한창 재미를 보고 있는데 하녀 해당이 차를 내오며,

"마님! 안방으로 들어가보셔야겠어요. 애기씨가 잠에서 깨어나 울면서 마님을 찾고 있어요."

하고 아뢰었다. 춘매는 진경제와 다시 술을 두 잔 마시고 차로 입을 헹군 다음에 안채로 들어갔다. 하녀들이 그릇을 챙기고, 희아가 진경

제를 부축해 서재로 돌아가 쉬게 했다.

어느 날 조정에서 주수비에게 사람과 말을 거느리고 제주부[濟州府] 지부[知府] 장숙야[張叔夜]와 합류해 양산박[梁山泊]에 있는 도적 두목 송강[宋江]을 정벌하여 체포하라는 조서를 내렸다. 출발하기에 앞서 주수비는 춘매에게 이르기를,

"당신은 집에서 아기를 잘 돌보고 있구려. 그리고 중매인을 시켜 당신 동생한테 좋은 신붓감을 찾아주도록 해요. 내가 처남의 이름을 군의 병적[兵籍]에 올려놓았는데, 요행히 공을 세우게 된다면 조정의 은전을 얻어 처남한테도 벼슬이 내릴 수 있게 되면 당신도 남들 보기에 떳떳하지 않겠소."

했다. 이 말을 듣고 춘매는 그러겠노라고 대답했다. 이삼 일이 지나 주수비는 행장을 꾸려 인마를 이끌고 떠나며, 장승과 이안은 남겨두어 집을 보게 하고 주인만 데리고 떠났다.

주수비가 떠나고 어느 날 춘매는 설씨 할멈을 불러서는 말했다.

"나리께서 떠나시면서 저더러 동생의 부인감을 하나 구해주라고 분부했어요. 그러니 할머니가 좋은 자리의 아가씨를 하나 구해줘요. 나이는 열예닐곱이면 되고, 예쁘면서 눈치도 빠르고 영리해야 해요. 저 동생은 성격이 좀 괴팍하고 까다로우니까요."

"도대체 어떠한 사람을 좋아하는지 모르겠어요. 마님께서 분부하시니 알아보기는 하지요. 하지만 서문경의 큰아씨 같은 분도 싫어하잖아요."

"만약에 좋은 사람을 찾지 못하면 나한테 귀싸대기를 맞을 줄 아세요! 내가 동생 댁이라고 불러야 하니 장난하지 말고 실수 없이 잘 해줘요."

말을 마치고 하녀에게 차를 내오라 해서 마시라고 권했다. 이때 진경제가 식사를 하기 위해 안으로 들어왔다. 설씨 할멈이 진경제에게 인사를 하면서,

"서방님! 오랫동안 뵙지를 못했는데, 그동안 어디에 계셨어요? 그리고 좋은 일이 있어요! 방금 마님께서 저더러 서방님께 좋은 색시를 찾아주라고 분부하셨는데, 어째 저한테 고맙다고 인사를 하지 않으세요?"

하니 이 말을 듣고 진경제는 불만족스런 표정을 지으며 아무 말도 하지 않았다. 이에 설씨 할멈이 다시,

"왜 이 거지 나리께서 아무런 말씀을 하지 않으시죠?"

하니 춘매가 말했다.

"진서방님이라고 부르지 말아요. 다 지나간 일들이잖아요. 그러니 그냥 진삼촌이라고 부르면 돼요."

"아이구, 이 주책없는 내 주둥이하고는! 맞아도 싸요, 제가 잘못 불렀어요. 앞으로는 그저 외삼촌이라고 부를게요."

이에 진경제도 참지 못하고 키득거리며 웃었다. 웃으며 말하기를,

"이제야 마음에 드는군!"

하니 설씨 할멈은 기세등등하게 진경제를 한 대 때리면서,

"마님, 이 거지 양반이 하는 말 좀 들어보세요! 제가 뭐 틀린 말을 했다고 삐쳐서 그래요?"

하니 춘매도 크게 웃었다. 잠시 뒤에 월계가 차와 음식을 내와 설씨 할멈에게 주었다. 설씨는 다 먹고는 자리에서 일어나 꽃 상자를 들고 나가면서 말했다.

"마님을 대신해 제가 잘 알아볼게요. 좋은 데를 찾으면 바로 와서

말씀드릴게요."

"돈이나 과일, 술이나 떡, 머리 장식이나 옷 같은 것은 우리가 다 알아서 할 테니 걱정하지 말고, 좋은 집의 좋은 아가씨여야만 우리 집에 올 수 있으니 그리 알도록 해요."

"잘 알겠어요. 마님의 맘에 꼭 드는 사람을 구할게요!"

한참 있다가 진경제는 식사를 하고 앞채로 나갔다. 그러나 설씨는 여전히 자리에 앉아서 춘매에게 묻기를,

"저분은 언제 오셨어요?"

하니 이에 춘매는 진경제가 출가해서 도사가 된 일을 자세히 들려주고는 말했다.

"찾아서 데려와 나리께는 내 친척이라고 말씀을 드렸어요."

"잘 하셨어요. 마님께서는 앞의 일을 잘 헤아리시는군요."

하면서 설씨 할멈은 다시 물었다.

"얼마 전 마님 생신 때 저편의 큰마님께서 축하하러 오셨나요?"

"먼저 선물을 보내셨길래 나중에 사람을 시켜 초청장을 보내 그분을 청했어요. 와서는 하루 종일 있다가 가셨어요."

"저는 그날 마침 다른 사람 집에 가서 혼인 예물과 신방을 꾸며주느라 하루 종일 정신이 없었어요. 가고 싶은 마음이야 간절한데 갈 수는 없고, 마음이 달아서 혼났어요!"

그러면서 다시 물었다.

"그래 큰마님께서도 외삼촌을 보셨나요?"

"그 사람이 어디 보려고 하겠어요? 제가 초청했다고 해서 한바탕 말싸움을 했어요! 제가 그 댁이 어려운 처지에 빠져서 도와줬다고 했더니 저보고 속도 배알도 없다고 하면서, '오전은이 그 음탕한 계

집까지 관청에 끌고 가 뜨거운 맛을 보여줬어야 하는 건데… 당신은 공연히 뭐 때문에 쓸데없는 일에 상관을 했어요? 당신이 그렇게 인정을 베푼다고 해서 옛날의 일을 뉘우칠 것 같아요?' 하면서 억박지르잖아요!"

"그분 말이 맞기도 해요. 하지만 다 지나간 일이니 더는 옛일을 따져서 무엇하겠어요."

"그쪽에서 보낸 선물을 이미 받았는데 청하지 않기도 뭣하잖아요. 설사 그쪽에서 악하게 군다 하더라도 우리까지 매정하게 할 수는 없잖아요."

"어쩐지 마님께서 복이 있다 했더니, 정말 심성[心性]이 곱기도 하셔라!"

이렇게 설씨는 한참을 더 얘기하다가 꽃 상자를 들고 인사를 하고 문을 나섰다. 이틀이 지나자 설씨가 와서,

"성안에 주천호[朱千戶]의 아씨가 있는데 올해 열다섯 살로 혼숫감도 다 갖추고 있답니다. 한 가지 걸리는 것은 아씨의 어머님이 계시지를 않아요."

하니 이 말을 듣고 춘매는 상대가 너무 어리다며 거절했다. 설씨가 다시 와서는,

"웅백작의 둘째 딸인데, 나이가 스물두 살이에요."

하니 춘매는 웅백작이 이미 죽어 큰아버지의 손에서 자라서 별로 가져올 게 없다며 안 된다고 했다. 그러면서 혼인 신상명세서를 모두 돌려보냈다. 그리고 또 며칠이 지나서 설씨는 꽃다발을 가지고 와서 소맷자락에서 신상명세서를 꺼내 보여주었는데 붉은 비단 위에 쓰여 있기를,

비단 가게를 하는 갈원외[葛員外]의 큰딸로 나이는 스무 살이며, 닭
띠로 십일 월 십오 일 자시생. 어릴 적 이름은 취병[翠屛]임. 생김은
그림을 그린 듯한 모습으로 오 척의 키에 얼굴은 갸름하고 성격은
온순하며 총명하고 영리함. 바느질도 물론 잘함. 부모가 모두 살아
있으며 많은 재산이 있고 큰거리에서 비단 가게를 하고 있는데 소
주, 항주, 남경까지 거래를 하며 더할 나위 없이 좋은 집임. 혼숫감
으로 준비한 것으로는 남경제의 침대와 휘장, 장롱 등이 있음.

이를 보고 춘매는,
"괜찮군요. 이 정도면 되겠어요."
하면서 설씨한테 먼저 통지해주라고 일렀다. 이에 설씨는 급히 가서
이 소식을 전해주었다. 실로, 규방의 좋은 아가씨를 얻고자 한다면
붉은 단풍이야말로 좋은 중매꾼일세.
시가 있어 이를 밝히나니,

하늘의 선녀가 향기로운 비단을 짜니
천 리 밖의 인연도 다 맺어지는구나.
하늘에선 견우가 직녀를 찾고
인간 세상에서는 재자[才子]가 가인[佳人]을 짝하네.
天仙機上繫香羅 千里姻緣竟足多
天上牛郎配織女 人間才子伴嬌娥

설씨가 소식을 전해주니 갈원외의 집에서는 상대가 바로 주수비
집인 것을 알고 기꺼이 청혼에 응했다. 그래서 갈원외 쪽에서는 장씨

라는 사람을 중매인으로 내세웠다. 춘매 쪽에서는 찻잎과 과자, 밀가루 음식과 떡 등으로 두 짐을 꾸린 다음에 손이랑이 가마를 타고 갈원외 집으로 갔다. 손이랑은 갈원외 집과 혼사를 정하고 약혼반지를 가지고 왔다. 돌아와서 춘매에게 이르기를,

"참으로 좋은 아가씨더군요! 생김도 아주 뛰어난 게 한 떨기 꽃송이 같고 집안도 대단하던걸요."

하니, 이에 춘매는 날짜를 잡고 혼인 예물을 보냈다. 떡 열여섯 접시와 과일과 차에, 머리 장식 두 개, 비취 장식 두 개, 술 네 동이, 양 두 마리였다. 모두 금은으로 장식한 쪽머리 하나와 비녀와 귀고리에 비단 도포 두 벌, 사계절 옷들이었다. 뿐만 아니라 솜과 비단에 은자 스무 냥도 있었다.

음양사에게 물어보니 유월 초여드레가 길일이라고 하기에 그날 신부를 데려오기로 했다. 춘매가 설씨에게 물어보았다.

"시집올 때 침상과 계집종은 딸려 오나요?"

"침상에 휘장, 화장대에 금박을 입힌 장롱도 있어요. 그런데 몸종은 없다고 하더군요."

"우리 편에서 열서너 살 된 애를 하나 사서 부리게 하면, 요강도 비우고 물도 떠다줄 수 있으니 편하겠군요."

"두어 집에서 하녀를 팔겠다고 했으니, 제가 내일 하나를 데리고 올게요."

설씨는 다음 날 하나를 데리고 와서 말했다.

"장사꾼 황사[黃四]의 아들이 부리던 애인데, 금년에 겨우 열세 살이에요. 황사는 관청의 공금인 돈과 식량을 써서 이지와 우리 집에 있던 관보아[官保兒]와 함께 공금 횡령범이 되어 관청에 끌려가 배상

을 했고 벌써 일 년이 넘게 옥살이를 하고 있어요. 그러다 보니 가산도 거의 다 탕진하고 집도 팔아넘겼지요. 이지는 이미 죽어서 그 아들인 이활[李活]이 대신 옥살이를 하고 있고, 우리 집 관보아의 아들 승보아[僧寶兒]는 몰락해 남의 집 마부 노릇을 하고 있어요."

"내보[來保] 말인가요?"

"지금은 내보라 부르지 않고, 탕보[湯保]라고 이름을 고쳤어요."

"황사 집 하녀 애는 얼마를 달래요?"

"녁 냥 반만 달라고 하더군요. 그것을 가져다 횡령한 돈을 갚으려고 한답니다."

"무슨 녁 냥 반씩이나, 석 냥 반만 주고 남아 있으라고 하세요."

춘매는 흰 눈 같은 하얀 은자 석 냥 닷 푼을 주고 문서를 써준 다음에 애의 이름을 금전아[金錢兒]라고 고쳐 불렀다. 얘기는 여기서 잠시 멈춘다.

마침내 유월 초여드레가 되었다. 춘매는 비취와 진주로 장식을 한 봉황 모양의 관을 머리에 쓰고, 소매가 넓은 붉은 마고자를 입고, 금 테를 두른 벽옥 띠를 두르고, 네 사람이 메는 큰 가마에 앉아 풍악을 울리고 등불을 밝게 하고는 갈씨의 딸을 맞이하러 출발했다. 도착해서 신랑 쪽에서 신부 집에 기러기를 예물로 바쳤다. 진경제는 백마를 타고 은 고삐에 은 안장을 얹고 포졸들이 소리를 외쳐 길을 열게 하는 가운데 머리에는 유생들이 쓰는 모자인 유건[儒巾]을 쓰고, 푸른색의 비단 옷에 굽이 낮은 비단 신을 신고, 머리에는 금꽃 모양의 비녀 두 개를 비스듬히 꽂고 있었다. 실로,

오랜 가뭄에 단비를 만나는 것
타향에서 지기를 만나는 것
동방[洞房]에서 화촉[花燭]이 타오르는 밤
방[榜]에 급제한 사람 이름이 나붙는 것
久旱逢甘雨 他鄕遇故知
洞房花燭夜 金榜掛名時

　이 네 가지를 일컬어 인생 중 가장 득의[得意]한 일이라고 칭한다
오. 그런데 옛 가정이 완전히 뿔뿔이 흩어지고 나서 새롭게 새 가정
을 이루었구나!

　수비부로 돌아와 신부가 가마에서 내렸다. 붉은 금실의 보로 얼굴
을 가리고, 화장을 하고 밥알을 물고(예전에 신부가 신랑 집에 도착하면
중매인이 밥을 가져다 신부의 입에 물려줌), 보병[寶瓶]을 안고 안으로
들어섰다. 신부가 안으로 들어서자 음양사는 먼저 사당으로 데리고
가서 조상들에게 참배를 시킨 다음에 신방으로 안내했다. 춘매는 신
랑과 신부를 같이 침상 위에 앉혀준 다음에 밖으로 나왔다. 음양사도
휘장을 내리고 밖으로 나오자 그들에게 모두 수고비를 주었고 악사
들에게도 수고비를 주어 돌려보냈다. 진경제와 갈취병 아가씨는 잠
시 잠자리에 앉아 있다가 나와서는 말을 타고 등롱불을 밝히고 자인
의 집으로 건너가서 인사를 하고는 크게 취해 돌아왔다. 이날 밤 아
리따운 신부와 재주 많은 신랑은 제비와 같이 운우의 정을 마음껏 나
누었다.

　봄을 맞아 살구꽃과 복사꽃이 활짝 피고, 바람은 버드나무를 속여
푸른 허리를 눕히네.

시가 있어 이를 증명하나니,

가까이서 꽃 같은 얼굴을 보니
사람이 복이 없어도 참기 어렵구나.
바람이 부니 열자[列子]는 어디로 가나
밤마다 미인은 버들 그늘에 있건만.
近覩多情花月標 敎人無福也難消
風吹列子歸何處 夜夜嬋娟在柳梢

이날 밤 진경제와 갈취병 아가씨는 손발이 척척 맞았다. 둘은 이불 속에서 한 쌍의 원앙이 되고, 휘장 안에서 난봉이 되어 물고기가 물을 만난 듯 마음껏 즐거움을 누렸다.

사흘째가 되자 춘매는 안의 대청에다가 널찍이 술좌석을 마련하여 악기를 연주하게 하고 노래를 부르게 하면서 여러 친척을 불러 축하주를 내었다.

춘매는 매일 식사를 할 적에 그들 내외를 방으로 불러 같이했다. 그러고는 서로 형님, 동생 하면서 함께 지냈다. 하녀와 유모, 집안의 다른 식솔들도 누구 하나 감히 아니라고 말하지 못했다. 춘매는 또 서쪽의 사랑채를 잘 정리해서 그들 내외를 묵게 했다. 방 안에는 침상과 휘장이 놓여 있는데, 눈과 같이 깔끔하게 정돈되어 있으며 주렴이 드리워져 있었다. 밖에 있는 서쪽의 서재는 진경제가 그대로 사용했으며, 그 안에는 침대며 돗자리, 책과 수비가 보내고 받은 편지 등이 있었다. 진경제는 서재에 기거하면서 주수비한테 각처에서 오는 모든 서류나 명첩 등을 다루었다. 뿐만 아니라 진경제는 등기부에 기

록을 하거나 도장을 찍기도 했다. 붓과 벼루 등 문방사우[文房四友]
가 모두 갖추어져 있고 책꽂이에는 책들이 가득 꽂혀 있었다. 춘매는
이 서재로 자주 나와 진경제와 한가하게 얘기를 나누거나 몰래 정을
통했으니 비단 하루로 그치는 것이 아니었다.

　　낮에는 방 안에서 술을 마시고
　　밤에는 기녀를 끼고 있네.
　　환희와 즐거움이 있다 말하지 마라
　　흐르는 세월은 지는 노을을 따라간다네.
　　朝陪金谷宴 暮件綺樓娃
　　休道歡娛處 流光逐落霞

서로 그리는 마음은 천지를 통하는 법

진경제는 임청에서 큰 술집을 내고,
한애저는 기루에서 사랑하는 님을 만나다

마음이 편하면 초가집도 살기 좋고
욕심이 없으면 풀뿌리도 향기롭네.
인간관계가 좋아야 이웃도 좋고
인정미가 있어야 오래 산다오.
사람에 의해 모든 것이 이루어지나
어려움을 피하니 더 큰 어려움을 만나네.
지금은 으스대며 잘살지만
훗날에는 필히 재앙이 있으리라.
心安茅屋穩 性定菜根香
世味憐方好 人情淡最長
因人成事業 避難遇豪強
今日崢嶸貴 他年身必殃

한편 주수비는 제남지부[濟南知府] 장숙야[張叔夜]와 함께 사람과
말을 거느리고 양산박[梁山泊]으로 토벌을 나가 도적 두목 송강[宋
江] 등 괴수 서른여섯과 부하 만여 명을 섬멸하고 그들의 항복을 받

아 조정에 투항하도록 하니, 비로소 지방의 평안과 안정을 회복하였다. 이러한 사실을 상주하니 조정에서는 대단히 기뻐하여 장숙야를 도어사[都御史] 산동안무대사[山東安撫大使]로 승진시키고, 주수비는 제남병마제치[濟南兵馬制置](송대 무관을 일컫는 말로 군무를 총괄함)로 승진을 시켜 운하의 일을 순찰 관리케 하고, 도적을 토벌하는 업무 등을 맡겼다. 또한 부하들 가운데 토벌 작전에 참가해 공로를 세운 군졸들에게는 모두 한 계급씩 진급을 시켜주었다. 진경제도 병적[兵籍]에 자신의 이름이 올라 있기에 참모[參謀]직으로 승급하여 매달 쌀 두 섬씩 받으며 공복을 입을 수 있는 신분이 되었다.

수비는 시월 중순경에 조정의 칙서를 받고 인마[人馬]를 인솔해 집으로 돌아왔다. 먼저 사람을 시켜 집안의 춘매에게 이 같은 사실을 알려주게 했는데, 춘매는 이를 전해 듣고 매우 기뻐하여 바로 진경제와 장승, 이안을 시켜 성 밖까지 나가 주수비를 영접하도록 했다. 그러면서 한편으로는 집 안 대청에 술좌석을 마련해 승진 축하연을 벌이도록 했다. 여러 관원들이 찾아와 인사를 하거나 선물을 가져오니 그 수를 이루 다 헤아릴 수 없을 정도였다. 주수비가 말에서 내려 바로 안채로 들어가니 춘매와 손이랑이 주수비를 맞이해 절을 올렸다. 진경제는 유건과 푸른 옷을 벗고, 둥근 깃의 붉은 옷에 관모[冠帽]를 쓰고 검은 신을 신고 각대[角帶]를 하고는 새 신부 갈씨와 함께 와 인사를 했다. 수비는 신부가 참하고 예쁘게 생긴 걸 보고 옷 한 벌과 은자 열 냥을 결혼 축하금으로 주었다. 저녁에 춘매는 주수비와 방에서 술을 마시면서 그동안 집안에 있었던 일들을 소상히 들려주었다. 그러면서 춘매가 말했다.

"동생의 부인을 얻느라 많은 돈을 썼어요."

"아야! 하나밖에 없는 당신 동생이 찾아왔는데, 부인이 없다면 남들 보기에도 떳떳하지 못하잖아! 돈을 몇 푼 썼다지만 남한테 쓴 것도 아니고!"

"게다가 나리께서 동생의 앞길을 터주셨으니 정말로 영광스러운 일이 아닐 수 없어요!"

"조정에서 성지가 내려오면 머지않아 내가 제남부로 가서 부임해야 하오. 그러니 당신은 여기 남아서 집안을 잘 보살피고 있구려. 그리고 약간의 밑천을 만들어 처남한테 주어 적당한 사람을 시켜 장사라도 해보게 하구려. 그러면서 며칠에 한 번씩 처남이 장부를 확인하고 이윤을 가져오면 처남의 생계는 꾸려나갈 수 있을 거요."

이를 듣고 춘매도 기뻐하며 말했다.

"나리 말씀이 맞아요."

그날 밤 두 사람이 이불 속에서 오랜만에 만난 회포를 푼 일은 이쯤에서 접어두자.

주수비는 집에서 한 열흘쯤 머문 뒤 시월 초순경에 짐을 꾸려 장승과 이안을 데리고 제남부로 부임하러 떠났고, 주인[周仁]과 주의[周義]를 남겨 집을 보게 했다. 진경제는 성 밖 영복사까지 나가 전송하고 돌아왔다.

며칠이 지난 어느 날 춘매는 진경제와 상의하기를,

"주수비께서 떠나시기 전에 당신한테 여차여차하게 하라고 이르고 가셨어요. 강 나루터로 나가 장사를 하는데 적당한 관리인을 찾아 장사를 시키고 이윤이 생기면 살림살이에 보태게 하라 했어요."

하니 이 말을 듣고 진경제는 매우 좋아했다. 그러고는 거리로 나가 적당한 지배인을 찾아보려고 했다. 일이 공교롭게 되는지 뜻밖에 전에 알고 지내던 육삼가[陸三哥] 육병의[陸秉義]를 만났는데, 다가와 진경제를 보고 인사를 하면서 말했다.

"형님, 어째서 그동안 뵙지를 못했죠?"

"여차여차해 부인을 잃고 또 양광언 그놈의 자식에게 내 배에 실어두었던 화물을 모두 도둑맞고 빈털터리 신세가 되었네. 그러다가 우연히 재수가 좋아 누님께서 수비어른한테 시집을 가서는 나한테도 새로 부인을 얻어주고 또 참모직으로 승진도 해 이렇게 공복을 입고 다니며 뽐내고 있다네. 수비어른께서 뒤도 돌봐주셔서 적당한 가게 지배인을 구해 장사를 해보려고 찾아 나섰으나 아직 마땅한 사람을 찾지 못했네."

"양광언 그놈의 자식은 형님 화물을 사기쳐 빼돌려서는 지금 사[謝]라는 지배인을 고용해 임청의 부둣가에 사가대주루[謝家大酒樓]라는 큰 술집을 열었어요. 또 돈을 거두어들이고 사채놀이도 하면서 사방의 기생들에게 돈을 꿔주고 있는데 그 이자가 얼마나 높은지 몰라요! 양광언은 매일 고기를 먹고 좋은 옷을 입고는 나귀를 타고 사나흘에 한 번씩 들러서는 장부를 검사하고 이윤을 챙겨 가는데 옛 친구들을 거들떠보지도 않아요. 양광언의 동생은 집에다가 도박장을 열어놓고 닭싸움, 개싸움을 붙이고 있는데 그 누구도 감히 양씨 형제를 건드리지 못해요!"

"내가 작년에 양광언을 한 번 만났는데 매정하게도 주먹질만 퍼붓더군. 다행히도 친구가 나를 구해주었는데 그놈에 대한 원한이 뼛속까지 사무치고 있지!"

진경제는 육삼랑을 길가 술집으로 끌고 들어가 술을 마셨다.

"어떻게 하면 그놈한테 이 분을 풀 수 있지?"

진경제가 이 일을 상의하니 육병의가 대답했다.

"속담에 이르기를, '한이 작으면 군자가 아니고, 독이 없으면 대장부가 아니다'라고 하잖아요. 그러니 지금 우리가 가서 따져야 해요. 그런 놈은 관짝을 보지 않으면 눈물을 흘리지 않는다고 절대로 받아들이지 않을 거예요. 제게 한 가지 생각이 있는데, 형님께서는 다른 장사를 하실 것 없이 단지 고소장이나 한 장 써서 고발을 해버리고, 형님 화물을 찾아내어 그 술집을 빼앗은 뒤에 은자를 약간 더 보태어 사씨 지배인과 제가 부둣가에서 장사를 하면 좋잖아요. 형님께서는 사나흘에 한 번씩 오셔서 장부를 검사하시면 되고요. 장사만 잘된다면 형님께서는 은자 백십여 냥은 거둘 수가 있으니 다른 장사를 하는 것보다 훨씬 좋잖아요."

여러분, 내 말 좀 들어보소. 당시에 육병의가 이러한 말을 꺼내지 않았다면 몇 사람이 비명횡사하는 일은 없었을 터인데! 이 일로 인한 진경제의 죽음은 너무나 처참했고, 파멸 또한 너무나 억울한 것이었다네.

너무나 처참한 죽음은 오대[五代]의 이존효[李存孝](후당인[後唐人]으로 본래는 성이 안[安]이고, 이름이 경사[敬思]였으나, 후당 태조 이극용[李克用]을 따라 공을 세웠기에 그에게 성을 내리고 양자가 되었다. 나중에 이존신[李存信]의 참소를 받아 억울하게 죽게 됨)와 같고 또 한서[漢書]의 팽월[彭越](진한[秦漢] 때의 사람으로 처음에는 항우를 모셨다가 나중에 유방을 섬김. 유방을 따라 공을 세워 양왕[梁王]으로까지 봉해졌으나 나중에 모반을 했다는 죄명으로 친족이 멸문당함)과도 같았다. 실로,

모든 것이 다 전생에 정해졌으니

224

사람이 할 수 있는 것은 조금도 없구나.

非千前定數 半點不由人

진경제는 이 말을 듣고 바로 육병의에게 인사를 하면서,

"아우, 자네 말이 딱 맞네. 내 집으로 돌아가 누님과 매형께 말씀드리지. 이 일이 잘만 되면, 반드시 자네를 사삼랑과 함께 지배인으로 삼아 쓰겠네."

그렇게 말을 하고 둘은 술을 더 마신 뒤에 술값을 계산했다.

"아우, 자네는 이 일을 절대로 함부로 말하고 다니면 안 되네. 일이 있으면 내가 자네를 찾아가겠네."

진경제가 다시 신신당부를 하자 육이랑도,

"잘 알겠어요."

그러고는 각자 헤어져 집으로 돌아갔다. 집으로 돌아와 진경제는 이 같은 사실을 하나에서 열까지 자세하게 춘매에게 얘기해주었다. 이에 춘매는,

"그런데 나리께서 집에 계시지 않으니 어쩐다지요?"

하자 곁에 있던 나이 든 주충이 말하기를,

"걱정하지 마세요. 외삼촌께서 고소장에다 얼마만큼의 화물을 잃었는지를 쓰시고 나리의 명첩을 주시면 제가 바로 제형소로 가지고 가 접수를 시키겠어요. 그러면 천호 두 분께서 그 양가 놈을 끌어다 주리를 틀고 고문을 한다면 제놈이 은자를 내놓지 않고 어디 배겨나겠어요!"

하니 이 말을 듣고 진경제는 매우 기뻐하여 바로 고소장을 작성해 수비의 명함과 함께 주충을 시켜 제형원으로 가져가게 했다. 제형원의

두 관리는 때마침 등청해 일을 처리하고 있었는데 문지기가 안으로 들어와 아뢰기를,

"주수비 나리께서 사람을 시켜 편지를 보내오셨습니다."

했다. 이에 하천호와 장이관은 주충을 불러들여 주수비께서 부임하셨는지를 물어보았다. 그런 다음에 보내온 편지를 뜯어보니 명첩과 고소장이 있자 주수비의 부탁인지라 바로 시행토록 했다. 서류를 꾸미며 관원을 임청으로 보내 양광언을 체포해 오도록 하고는 주충에게 답장을 써주면서,

"집에 돌아가서 나리와 마님께 이곳에서 돈을 회수하면 찾아가시라고 말씀을 드리게나!"

하고 당부했다. 주충은 회신을 가지고 와서 춘매에게 전하기를,

"제가 가서 편지를 전하자 바로 사람을 보내 체포해 오도록 하셨어요. 기다리셨다가 은자를 받아내거든 사람을 시켜 받으러 가면 돼요."

했다. 진경제가 겉봉을 보니 '시생 하영수(하천호), 장번득(장이관) 삼가 올림'이라고 쓰여 있었다. 진경제는 이를 보고 대단히 기뻐했다. 이틀이 채 안 되어 제형소의 포졸들과 관찰사의 관원들이 임청 나루터로 가서 양광언과 그의 동생 양이풍을 모두 잡아 아문으로 끌고 왔다. 하천호와 장이관 두 관원은 진경제의 고소장에 따라 심문을 하며 주리를 틀고 감금을 해 은자 삼백오십 냥과 목면 포목 백여 통[桶]을 찾아냈다. 술집에 있던 살림살이도 쉰여 냥은 됐다. 그런데 진경제의 고소장에는 구백 냥이라 되어 있기에 아직도 삼백오십 냥이 부족했다. 하여 집도 쉰 냥에 팔고 나니 가산이 모두 거덜나고 빈털터리가 되었다. 이에 진경제는 사가대주루를 빼앗아 뚱보인 사씨 지배인과 경영을 함께했다. 춘매는 다시 은자 오백 냥을 더 보태어 합계 일천

냥을 가지고 육병의에게 총지배인의 임무를 맡기고 술집을 새롭게 단장하고는, 기름칠에 그림도 새로 걸었다. 난간은 번쩍번쩍 윤이 나고, 기둥은 새롭게 빛을 발했으며, 탁자는 얼굴이 비칠 정도로 빛나고 술과 안주는 더없이 맛이 뛰어났다.

가게 문을 새롭게 여는 날, 음악 소리가 하늘을 진동하고 생황과 피리소리가 요란하게 울려 퍼졌다. 오가는 상인들이 몰려들었고, 사방에서 기녀들이 찾아왔다. 이에 진경제가 말했다.

"이런 날은 돼지를 잡고 지전을 태우며 하늘에 제사를 지내야 해!"

속담에도 있듯이 실로,

술독을 여니 세 집이 취하고
항아리를 여니 십 리까지 향기가 뻗친다.
신선들은 옥패를 풀어 앉으며
공경대부들은 갓끈을 푼다.
啓甕三家醉 開樽十里香
神仙留玉珮 卿相解金貂

진경제가 대주루 이층으로 올라와 보니 주위가 모두 격자 창문에, 난간은 녹색 기름칠을 해놓았다. 사방을 둘러보니 구름같이 산들이 첩첩이 둘러싸여 있고 하늘과 물이 서로 접해 있었다. 동쪽을 바라보니 푸른 소라 모양의 태산이 가물거리고, 서쪽을 바라보니 망망하게도 푸른 안개가 황도[皇都](동경)를 가로막고 있으며, 북쪽엔 층층이 붉고 높은 건물들이 들어서 있고, 남쪽을 바라보니 아득히 멀리 회수[淮水]가 흰 명주처럼 펼쳐져 흐르고 있었다. 술집의 아래위층에는 방이 모두 백십여 개 있었는데 곳곳에 아리따운 기녀들이 춤과 노래를 부르고 층층마다 악기를 타는 소리가 울려 퍼졌다. 안주는 산처럼 쌓이고 술은 파도처럼 넘실댄다.

춤이 멈추고 나서 버들 누각에 마음의 달이 걸리고
노래가 끝나니 도화선 부채에 바람이 이네.
得多少舞低楊柳樓心月
歌罷桃花扇底風

이렇게 정월 중순경부터 진경제는 임청 부둣가에서 큰 술집을 열었는데 매일 은자 서른 냥 내지 쉰 냥을 벌어들였고, 모든 것은 뚱보 사씨와 지배인인 육병의가 함께 경영했다. 진경제는 사나흘에 한 번씩 말을 타고 하인 강아[姜兒]를 데리고 와서 결산을 하곤 했다. 진경제가 온다 하면 육병의와 뚱보 사씨는 이층에 방 하나를 깨끗하게 정리하고 자리와 휘장을 깔고 탁자를 준비했다. 눈처럼 깨끗하게 정리 정돈을 한 뒤 어여쁜 아가씨 넷으로 하여금 잘 모시도록 이르고 진삼이 오가며 술과 안주를 대령했다.

삼월의 어느 날, 날씨는 따스하고 사방의 경물이 다 피어나기 시작했다. 강둑에는 푸른 버드나무가 가득하고, 살구꽃과 복숭아꽃이 사방을 붉게 물들이고 있었다. 진경제는 이층의 난간에 기대어 서서 아래의 경물들을 바라보고 있노라니 참으로 아름답고 멋진 풍경들이었다! 시가 있어 이를 증명하니,

바람이 불어 수양버들이 너풀거리고

태평 시절에 태양도 길구나.

영웅 장사의 담도 더 커지고

미인의 근심도 어느새 풀어지네.

삼 척의 낚싯대를 수양버들 해안에 드리우고

낚싯대 하나를 살수나무 곁에 꽂아놓네.

사내대장부 평생의 뜻을 모두 이루지 못했거든

잠시 소리 높여 노래 부르며 취해보려무나.

風拂煙籠錦施楊 太平時節日初長

能添壯士英雄膽 善解佳人愁悶脹

三尺曉垂楊柳岸 一竿斜揷杏花旁

男兒未遂平生志 且樂高歌入醉鄕

하루는 진경제가 이층에서 먼 곳을 바라보고 있노라니 마침 배 두 척이 막 해안 나루터에 정박하고 있었다. 배 위에는 많은 장롱과 의자, 탁자 등 세간이 가득 실려 있었는데, 짐꾼 네댓이 술집 아래 빈방으로 물건들을 옮기고 있었다. 배 위에는 여인이 둘 있었는데 한 명은 중년으로 키가 늘씬하고 혈색이 자색을 띠었고, 하나는 나이가 젊은 여인으로 뽀얗게 화장을 했으며 생김이 예쁘장했는데 나이는 스무 살이 조금 넘어 보였다. 그들이 짐을 가지고 방 안으로 들어서자 진경제는 사지배인에게 물었다.

"누구야? 어째서 제멋대로 내 집으로 물건들을 가지고 들어오지?"

"동경에서 온 아낙네들인데 친척을 찾다가 찾지 못하고 잠시 기거할 곳이 없어 이웃집 범노인한테 와서 사정하여 이삼 일 묵고 가겠다고 했어요. 막 나리께 보고하려고 했는데 나리께서 벌써 알고 계셨군요?"

이 말을 듣고 진경제가 막 화를 내려는데 젊은 여인이 진경제에게 옷깃을 여미고 앞으로 다가와 공손하게 인사를 하면서 말했다.

"나리, 성을 내지 마세요. 이 일은 지배인 어른과는 상관이 없어요. 제가 대담하게도 잠시 어쩔 수가 없어서 먼저 나리를 찾아뵙고 말씀 드리지 못했으니 널리 용서해주시기 바랍니다! 그러니 저의 무례를 용서하시고 사나흘만 머물다가 떠날 수 있도록 허락해주시기 바랍니다. 물론 방 삯은 낼 것이며 바로 떠나겠습니다."

진경제는 여인이 재치 있게 말하자 그녀를 아래위로 훑어보았다. 여인도 샛별같이 초롱한 눈으로 진경제를 몰래 훔쳐보았다. 서로 눈이 마주치자 정신을 차릴 수가 없었다. 진경제는 말은 하지 않았지만 속으로 생각했다.

'어디서 많이 본 것 같은데, 눈에 많이 익단 말야!'

키가 늘씬한 중년 부인이 진경제를 뚫어지게 보다가,

"나리, 혹시 서문경 나리 댁의 진서방님이 아니세요?"

하니 진경제는 깜짝 놀라면서 물었다.

"당신이 어떻게 나를 알지?"

"솔직히 말씀드려 저는 예전에 지배인을 하던 한도국의 마누라이고, 이 애는 제 딸 애저[愛姐]예요."

"당신 내외가 동경으로 갔다는 말은 들었는데 여긴 뭐하러 왔소? 남편은 어디에 있고요?"

"남편은 배에서 짐을 보고 있어요."

진경제는 바로 심부름꾼을 보내 한도국을 부르니 잠시 뒤에 한도국이 와서는 진경제에게 인사를 하길래 보니 한도국도 이제 흰머리

가 희끗희끗했다. 그러면서,

"조정의 채태사[蔡太師], 동태위[董太尉], 이우상[李右相], 주태위[朱太尉], 고태위[高太尉], 이태감[李太監] 여섯 명은 모두 태학[太學] 국자생[國子生] 진동[陳東]이 상소문을 올려 탄핵을 당했고, 나중에 다시 과도[科道](과도관[科道官]: 감찰어사)한테 탄핵을 받았어요. 마침내 성지가 내려져 삼법사[三法司]에서 문죄를 했지요. 그래서 그들을 영원히 종군토록 멀리 귀양을 보냈습니다. 태사의 아들인 채유는 참형을 당했고 가산은 모두 몰수당했지요. 우리 세 식구는 몰래 도망쳐 청하현에 있는 제 둘째 동생을 찾아가 의지하려고 했는데, 둘째 아우 놈이 집을 팔아버리고 어디로 행방을 감췄는지 알 수가 있어야지요. 그래 어쩌지를 못하고 배를 빌려 운하를 따라 내려왔는데 뜻밖에도 여기에서 서방님을 만나뵙게 되다니 이는 실로 삼생[三生]의 인연으로 천만다행입니다!"

그러면서 다시,

"서방님께서는 아직도 서문 나리 댁에서 일을 하고 계십니까?"
하고 물으니, 진경제는 고개를 설레설레 내저으며 한차례 얘기해주기를,

"나도 그 집에 있지 않아요. 나는 지금 매형인 주수비 댁에서 참모관으로 관록을 먹으면서 그런대로 살아가며, 최근에 지배인 둘을 고용해 이곳 임청 부둣가에 술집을 벌여 그럭저럭 살아가고 있어요. 당신네 세 식구도 기왕에 나를 만났으니 다른 데로 가지 말고 여기 있어도 괜찮아요. 결정은 당신들이 알아서 해요!"
하니 이 말을 듣고 한도국과 부인은 일제히 고맙다고 인사를 했다. 얘기가 끝나자 바로 배 위에 실려 있는 상자와 장롱 등 세간을 옮겨

왔다. 진경제는 그걸 보고 안쓰러워 심부름꾼인 강아와 진삼을 시켜 그들을 도와 짐들을 옮기게 했다. 이에 왕륙아가,

"그렇게 신경 안 써주셔도 돼요!"

그러면서도 서로 즐거워하니 이에 진경제도 말했다.

"우리가 원래는 다 한집안 사람들이었는데 무슨 섭섭한 소리를 하는 건가요!"

진경제는 날이 저문 것을 보고 신시[申時]경에 집으로 돌아가려고 했다.

"그들한테 차라도 좀 갖다 주게나!"

하고 지배인에게 분부하고는 말을 타고 하인을 데리고 집으로 돌아갔다. 집에 돌아오니 밤새 한애저가 눈에 삼삼하게 떠올랐다. 사흘째 되는 날 아침 일찍 일어나 의관을 깨끗하게 갖추어 입은 뒤 하인 강아를 데리고 나루터에 있는 술집으로 와서 장사 일을 살펴보았다. 한도국은 팔로[八老](기원[妓院]에서 일하는 남자 종)를 보내 차를 마시러 오라고 청했다. 진경제도 건너가 보려던 참이었는데 때맞춰 하인을 보내 차를 마시러 오라 청하자, 바로 안으로 들어갔다. 한애저가 진경제를 보고 얼굴 가득 미소를 띠며 밖으로 나와 인사를 한다.

"나리, 안으로 드세요."

진경제가 안으로 들어가자 왕륙아와 한도국도 들어와 모두 함께 자리를 했다. 자리에 앉아 차를 마시며 그간 지냈던 일들을 서로 주고받았다. 그러면서도 진경제는 끊임없이 한애저를 바라보았다. 한애저도 진경제의 마음을 알아차린 듯 추파를 던지며 진경제를 바라보니 둘의 마음은 서로 통하고도 남을 정도였다.

활등 같은 좁다란 신이 치맛자락 밑으로 삐쭉
뽀얀 몸매와 부드러운 젖가슴이 옥과 같구나.
날씬한 몸은 나긋나긋함을 이기지 못하고
그윽한 눈매로는 추파를 던지는구나.
弓鞋窄窄剪春羅 香體酥胸玉一窩
麗質不勝嬝娜態 一腔幽恨蹙秋波

잠시 뒤에 한도국이 아래층으로 내려가자 한애저가 물었다.
"나리께서는 몇 살이세요?"
"헛먹은 스물여섯이지요. 아가씨는 몇 살이오?"
이에 애저는 미소를 지으며 답했다.
"저와 나리는 연분이 있나 봐요. 저도 스물여섯이에요. 예전에 서
문 나리 댁에서 뵌 적이 있는데, 오늘 다시 요행히도 이렇게 만나뵙
게 되는군요. 정말로 인연이 있으면 천 리나 떨어져 있어도 와서 만
난다고 하더니만!"
왕륙아는 두 사람의 얘기가 점차 무르익는 듯하며 또 그들이 장차
무슨 일을 벌일지 대충 눈치 채고는 일이 있다는 핑계를 대고 아래층
으로 내려갔다. 방 안에는 단지 두 사람만이 마주 보고 앉아 있었다.
애저는 야한 얘기를 하며 진경제를 유혹하고 있었다. 진경제 또한 이
방면에는 어려서부터 도가 터 있었는데 어찌 그 의미를 알아차리지
못하겠는가! 그래서 바로 몸을 일으켰다. 애저는 동경에서 오는 도
중에 어미인 왕륙아와 몸을 파는 짓거리를 하며 온 데다 채태사 댁
적집사의 첩 노릇을 하면서 시사가부와 제자백가에 모두 능통했는
데 그러한 애저가 무슨 일인들 못하겠는가?

애저는 진경제가 자리에서 일어나는 것을 보고 바로 곁으로 다가와 찰싹 달라붙어 앉아 애교와 어리광을 부리며,

"나리, 머리에 꽂고 계신 금비녀를 뽑아 저한테 보여주세요."

하니 진경제가 뽑으려고 하자 애저가 먼저 한 손으로 진경제의 머리를 잡고 다른 한 손으로 비녀를 뽑아냈다. 그러고는 몸을 일으켜,

"드릴 말씀이 있으니 위층으로 올라가요!"

하면서 앞장을 서니 진경제도 짐짓 모른 체하고 그 뒤를 따라 위층으로 올라갔다.

이야말로 설사 간교하기가 귀신같다 할지라도, 그대의 발 씻은 물이라도 마실 기세가 아니던가.

진경제는 애저를 따라 올라가며 물었다.

"누이, 무슨 할말이 있지?"

"저와 나리는 전생부터 인연이 있는데 그렇게 모른 체하고 내숭을 떠세요? 그러니 함께 베개를 나란히 하고 즐거움을 나누어봐요!"

"누가 알면 좋지 않잖아!"

그러나 애저는 이 말에도 전혀 아랑곳하지 않고 애교를 떨며 진경제의 품에 안기면서 섬섬옥수로 진경제의 바지를 벗겨 내렸다. 두 사람의 정욕은 마치도 타오르는 불길 같아 더는 참지 못했다. 애저도 옷을 벗어던지고 침상 위에 벌렁 드러누우니 둘은 마침내 한몸이 되었다.

색정에 담이 커지니 세상에서 무엇이 두려우랴.

원앙이 휘장 안에서 운우를 즐기니 백 년의 정이 깊어만 가누나.

色膽如天怕甚事 鴛幃雲雨百年情

정을 나누며 진경제가 물었다.

"너는 몇째 딸이지?"

"저는 단오절에 태어나서 오저[五姐]라고 부르며 애저[愛姐]라고
도 해요."

말을 마치자 삽시간에 그토록 격렬하던 구름도 비도 다 걷혔다.
일을 마치고 둘은 껴안고 앉아 있었다. 한애저가 진경제에게,

"우리 세 식구는 동경에서 이곳까지 와서 친척을 찾았으나 찾지
못하고 생활비도 다 썼어요. 그러니 나리께서 은자가 있으면 잠시 저
의 부친께 닷 냥만 빌려주세요. 제가 나중에 이자까지 붙여서 갚아드
릴게요. 그러니 제발 거절치 마세요."

하니 이 말을 듣고 진경제는 흔쾌히 응낙했다.

"걱정하지 마, 누이가 말을 했으니 바로 닷 냥을 주지."

애저는 진경제가 응낙하자 비로소 경제의 금비녀를 돌려주었다.
둘은 앉아서 한참 동안을 얘기했으나 공연히 다른 사람들이 뭐라 할
까 두려워 차를 한 잔 더 마시고는 애저가 점심을 먹으라며 붙잡는
것도 사양하고 자리에서 일어났다. 일어나며 경제가 말했다.

"내 저쪽에 아직 할일이 있으니 밥은 먹지 않겠어. 잠시 뒤에 바로
돈을 보내줄게."

"오후에 제가 약간의 술과 안주를 준비할 테니 거절치 마시고 건
너와 자시도록 하세요."

라며 애저가 청을 했다.

진경제는 가게에서 점심을 먹고 거리로 나가 산보를 했다. 거리를
오가다 예전 안공묘의 사형인 김종명[金宗明]을 만나 인사를 하고 그
간의 지나온 일들을 쭉 얘기했다. 이에 김종명은,

"아우가 주수비 댁의 친척을 만나 그곳에 있는 줄을 몰랐지. 더욱이 큰 술집도 열었는데 인사가 늦었군. 내일 제자를 시켜 차라도 보내줄 테니, 훗날 시간이 나면 묘에 와 놀다 가라구."

말을 마치고 종명은 묘로 돌아갔다.

진경제가 주점으로 돌아오니 육지배인이,

"안쪽에 있는 한씨가 나리를 모셔 술을 대접하겠다고 하던데 여태껏 나리를 못 찾고 있었어요."

하며 아뢰고 있는데 마침 하인이 와서 말했다.

"나리 어서 드세요. 그리고 두 분 지배인도 오셔서 자리를 함께하세요. 다른 손님은 없어요."

이 말을 듣고 진경제는 육지배인과 함께 안으로 들어가니 일찌감치 술좌석이 깔끔하게 준비되어 있었는데, 생선과 고기, 야채류 등이 고루 다 갖추어져 있었다. 진경제가 윗자리에 앉고 한도국이 주인석에, 육지배인과 뚱보 사지배인이 나란히 마주 보고 앉고 왕륙아와 애저는 양편으로 앉았다. 하인이 오가며 술과 안주를 내왔다. 술이 몇 순배 돌자 두 지배인은 돌아가는 분위기를 대충 눈치 채고,

"나리는 천천히 더 앉아 계세요. 저희는 상점에 나가 일을 좀 보겠어요."

하고는 몸을 일으켜 밖으로 나갔다. 진경제는 평소에도 술을 조심해서 마셨고 많이 마시지도 못했다. 지배인이 일을 핑계로 나가자 마음을 놓고 한도국의 세 식구와 함께 몇 잔을 더 마시니 술기운이 오르기 시작했다. 이를 보고 애저가 말했다.

"나리께선 오늘 돌아가지 않으면 안 돼요?"

"날이 이렇게 늦었는데 돌아갈 수 있겠어, 내일 가지 뭐!"

이를 보고 한도국과 왕륙아는 잠시 더 마시다가 아래층으로 내려 갔다. 진경제는 소맷자락 안에서 은자 닷 냥을 꺼내 애저에게 주니 애저는 바로 아래층에 있는 왕륙아에게 가져다줬다. 그러고 나서 둘은 다시 술잔을 주거니 받거니 하며 서로 꼭 끌어안고 날이 어두워질 때까지 마셨다. 애저는 화장을 지우고 위층의 방에서 잠자리를 같이했다. 이날 잠자리를 같이하며 베갯머리에서 한 군은 맹세와 잠자리에서 한 철석같은 맹세, 꾀꼬리 소리 같고 제비 소리같이 애교 넘치는 목소리로 교태와 아양을 떠는 모습이야말로 이루 다 말할 수가 없다.

애저는 동경 채태사의 집에 있으면서 노부인을 모셨고, 노래와 악기 연주를 배웠다. 게다가 글자도 제법 알고 쓸 줄도 알았다. 이러한 그녀를 보자 진경제는 기쁨을 감추지 못했고 마치도 반금련을 다시 보는 듯하여 잠도 자지 않고 뜬눈으로 육체의 즐거움을 만끽했다. 그래 다음 날 늦게 일어날 수밖에 없었으니, 아침 먹을 때가 되어서야 비로소 자리에서 일어났다. 왕륙아는 닭고기를 잘게 썰어 넣은 해장국을 끓여 속도 풀고 기도 보하게 해주었다. 둘은 다시 해장술을 몇 잔 마셨다. 잠시 뒤에 지배인들이 와서 식사를 준비했다고 알려주었다. 진경제는 두건을 쓴 뒤 세수를 하고 옷을 갈아입었다. 식사를 하고 다시 건너와 애저와 작별을 하고 집으로 돌아가려 하자, 애저는 헤어지는 것이 못내 아쉬운지 눈물을 흘렸다.

"내 집에 갔다가 사나흘마다 한 번씩 너를 보러 올 테니 너무 섭섭하게 생각지 마!"

진경제는 말을 마친 뒤 말을 타고 하인과 함께 성안으로 돌아왔다. 돌아오는 길에 하인인 강아에게 일렀다.

"집에 가서 절대로 한씨 집의 일을 얘기하지 말거라!"

"잘 알겠습니다."

이렇게 신신당부를 하고 집으로 돌아와 주점 안의 일이 바쁘고 많아서 장부 계산을 하다 보니 어느덧 날이 어두워져 돌아오지 못했다고 하고는 춘매에게 이윤을 넘겨주었는데, 한 번 다녀올 때마다 은자가 서른 냥이나 됐다. 그러고는 집으로 돌아가니 부인인 갈취병이 좋알대며 바가지를 긁어대기를,

"나리께서는 왜 밖에서 주무셨어요? 틀림없이 기생집에 가셔서 노셨지요. 집 안에 저를 혼자 남겨두고 독수공방을 하게 만들어놓고 집에 돌아올 생각도 않으셨지요?"

하니, 이 일이 있고 나서 갈취병은 진경제를 집에 칠팔 일을 붙잡아두고 부둣가에 나가지 못하게 했다.

한편 한애저는 진경제가 한번 가고 나서 며칠 동안 오지 않고, 강아를 보내 지배인들한테 와서 이윤을 가져가는 것을 보았다. 한도국은 또다시 어쩔 수 없이 부인인 왕륙아를 시켜 다른 단골손님이나 장사꾼들을 불러들여 이 방 저 방을 오가며 차도 마시고 술도 함께 마시게 했다.

한도국은 일찍부터 마누라의 이런 일에 의지하여 옷과 밥을 얻어먹으며 편안하게 사는 단맛을 알고 있었다. 왕륙아는 지금 나이가 마흔대여섯 살이 넘어 반백이 됐으나 사내를 호리는 솜씨는 여전했다. 비록 자기 딸에게 그 일을 잇게 했으나 왕륙아도 여전히 더욱 대담하게 몸을 팔곤 했다. 본래 특별히 하는 일도 없이 오로지 마누라가 그 짓을 하여 버는 돈에만 의지하여 입고 마시는 것을 은명창기[隱名娼妓]라 했는데 지금에 와서는 그것을 사창[私娼]이라고 칭한다.

한도국은 진경제가 들르지 않자 술집 점원인 진삼에게 부탁해 호

주[湖州]의 비단 장수인 하관인[何官人]을 불러와 딸애인 애저로 하여금 시중을 들게 하려고 했다. 이 하관인이라는 사람은 나이가 쉰이 넘은 자로 수중에는 천 냥어치의 솜과 비단과 명주 등이 있었는데 하관인도 애저에게 눈독을 들이고 있었다. 그러나 애저는 마음속으로 오로지 진경제만을 생각하고 있었기에 몸이 좋지 않다는 핑계를 대고 서너 차례 거절하며 아래층으로 내려와 만나주지 않았다. 다급해진 한도국도 어쩌지를 못하고 발을 동동 구를 뿐이었다. 하관인은 왕륙아의 몸매가 늘씬하고 피부도 까무잡잡하며 얼굴도 갸름하고, 팔자 눈썹에 흩어진 귀밑머리, 반짝이는 눈은 마치도 취한 듯하고, 붉게 칠을 한 입술을 보아하니 이 부인도 틀림없이 꽤나 남자를 밝히리라고 여겼다. 그래서 은자 한 냥을 주고 방 안에서 함께 술을 마신 뒤 잠자리를 같이했다. 이들이 일을 치르는 동안 한도국은 바깥으로 피해 나가 잠을 잤다. 애저는 자기의 어미가 손님을 받아 잠자리를 하는 것을 보고 위층에 있으면서 아예 아래층에는 내려오지 않았다. 이 일이 있고부터 하관인은 왕륙아의 뛰어난 솜씨에 반해 둘은 마치도 숯 덩어리에 불이 달아오른 듯 놀아났다. 그래서 이삼 일이 멀다 하고 왕륙아를 찾아와 잠자리를 하곤 했다. 한도국은 이 기회를 이용해 하관인으로부터 많은 돈을 빼냈다. 한애저는 진경제가 거의 십여 일을 오지 않자 몸과 마음이 달아서 하루가 여삼추 같고 하룻밤이 한여름처럼 길게 느껴졌다. 마치도 낙엽 가득한 쓸쓸한 가을처럼, 수확이 끝난 황량한 들판과 같은 심정으로 더는 참지 못하고 기생집에서 일하는 일꾼을 시켜 성안 주수비의 집으로 가서 소식을 알아보도록 했다. 가서 강아를 보고는 살며시 물었다.

"나리께서 어째 오시지 않지?"

"요즈음 몸이 좋지 않으셔서 통 밖에 나가지 못하셨어요."

심부름꾼은 이 같은 사실을 한애저에게 들려주었다. 애저와 왕륙아는 상의를 하여 돼지 족발 하나와 구운 오리 두 마리와 생선 두 마리와 우유 과자 한 갑을 사서는 위층에서 먹을 갈고 붓을 들어 꽃무늬가 있는 종이를 펼쳐놓고 편지 한 통을 썼다. 그런 뒤에 심부름꾼을 시켜 성안 진경제에게 전해주도록 했다. 심부름꾼이 상자에 담은 예물을 메고 떠나려고 할 때 한애저는,

"성안에 가서 진나리를 뵙거든 편지를 직접 전해드리고 답장을 받아와요."

하고 신신당부를 했다. 이에 심부름꾼은 품속에 편지와 예물 목록을 갈무리한 뒤에 곧장 성안 수비부로 가서 길가 돌 위에 앉아 있었다. 하인 강아가 밖으로 나오다 심부름꾼을 보고는,

"왜 또 왔어요?"

하자, 심부름꾼은 강아에게 인사를 하고는 강아를 조용한 곳으로 이끌고 가서,

"나리를 뵙고 예물을 드리려고 왔어. 드릴 말씀도 있고 말야. 내가 이곳에서 기다리고 있을 테니 자네가 안으로 들어가 나리께 좀 알려주게나."

하니 강아는 즉시 몸을 돌려 안으로 들어갔다. 잠시 뒤에 진경제가 몸을 흔들며 밖으로 나왔다. 때는 마침 오월로 날씨가 매우 무더웠다. 진경제는 얇은 비단 옷에 와룽모를 쓰고 금비녀를 꽂고 시원한 여름 신발과 깨끗한 버선을 신고 있었다. 심부름꾼이 황급히 인사를 하면서,

"편찮으시다고 들었는데 좀 나아지셨는지요? 한씨 아가씨께서 저

를 시켜 편지 한 통과 물건을 전해드리라고 했어요."

하니 진경제는 편지를 받으며 말했다.

"그래, 애저는 잘 있나?"

"애저 아씨는 나리께서 떠나신 뒤로 오시지를 않자 속이 매우 상해 있어요. 그래서 저더러 언제쯤 나리께서 오실 수 있는지 여쭤보라고 했어요."

진경제가 편지를 뜯어보니 쓰여 있기를,

사랑하는 진나리께

님과 헤어진 뒤에 그리는 마음이 간절하여 잠시도 잊지를 못하고 있습니다. 다시 오신다고 약속하신 날 문가에 기대어 기다렸으나 끝내 나리께서는 누추한 저의 집에 오지 않으셨습니다. 그래서 어제 심부름꾼을 보내 소식을 알아보려 했으나 나리를 만나뵙지 못하고 돌아왔습니다. 듣건대 몸이 편치 않다고 하시니 제 마음은 너무도 심란하여 앉거나 눕거나 답답하고 안쓰러울 뿐입니다. 날개가 있어 당장에 나리 곁으로 날아가지 못하는 것이 안타깝고 한스러울 뿐입니다. 님께서는 곁에 예쁘고도 아리따운 부인이 있는데 어찌 저 같은 것에 마음을 두시겠습니까? 마치도 뱉어버린 과일 씨 같을 뿐입니다. 하지만 맛있는 고기 음식과 과일 등을 정성껏 갖추어 진심으로 문안을 드리는 바이니 부디 웃으며 받아주시기 바랍니다. 제 애틋한 마음을 헤아려주세요.

더불어 비단에 원앙을 수놓은 향주머니 하나와 검은 머리 한 줌을 증표로 보내 저의 마음을 표합니다.

한여름 염일[念日](스무날)

천첩[賤妾] 애저가 올립니다.

진경제는 편지를 보고 다시 향주머니를 보았다. 주머니 안에는 머리칼이 한 줌 들어 있었는데, 향주머니에는 원앙 한 쌍이 부리를 맞대고 있는 모습이 수놓여 있으며 또한 '사랑하는 진씨에게[寄與情郞陳君膝下]'라고 적혀 있었다. 진경제는 편지를 원래대로 잘 접어서 소매 안에 넣었다. 수비부의 이웃에 술집이 있었는데 진경제는 강아를 시켜,

"심부름꾼을 술집으로 데리고 가서 술이나 마시고 있게 하거라. 내가 편지를 써서 줄 테니."

라고 분부하고는 다시 강아에게 이르기를,

"그리고 이 예물들은 내 방에 갖다놓거라. 만약 마님이 묻거들랑 나루터에 있는 사씨가 보내온 물건이라고 하거라."

했다. 강아는 지체하지 않고 즉시 네 상자나 되는 물건들을 가지고 안으로 들어갔다. 진경제도 바로 서재로 들어가 아무도 모르게 답장을 썼다. 그리고 은자 닷 냥을 싸고는 술집으로 가서 심부름꾼에게 말했다.

"그래, 술은 좀 마셨나?"

"잘 마셨습니다. 더는 마시지 못하겠어요. 그만 일어나 돌아가야겠어요."

이에 진경제는 심부름꾼한테 은자와 함께 편지를 건네주면서 말했다.

"집으로 돌아가 아씨에게 고맙다고 전해주고 이 은자 닷 냥을 용

돈으로 쓰라고 하게나. 그리고 이삼 일 뒤에 내가 가서 보겠다고 해 주게."

심부름꾼이 은자와 편지를 받아 아래층으로 내려가자 진경제는 문가까지 가서 배웅해주니, 심부름꾼은 바로 출발했다. 심부름꾼이 떠나는 걸 보고 진경제가 집으로 돌아와 방에 들어서자 갈취병이 바로 묻는다.

"누구 집에서 보내온 선물인가요?"

"가게 지배인 뚱보 사씨가 내가 몸이 불편하다는 소식을 어디서 듣고 이 물건들을 보내 문안을 하는 거야."

경제가 이렇게 말하자, 취병도 그의 말을 믿었다. 내외는 상의하여 하녀 금전아를 시켜 접시를 가져오게 해, 구운 오리고기 한 마리와 신선한 생선 한 마리, 돼지 족발 반을 안채로 가져가 춘매한테 맛을 보도록 했다. 춘매가 음식을 보고 어디서 난 것인지 묻자 가게 지배인이 보내온 것이라고 대답하니 춘매도 더는 묻지를 않았다. 이 일은 이쪽에서 접어두자.

한편 심부름꾼이 나루터에 도착해보니 날은 이미 어두워졌다. 심부름꾼은 바로 은자와 답장을 모두 애저에게 가져다주었다. 애저가 편지를 뜯어 등불 아래 비춰 보니 쓰여 있기를,

그리운 애저 아씨에게
방금 문안 편지를 받고 또 후한 물건까지 받았소. 그대와 나누던 운우의 정과 침대 위에서 나누던 사랑의 밀어를 잠시도 잊은 적이 없다오. 약속한 그날에 그곳으로 달려가 꼭 만나보려고 했소. 그런데 뜻하지 않게 몸이 좋지 않아 그대의 기다림을 저버리고 말았구려.

그런데도 그대는 사람을 보내 문안을 전하고 또 이렇게 맛있는 음식을 보내주니 그 감격스러움을 이루 다 말로 못하겠소! 내 이삼 일 내로 찾아가 그대를 만나리다.

따로 백금 닷 냥과 비단 손수건을 멀리서 그리는 마음으로 보내오. 부디 나의 이러한 마음을 잘 헤아려주기 바라오.

경제가 쓰오.

애저가 편지를 읽고 나서 손수건을 보니 거기에 네 구의 시구가 적혀 있는데,

오지[吳地]에서 나는 손수건에 사연을 적으니
힘 있게 든 붓에 먹 자국 역력하네.
다정한 한애저에게 보내오니
난봉처럼 영원토록 백년해로 해보세.
吳綾帕兒織廻紋 灑翰揮毫墨跡新
寄與多情韓五姐 永諧鸞鳳百年情

편지와 시를 보고 나서, 애저는 은자를 왕륙아에게 건네주었다. 왕륙아는 하얀 은자를 보고는 좋아 어쩔 줄 모르며 진경제가 하루 빨리 오기를 기다렸다.

바로, 마음에 맞는 친구가 오면 싫증이 안 나고, 마음을 알아주는 사람이 오면 말이 서로 통하는 법이라네.

시가 있어 이를 밝히나니,

푸른 창 아래에서 편지를 뜯으니
종이 가득 먹 향기가 짙구나.
옥수[玉手]로 붓을 들어 쓴 것을 아니
서로 그리는 마음이 말없는 가운데 통하누나.
碧紗窓下啓箋封 一紙雲鴻香氣濃
知你揮毫經玉手 相思都付不言中

일체의 번뇌는 참지 못한 데서 생긴 것

유이가 취해서 왕륙아를 욕하고,
장승이 앙심을 품고 진경제를 죽이다

격언에 이르기를,

일체의 번뇌는
모두 참지 못한 데서 생긴 것.
정세의 변화를 보아 참아간다면
깨우침을 얻고 광명을 얻으리라.
불가에서는 윤리를 어기지 말라 하고
유가에서는 다투지 않음을 귀히 여기네.
평탄하고 좋은 길이 있건만
애석하게도 가는 사람이 적구나.
一切諸煩惱 皆從不忍生
見機而耐性 妙悟生光明
佛語戒無偸 儒書貴莫爭
好個快活路 只是少人行

그러고 나서 이틀이 지나고 사흘째 되는 날은 오월 스무닷새로 바로 진경제의 생일이었다. 춘매는 안채의 넓은 대청에 술과 안주를 마련하고 진경제의 생일을 축하해주며 온 집안 식구들이 즐겁게 하루를 보냈다.

다음 날 아침 일찍 진경제가,

"오랫동안 나루터에 가보지 않았는데, 오늘은 특별한 일도 없고 하니 한번 다녀와야겠어요. 지배인들과 장부 결산도 해야 하고 또 더위도 피할 겸 산보 삼아 다녀올게요."

하고 춘매에게 말하자 춘매가 당부했다.

"가려거든 꼭 가마를 타고 가도록 해요. 공연히 힘쓰지 말고 말이에요."

진경제는 군졸 둘에게 명해 가마를 메고 강아가 뒤를 따르게 하고서는 곧장 나루터에 있는 사가대주점으로 갔다. 가는 도중에 별다른 일이 없어 정오가 조금 지나서 강가 사가주점에 이르렀다. 도착해 가마에서 내려 주점 안으로 들어가니 두 지배인이 일제히 다가와 인사를 하면서 묻기를,

"나리, 몸은 좀 좋아지셨는지요?"

했으나 진경제의 마음은 오로지 한애저에게만 가 있었기에 단지 건성으로 대답했다.

"두 분 덕택에 많이 좋아졌어요!"

그러곤 잠시 앉아 있다가 바로 자리에서 일어나며,

"장부를 잘 정리해놓으세요. 제가 돌아와 볼 테니까요."

라고 분부하고는 바로 몸을 돌려 안채로 들어갔다. 심부름꾼이 일찌감치 나와 진경제를 영접하고 왕륙아 부부에게 가 알려주었다. 이때 한애저는 이층 난간에 기대어 서서 먼 곳을 바라보면서 붓에 먹을 찍

어 몇 수의 시를 지으며 울적한 마음을 달래고 있었다. 그런데 갑자기 진경제가 왔다는 전갈을 받고는 종종걸음으로 치마를 부여잡고 아래로 내려왔다. 왕륙아가 만면에 미소를 머금고 영접했다.

"나리, 그동안 뵙기가 참 힘들었는데, 오늘은 어떤 바람이 불어서 여기까지 오게 되셨나요?"

이에 진경제는 그들 모녀에게 인사를 하고는 함께 방 안으로 들어가 자리를 잡았다. 잠시 뒤에 왕륙아가 차를 내왔다. 차를 다 마시고 나서 애저가,

"나리, 위층 제 방으로 건너가 앉으시지요."

하고 청하니 진경제는 이층으로 올라갔다. 이층으로 올라가니 둘은 마치 물고기가 물을 만난 듯 즐거웠고, 풀로 붙여놓은 듯 떨어질 줄 모르고 마음속 깊이 간직했던 말들을 나누었다. 그렇게 한참을 노닐다가 애저는 벼루 밑에서 화선지 한 폭을 꺼내었다. 진경제가 빼앗아 보려고 하자 애저가 말했다.

"이것은 제가 며칠 동안 오지 않는 당신을 그리며, 마음이 하도 울적하여 위층에서 지어본 시 몇 수로, 가슴의 답답함이나 풀어보려고 지은 거예요. 공연히 나리의 눈만 더럽힐까 두렵군요!"

진경제가 읽어보니 쓰여 있기를,

봄
맥없이 비단 침상에 기대어 근심에 젖어 있으니
비단 허리띠는 느슨하고 귀밑머리 흐트러져 있네.
사랑하는 님은 한번 가고는 소식이 없으니
하루 종일 그대를 그려보네.

倦倚繡床愁懶動 閑垂繡帶鬖鬖低
玉郎一去無消息 一日相思十二時

여름
높은 누각 위에서 아름다운 광경을 바라보니
난간에 가득한 장미꽃 향기가 기이하다.
열두 난간을 한가로이 기대어보니
남훈[南薰]*이 소맷자락에 차게 스며드누나.
危樓高處眺晴光 滿架薔薇靄異香
十二欄杆閑凭遍 南薰一味透襟涼

가을
휘장 안은 썰렁하고 부용 꿈은 이루어지지 않고
사랑하는 님은 떠났으니 마음은 아프기만 하다.
베개 주위의 눈물은 마치도 섬돌 앞의 비처럼
창문을 사이에 두고 날이 밝도록 흐르누나.
帳冷芙蓉夢不成 知心人去轉傷情
枕邊淚似階前雨 隔着窓兒滴到明

겨울
마름꽃이 부끄러워 화장도 말끔히 지우고
님 위해 몸이 마르고 용모도 빛을 잃네.
문을 닫고 남녀 사랑에 관여치 않고

---

* 여름 바람

매화더러 알아서 하라고 분부를 했다네.
羞對菱花拭淨粧 爲郎瘦損減容光
閉門不管閑風月 分付梅花自主張

　진경제는 이를 보고 극구 칭찬하며 연신 갈채를 보냈다. 잠시 뒤에 왕륙아가 술과 안주를 장만해 가지고 올라왔다. 화장대를 끌어와 그 위에다가 술상을 보고는 둘은 나란히 하고 앉았다. 애저는 술을 한 잔 따라 두 손으로 진경제에게 올려 바치며 공손하게 인사를 하면서,
　"나리께서 오지 않는 동안에 저는 한시도 나리를 잊은 적이 없어요. 지난번에 심부름꾼한테 생활비까지 보내주시니 온 집안 사람들이 얼마나 고마워하는지 몰라요!"
하니 진경제는 잔을 받아 손에 쥐면서 답례하기를,
　"내가 몸이 안 좋아서 온다던 약속을 지키지 못했으니 누이는 너무 섭섭해하지 말아요!"
하면서 술잔을 비우고 나서 다시 한 잔을 따라 애저한테 권하니 애저도 잔을 비웠다. 둘은 다시 자리를 잡고 앉아 술을 서로 따라주며 주거니 받거니 했다. 왕륙아와 한도국도 위로 올라와 같이 몇 잔을 마시고 각기 할일이 있다며 아래로 내려갔다. 두 사람이 편하게 술을 마시며 헤어져 있던 동안의 회포를 풀라는 것이었다. 그렇게 한참 술을 마시다 보니 취기도 거나하게 오르고, 정욕도 불과 같이 일어 둘은 더는 참지를 못하고 예전에 치르던 정을 다시 한 번 더 펼치지 않을 수가 없었다. 그렇게 육체의 즐거움을 나누노라니 사랑도 끝없이 솟아났다. 일을 마치고 자리에서 일어나 옷을 입고 손을 씻은 뒤 다시 잔에 술을 채워 몇 잔을 더 마셨다. 취한 눈은 몽롱했으나 그 여흥

은 끝이 나지를 않았다. 이 젊은이는 집에 있는 동안에 몸도 별로 좋지 않았고 또 마음에는 오로지 애저 생각뿐이었기에 본부인과는 잠자리를 하지 않았다. 그러던 진경제가 오늘 마침내 그토록 그리던 여인을 만났는데 어찌 한 차례로만 끝을 내겠는가! 바로, 죽자 사자 하던 원수를 오백 년이 흘러 다시 만난 격으로 놀지 않을 수 없으니.

진경제의 영혼은 모두 한애저에 의해 어지러워졌다. 잠시 뒤에 정욕이 다시 일고 물건도 불끈 솟자 다시 한 차례 그 일을 치렀다. 이렇게 일을 치르고 나자 온몸이 노곤해 쏟아지는 잠을 참지 못했다. 그래서 점심도 먹지 않고 침상에 엎드려 바로 잠이 들었다.

그런데 일이 공교롭게 되는지 생각지도 않게 아래쪽에서 비단 실과 천을 파는 하관인이 찾아왔다. 왕륙아는 하관인을 상대로 해서 아래층에서 술을 마셨다. 한도국은 야채와 고기, 과자 등을 사와 안주거리를 만들어주려고 거리로 나갔다. 둘은 아랫방에서 일을 치르고는 잠시 뒤에 한도국이 안주거리를 사오자 함께 술을 몇 잔 마셨다.

해가 서산에 질 무렵 주가점[酒家店]의 좌지호[坐地虎] 유이가 술이 곤드레만드레 취해서는 웃통을 벗어젖혀 붉은 살을 드러내고 두 주먹을 불끈 쥐고는 주루의 밑으로 와서 큰소리를 내지르면서 외쳐대기를,

"빨리, 하씨 야만인을 내놓거라! 주먹맛을 보여줄 테다."
하니 이에 놀란 두 지배인은 진경제가 위층에서 잠을 자다가 시끄러운 소리를 들을까봐 매우 걱정했다. 그래서 급히 계산대에서 밖으로 나와 앞으로 가서 인사를 하면서,

"유씨 형님, 그 하관인은 오지 않았어요."
했으나 유이는 들은 체도 하지 않고 큰걸음으로 곧장 뒤편에 있는 한

도국의 방으로 다가가 한 손으로 문에 걸려 있던 발을 잡아당기니 반쯤 찢겨져나갔다. 유이는 하관인이 왕류아와 함께 어깨를 나란히 하고 시시덕거리며 술을 마시고 있는 모습을 보고 크게 노해서는,

"이 개 같은 연놈들아, 지랄들을 하고 있구나! 아무리 찾아보아도 네놈을 찾지 못했는데 여기 있었구나! 네놈은 우리 가게에서 계집 둘을 데리고 놀더니 왜 그들한테 화대를 주지 않는 게야? 또 우리 집에서 묵었던 두 달 치 방세도 내지를 않고, 도리어 이곳에 와서 다른 계집과 놀아나고 있단 말이냐?"

하니 이 말을 듣고 하관인은 놀라 밖으로 나가서 말했다.

"유형, 먼저 돌아가면 나도 바로 뒤따라가리다."

"뭐라고? 이 개 같은 자식이!"

유이가 잽싸게 주먹을 뻗어 바로 하관인의 면상을 올려붙이니 바로 얼굴이 시퍼렇게 부어올랐다. 이에 하관인은 일어나 바로 줄행랑을 쳤다. 유이는 바로 왕류아 등이 차려놓고 먹던 술상을 냅다 발로 걸어찼다. 상 위의 그릇들이 모두 사방으로 흩어지며 산산조각이 났다. 이를 보고 왕류아가,

"어디서 굴러먹던 자식이야? 왜 공연히 우리 집에 와서 이 난리를 피우고 지랄이야? 내가 그렇게 겁이나 먹을 사람인 줄 알아?"

하고 소리를 질러대자, 유이가 앞으로 다가와 한 발로 걸어차니 왕류아는 뒤로 벌렁 나자빠진다. 그러한 왕류아를 보고 유이는,

"이 음탕한 계집년이! 너야말로 어디서 굴러먹던 이름도 없는 창녀야? 이 나리한테 와서 보고도 하지 않고, 네년 멋대로 주점에서 남자를 유혹해 재미를 보고 있어? 어서 썩 꺼지지 못해! 행여 조금이라도 늦게 꺼지면 이 뜨거운 주먹맛을 보여줄 테다!"

하고 욕을 해댔다. 이에 왕륙아도 질세라,

"너야말로 어디서 굴러온 망나니야? 내가 비록 일가친척은 없다고 하지만 너 같은 놈이 나를 어쩔 수 있을 것 같아? 내 목숨을 네놈 마음대로 할 수 있을 것 같아?"

하고 머리를 땅에 부딪치며 울음을 터뜨렸다.

"내 이 음탕한 년의 창자를 밟아 끊어놓을 테다! 네년이 아직도 내가 누구인 줄을 모르는 모양이구나?"

이렇게 시끄럽게 떠들어대자 양편의 이웃 사람들과 길 가던 많은 사람들이 금세 몰려와 사방을 에워쌌다. 그들 가운데 한 사람이,

"왕륙아, 당신은 이곳에 새로 와서 모르는 모양인데, 저 사람이 주수비 댁에서 일을 보고 있는 장우후(장승)의 처남인 그 유명한 좌지호 유이라는 사람으로, 주점을 경영하며 기생들의 우두머리이고 술손님들을 후려치는 데 이골이 난 사람이에요! 그러니 당신이 좀 참고 공연히 그와 맞서지 말아요! 유이가 얼마나 대단하냐면 이 지방 사람들 그 누구도 유이를 건드려 화나게 하지 않을 정도예요!"

하니 이 말을 듣고 왕륙아도 지지 않고,

"그자보다 더 높은 사람이 있어 이런 놈을 혼내주면 어쩔 거죠?"

했다. 육병의는 유이가 살기가 등등하게 달려드는 모습을 보고 뚱보 사지배인과 함께 좋은 말로 달래서 겨우 집으로 돌려보냈다.

진경제는 한참 침대 위에서 잠을 자고 있다가 아래쪽에서 시끄러운 소리가 들리기에 깨어서는 밖을 내다보았다. 날은 이미 어두워져서 해도 서산으로 지고 없었다. 진경제가,

"왜 이리 시끄럽지?"

하고 물으니, 한도국은 어디로 갔는지 알 수가 없고 왕륙아가 머리는

풀어헤치고 얼굴이 먼지투성이가 되어 위층으로 올라와서는 여차여차했다며 이르기를,

"어디서 맞아 죽을 놈의 깡패 자식이 왔었는데, 별명이 좌지호 유이라는 자로 술집을 한다는군요. 말로는 주수비 댁의 집사인 장우후 장승의 처남이라고 하더군요. 그런데 술손님을 찾는다며 다짜고짜 나를 걷어차고 한차례 욕을 퍼붓고는 가버렸어요! 우리 집의 그릇과 술잔 등은 모두 산산조각이 났어요!"

하면서 다시 대성통곡하기 시작했다. 이에 진경제는 두 지배인을 불러 전후 사정을 물으니 두 명은 서로 얼굴만 바라볼 뿐 감히 말을 못했다. 육지배인이 입이 빨라서,

"바로 장집사의 처남인데 이곳으로 하관인을 찾으러 왔지요. 하관인이라는 사람이 두 달 치 방세를 내지 않았고 또 그의 집에 있는 기생들과 놀아났는데 화대를 내지 않았다며 그것을 받으려고 한다더군요. 그런데 하관인이 방 안에서 술을 마시고 있는 것을 보고는 아무런 말도 하지 않고 문에 걸어두었던 발을 잡아당겨 반쯤 찢어버리고, 하관인을 한 대 쳐박으니 하관인은 놀라 줄행랑을 쳤지요. 그러다 한씨 부인과 서로 욕지거리를 주고받다가 발길질을 해 걷어차버리니 거리의 모든 사람들이 몰려와서 구경을 한 거예요."

하니 진경제는 이 말을 듣고 날이 이미 저문지라 우선 구경꾼들을 흩어지게 하도록 했다. 그리고,

"유이라는 놈은 지금 어디 있나?"

하고 지배인에게 물으니,

"소인들이 잘 달래서 겨우 돌려보냈어요."

하자 진경제는 그들의 말을 가슴에 잘 새겨두었다. 그러고는 왕륙아

모녀를 달래주었다.

"내가 있으니 조금도 걱정하지 말아요. 자네들 모녀는 그대로 여기에 있으면 내가 집으로 돌아가서 다 알아서 처리하지!"

지배인들은 장부를 결산해 이윤을 전해주었다. 진경제는 은자를 건네받은 뒤 말을 타고 하인을 거느리고는 말을 재촉해 돌아왔다. 급히 서둘러 겨우 성안으로 들어서니 날은 이미 어두워졌고 심기도 불편했다. 집에 도착하여 춘매를 만나보고 주점의 이윤으로 가져온 은자를 넘겨주고는 자기 방으로 돌아와 그날 밤은 아무 말도 하지 않았다. 다음 날 진경제는 수없이 생각을 하고 춘매에게 얘기를 하려고 했으나 이내 생각을 돌렸다.

'잠시 그만두자. 내 우선 이놈 장승 자식의 흠과 허물을 찾아내 누님으로 하여금 주나리께 말씀드리게 해서 그놈의 목숨을 없애버려야지! 내 출신을 알았는지 나를 업신여기고 또 수차례 찾아와서는 유세를 떠는 걸 보면 날 우습게 보는 게 틀림없어. 내가 제깟 놈 하나 어쩌지 못할 줄 아는 모양이지!'

원수를 갚는 것이 이같이 마땅하다면
기회가 왔으니 멀리 생각지 마라.
쇠 신이 다 닳도록 수많은 곳을 찾았으나
찾고 보니 모든 것이 소용없는 짓인 것을.
冤仇還報當如此 機會遭逢莫遠圖
踏破鐵鞋無覓處 得來全不費工夫

어느 날 진경제는 나루터의 주점으로 건너와 한씨 모녀를 보고는,

"지난번에 크게 놀랐지요?"

하면서 다시 육지배인에게 물었다.

"유이 그놈이 또 왔었나요?"

"그날 가고 다시는 안 왔어요."

이 말을 듣고 다시 한애저에게 물었다.

"그럼 하관인은?"

"오지 않았어요."

진경제는 식사를 하고 장부를 결산하고 또다시 애저가 머무는 이 층으로 올라가 그동안 가슴에 품고 있던 얘기를 나눈 뒤 잠자리를 한 차례 하고 밖으로 나왔다. 그러고는 좀 시간이 나서 한가해지자 술집의 종업원 진삼을 가까이 불러서는,

"부중의 장승과 유이의 흠이나 못된 짓거리를 아는 게 있으면 들려다오."

하니 이 말을 듣고 진삼은 하지 말아야 할 얘기를 하고 말았다. 즉 장승이 주수비의 집에서 쫓겨나 술집에서 창녀 노릇을 하는 손설아를 독점해 밖에서 데리고 놀고 있다는 것과 또 유이가 어떻게 해서 많은 창녀들한테 보호세 명목으로 돈을 갈취하며, 그녀들에게 높은 이자로 돈을 빌려주어 주수비 나리의 체면을 손상하고 있다는 등등의 얘기였다. 이 말을 듣고 진경제는 머리에 잘 새겨두었다. 그런 다음 애저에게 은자 두어 냥을 용돈으로 건네주었다.

경제는 두 지배인과 장부 결산을 하고 이윤을 수금한 뒤에 작별하고는 말을 타고 집으로 돌아왔다.

진경제가 어떻게 하면 장승을 혼내줄까 하고 벼르고 있던 터에 원수는 서로 만난다고 마침내 일이 벌어지고 말았다.

동경에 있는 조정의 휘종 천자는 금나라 사람들이 송의 변방을 침범하고 내륙 깊숙이 들어와 노략질을 일삼자 사태가 매우 위급하게 되어감을 알았다. 이에 천자는 당황해 화급히 대신들을 모아 상의해서는 북쪽의 금나라로 사신을 보내 그들과 화해를 하고자 했다. 화해의 대가로 매년 수백만 냥의 금은과 채색 비단을 보내주겠다는 것이었다. 그러고는 황제의 자리를 태자에게 물려주고 연호도 종전의 선화[宣和] 칠년[七年]을 정강[靖康] 원년[元年]으로 고쳤다. 새 황제는 흠종[欽宗]이라 하고, 휘종 자신은 태상도군황제[太上道君皇帝]라 하여 용덕궁[龍德宮]에 은거했다.

　조정에서는 이강[李綱]을 병부상서로 승진시켜 각 군의 병마를 통솔케 했다. 또한 종사도[種師道]를 대장군으로 삼아 내외선무[內外宣務]를 담당케 했다.

　하루는 제남 수비부에 조서를 내렸는데, 주수비를 산동도통제[山東都統制]로 승진을 시켜 인마 일만을 거느리고 동창부[東昌府]로 가 주둔하며 순무도어사[巡撫都御史] 장숙야와 함께 지방을 지켜 금군의 침입을 막아 처단하라는 것이었다. 주수비는 마침 그때 관아에서 일을 보고 있었는데 갑자기 좌우의 관원이 들어와 아뢰기를,

　"조정에서 칙서가 내려왔습니다. 나리께서는 성지를 받으시랍니다!"

하니 이에 주수비는 급히 향기 나는 탁자를 준비해 그 앞에 무릎을 꿇고 칙사가 낭독하는 성지를 경청했다. 칙서에 이르기를,

　　하늘을 받들고 운[運]을 이은 황제가 이르노라!
　　짐이 듣건대 문[文]은 능히 나라를 편안케 하고, 무[武]는 국가를 안

정되게 한다고 했다. 삼황[三皇]은 예악[禮樂]에 의지해 강토를 얻었고, 오제[五帝]는 정벌로써 천하를 안정시켰다. 전쟁에서는 순종과 거역을 따르고, 인간에게는 어짐과 우둔이 있다. 짐은 조상의 뽑아 버릴 수 없는 넓은 기반을 이어받고, 상황[上皇]께서 물려주신 중위[重位]에 즉위하여 만사를 창조함에 송구스럽고 삼가는 마음으로 임했다. 예전에 순[舜]은 사흉[四凶](혼돈[渾敦], 궁기[窮奇], 도올[檮杌], 도찬[饕餮])을 정벌했고, 탕은 유묘[有苗](즉 삼묘[三苗]로 고대의 남방 부족)를 토벌했다. 병사를 쓰지 않으면 적을 이길 수 없고, 무위[武威]가 없으면 평안을 지킬 수 없다. 무릇 병[兵]은 나라의 손톱과 이빨과 같은 존재로 무예로써 나라의 영토를 강건히 지킬 수 있다. 오늘날 중원 땅이 외적의 침입을 당하고, 양이나 치는 자들이 순박한 이들을 범하고 있다. 또한 요[遼]의 왜구들이 군사를 거느리고 서쪽을 시끄럽게 하며, 금[金]의 오랑캐들이 말을 타고 남쪽을 침입하고 있다. 백성들이 도탄에 빠지니 짐이 어찌 불쌍히 여기지 않겠는가! 산동 제남 제치사 주수는 노련한 재간을 지녔고, 간성[干城]의 장수로 수차례나 혁혁한 전공을 세웠으며, 충성과 용맹스러움이 뛰어났도다. 용병[用兵]을 함에 지략이 있고, 출전[出戰]하면 전공을 세운다. 이에 그를 산동 도통제로 승진시키고, 사로방어사[四路防禦使]를 겸하게 하니 산동순무도어사 장숙야와 회동해 수하의 인마를 이끌고 고양관[高陽關]으로 가서 방어를 하도록 하며, 대장군 종사도의 명령을 듣고 적을 살육케 해 위태로운 사직을 구하고 창궐하여 날뛰는 오랑캐들을 몰아내도록 하라.

오호라! 어진 자에게 나라를 맡겨 나라의 위급함을 구하고, 어려울 때 임금을 위해 노고를 아끼지 않는 것이 바로 신하된 자의 충성이

리다. 착함을 가려 공에 상을 주고, 적에 대한 적개심을 불러일으키게 하는 것이야말로 조정이 크게 해야 할 일이다.

충성을 다해 짐의 뜻에 따르기를 바라노니 이에 알리는 바이다!

정강 원년 가을 구월

주수비는 칙사가 읽기를 다하자 바로 사자를 떠나보냈다. 그러고는 장승과 이안 두 우후[虞候]를 가까이 들도록 불러 두 수레에 값진 물건들을 싣고 먼저 집으로 돌아가도록 분부했다. 원래 주수비는 제남부에서 일 년여를 근무하면서 수만 금에 이르는 재산을 모아두었다. 그것들을 짐과 장롱 속에 갈무리해 넣은 다음 두 사람에게 이르기를,

"집에까지 잘 가지고 가도록 하거라. 밤낮으로 잘 지키도록 하거라. 나는 머지않아 순무사 장숙야 대인과 함께 사로의 병마를 이끌고 청하현으로 가보마."

했다. 이에 두 사람은 그날로 지시를 받들어 수레를 이끌고 먼저 길을 떠났으니 길에서는 별다른 일이 없었다.

며칠이 지나 부중에 가면서 밤낮으로 물건들을 잘 지키며 도착해서도 경비를 잘 섰으니 이는 여기에서 접어두자.

한편 진경제는 장승이 수레로 물건을 싣고 먼저 돌아왔고, 주수비도 승진해서 조만간에 돌아오리라는 것을 알았다. 이에 그동안 가슴에 담아두었던 일들을 춘매에게 알려주려고 했다. 그래서 수비가 돌아오면 춘매로 하여금 장승의 일을 알려 처리하려고 마음먹었다.

그런데 생각지도 않게 부인 갈취병이 친정으로 가서는 돌아오지 않았다. 그래서 진경제 혼자 서재에서 잠을 자고 있었는데, 춘매가 아침 일찍 서재로 진경제를 만나러 건너왔다. 건너와서 주위에 따르는 사람이 아무도 없자 둘은 옷을 벗어버리고 바로 서재에서 운우의 정을 나누었다. 그때 마침 장승이 방울을 흔들며 순시를 돌고 있다가 서재의 쪽문 쪽에 이르러보니 서재 안에서 여인의 웃음소리 같은 것이 들려왔다. 그래서 방울 흔드는 것을 멈추고 살며시 창문 밑으로 다가가 몰래 엿들었다. 가만히 들어보니 춘매가 방 안에서 진경제와 한참 그 짓을 하고 있는 것이었다. 그때 진경제가 춘매에게 하는 소리가 들려왔다.

　"싸가지 없는 장승 그 자식이 나를 우습게 여겨요! 당초 나를 자기가 찾아왔다며 수차례나 여러 사람들 앞에서 망신을 줬어요. 일전에는 내가 나루터에서 하고 있는 주점으로 가보니, 자기 처남인 좌지호유이라는 자를 시켜 자형이자 장승인 자기가 비호를 해준다는 배경을 들먹이며 그곳에다 사창집을 만들어놓고 또 고리대금업을 하며 갈취하고 있더군요. 더군다나 손설아를 밖으로 빼돌려서는 자기 혼자 독점해 간통하며 온갖 재미를 다 보고 있더군요. 오직 누님 한 사람만이 이러한 사실을 모르고 계실 거예요. 또 며칠 전에는 자기 처남인 유이를 시켜 우리 술집에 와 술손님들을 다 쫓아버리고 그릇을 깨는 등 행패를 부렸어요. 하지만 내가 누차 참고 누님께 말씀을 드리지 않았었지요. 그런데 자형께서 집으로 돌아오신다니 만약 이때 말씀드리지 않으면 다시는 나루터로 가서 장사도 제대로 할 수 없을 것 같아요!"

　"그놈의 자식이 그렇게 버릇이 없단 말이야! 설아 그 계집년을 팔아버리라고 했거늘 어째서 밖에다 몰래 빼돌려 재미를 보고 있단 말인가?"

"이건 비단 나만을 우습게 보는 것이 아니라, 누님까지 우습게 보기 때문이지요!"

"나리께서 돌아오시면 말씀을 드려 뜨거운 맛을 보여줘야겠군!"

하지만 속담에 '담장에도 귀가 있는데, 창밖에 어찌 사람이 없으랴!' 했다.

두 사람은 안에서 이렇게 말을 하면서도 창밖에서 장승이 다 듣고 있다는 사실을 알지 못했으니 어찌 큰일이 아니겠는가! 장승은 그들의 말을 다 엿듣고 속으로,

'저들이 나를 칠 계획을 세우니, 내가 먼저 저 연놈을 없애버려야겠구나!'

하고는 손에 들고 있던 방울을 집어던지고 앞채에 있는 숙직실로 가서 비수를 꺼내 눈 깜짝할 사이에 두어 번 숫돌에 간 뒤에 다시 서재 안으로 들어섰다. 그런데 뜻밖에도 이것이 다 하늘의 뜻이었는지, 아니면 춘매는 장승의 손에 죽을 팔자가 아니었는지, 장승이 칼을 가지러 간 사이에 갑자기 안방에 있던 몸종 난화가 황급히 뛰어나와 춘매를 찾으며,

"도련님이 갑자기 넘어지셨어요. 마님, 어서 안으로 들어가 보세요!"

하는 것이었다. 이 말을 듣고 춘매는 깜짝 놀라서 화급히 달려 안으로 들어갔다. 그 사이에 장승이 칼을 들고 다시 돌아와 서재로 들어가 보니 춘매는 보이지 않고 단지 진경제만이 이불 속에서 잠을 자고 있었다. 진경제는 장승이 들어오는 것을 보고,

"아야! 당신이 웬일로 왔소?"

하니 이 말을 듣고 장승이 대노하여 외쳤다.

"내 네놈의 자식을 죽이러 왔다. 네놈은 왜 춘매 그 음탕한 년한테 나를 죽여 없애버리라고 말을 했어? 내가 네놈의 자식을 찾아온 것이 잘못이었단 말이냐? 속담에도 '검은 대가리 벌레는 구하지 말아야지, 구해주면 사람 고기를 먹는다'더니만, 달아날 생각은 하지 마! 두말 말고 내 칼을 받아라! 오늘이 바로 네놈의 제삿날이 될 것이다."

진경제는 알몸인지라 도망을 가지도 못하고 단지 이불을 두르고 몸을 사렸다. 장승은 다가와 이불을 획 걷어 젖히고 진경제의 몸에다 칼을 내리꽂았다. 갈비를 내리찌르니 금세 붉은 피가 솟아났다. 장승은 칼에 찔린 진경제가 죽지 않고 꿈틀거리는 것을 보고 다시 한 번 더 가슴 한복판에 칼을 내리꽂았다. 이에 진경제도 더는 어쩌지 못하고 두 다리를 쭉 뻗었다. 장승은 진경제가 완전히 죽자 진경제의 머리채를 움켜쥐고 잘라냈다.

정말로, 세 치의 기운으로 천만 데를 쓰다가 하루아침에 죽으니 모든 것이 끝일세. 가련한 진경제는 나이가 채 스물일곱도 되기 전에 비명횡사[非命橫死]하고 말았다.

장승은 칼을 들고 집안의 안팎과 침대의 뒤를 돌아보며 춘매를 찾았으나 그녀가 보이지 않자, 큰걸음으로 성큼성큼 안채로 들어갔다. 중간 문에 이르렀을 때 이안이 방울을 흔들며 순시를 하고 있었다. 이안은 장승이 흉악한 모습으로 칼을 꼬나들고 안채로 뛰어드는 모습을 보고 깜짝 놀라서 묻기를,

"어디 가나?"

했으나 장승은 대답하지 않고 그냥 계속해서 앞으로만 달려갔다. 이

에 이안은 그의 앞길을 가로막았다. 장승이 다짜고짜 이안을 향해 칼을 휘두르자 이안은 냉소를 지으며,

"내 아저씨가 바로 그 유명한 산동야차[山東夜叉] 이귀[李貴]야. 내 목숨은 함부로 내줄 수 없지!"

하면서 오른발을 날려 차니 쩽그렁 하는 소리가 들리면서 장승의 손에 들려 있던 비수가 땅바닥 한쪽으로 나가떨어졌다. 장승은 다급해져서 몸을 날려 이안에게 달려드니 둘은 한데 엉겨 붙어 몸싸움을 했다. 그러다가 이안이 다리를 걸어 장승을 땅바닥에 내동댕이쳤다. 그러고는 허리춤에서 띠를 풀러 잽싸게 장승을 칭칭 동여매놓고 안채로 가서 춘매에게 알렸다. 가서 말하기를,

"장승이 칼을 들고 안으로 들어가는 것을 소인이 붙잡았습니다!"

하니 그때 춘매는 안채로 들어와 겨우 금가를 달래어 진정시켜놓고 있었는데 이 말을 듣고 대경실색을 했다. 크게 놀라 부랴부랴 서재로 들어가 보니 진경제는 이미 칼을 맞고서 방 안에 쓰러져 있었고 사방이 시뻘건 피로 흥건히 젖어 있었다. 춘매는 이를 보고 더는 참지 못하고 대성통곡을 했다. 한편으로 사람을 진경제의 장인 댁으로 보내 갈취병에게 이 같은 사실을 알리니 취병도 놀라 달려왔다. 피살되어 죽어 나자빠져 있는 진경제를 보고 갈취병 역시 땅바닥에 엎드려 통곡하다가 인사불성이 되고 말았다. 춘매가 갈취병을 부축해 일으키며 겨우 정신이 들게 했다. 정신을 차려 진경제의 시신을 끌어내고 관을 사서 장례를 치렀다. 장승은 쇠고랑을 채워 감옥에 집어 처넣고 수비가 돌아오면 이 사건에 대한 응분의 조치를 취하기로 했다.

며칠이 지나 군사의 일이 더욱 긴박해 병패[兵牌](군대를 파견하는 영패[令牌])를 가지고 와 재촉하니 주통제는 병마를 완비해 여러 곳

으로 출발시키고, 장순무 또한 재빨리 동창부로 가서 그곳에서 합류해 작전을 펼치기로 했다.

통제가 집으로 돌아오자, 춘매는 진경제가 피살된 경위를 자세히 얘기해주었다. 이안은 장승이 진경제를 죽일 때 사용한 흉기를 가져다 그의 앞에 놓으며 사건의 전말을 소상히 아뢰었다. 통제는 이 말을 듣고 크게 노하여 불문곡직하고 장승을 끌어내라고 군졸들에게 호령하니,

"곤장 다섯 대를 때리되, 때리는 사람을 바꾸어 백 대를 때리거라!"

이처럼 때리니 그 자리에서 즉사하고 말았다. 그런 뒤에 즉시 체포영장을 나루터로 보내 좌지호 유이를 체포해 쇠고랑을 채워 끌고 오도록 했다. 손설아는 유이가 끌려가는 것을 보고, 자기도 잡혀갈까 두려워 방으로 들어가 목을 매어 자살을 하고 말았다. 포졸들이 유이를 체포해 부로 끌고 가자, 통제는 유이에게도 곤장 백 대를 내리치라 분부하니 그 역시 당일로 매 맞아 죽고 말았다. 이 일은 청하현을 떠들썩하게 만들고 임청주를 시끄럽게 만들었다.

실로, 평생 악한 일을 하며 하늘을 속이더니 오늘 하늘이 마침내 보응[報應]을 하는구나.

시가 있어 이를 증명하나니,

사람 된 도리로 남을 속이지 마소
머리 들면 삼척[三尺] 위에 신명[神明]이 있다오.
만약에 악한 짓에도 보응이 없다면
천하의 흉악한 사람들이 사람을 먹으리.
爲人切莫用欺心 擧頭三尺有神明

若還作惡無報應 天下凶徒人食人

이렇게 주통제는 두 사람을 때려죽여 지방의 큰 해독을 없애버렸다. 그런 뒤에 이안에게,

"부둣가의 큰 술집은 원래 주인에게 돌려주고, 본전만 거두어 집으로 가져오도록 하거라!"

하고 분부했다. 또 따로 춘매에게 당부하기를,

"집에서 진경제를 위해 누칠[累七](불교 용어로 사람이 죽은 뒤에 이레마다 제사를 지내는 것으로 모두 사십구일 동안 제사를 일곱 번 지냄) 제사를 지내고 경을 읽어준 다음에 성 밖에 있는 영복사에 좋은 날을 택해 묻어주도록 하구려."

그러고는 이안과 주의를 남겨 집을 보게 했다. 그는 주충과 주인을 데리고 군문으로 가서 시중을 들게 했다.

춘매는 저녁에 손이랑과 함께 술좌석을 마련해 송별연을 마련했는데 자기도 모르게 두 줄기 눈물이 흘러내렸다. 눈물을 흘리며,

"나리께서 이번에 떠나시면 언제쯤 돌아오시는지요? 싸움터에 나가시더라도 부디 몸조심하세요. 변방에 오랑캐들이 창궐하여 시끄러우니 절대로 적을 우습게 보지 마세요!"

하니 이에 주통제는 고개를 끄떡이며,

"당신이나 집안에서 마음을 깨끗이 하고 욕심을 부리지 말고 아기나 잘 보고 있구려. 쓸데없는 걱정은 하지 말고! 나는 기왕에 나라의 녹을 먹는 벼슬아치니 국가를 위해 충성을 하고 보국을 해야 하오. 길흉존망[吉凶存亡]은 모두 하늘에 달려 있는 것이라오!"

그렇게 수차례나 신신당부를 하고 하룻밤을 보냈다. 다음 날 군마

와 병사들이 모두 성 밖에 집결하고는 통제[統制]가 나와 출발하기를 기다리고 있었다. 사람과 말들이 질서정연하게 도열하고 있는 모습이란,

비단 기에 비단 띠 휘날리고
북소리 속에 징소리도 울려 퍼지네.
세 가닥 날창, 다섯 가닥 날창
창마다 찬란한 가을 서리 내려앉은 듯하고
육화창[六花槍]과 점동창[點銅槍]에는
분분하게 흰 눈이 내려 있는 듯
토벌한다는 깃발을 앞세우고
강한 활을 지닌 자들이 앞장선다.
화포가 수레 뒤를 따르고
큰 도끼와 칼들이 그 뒤를 따른다.
안장 위의 장군은 남산의 용맹스런 호랑이 같고
사람마다 고집스레 싸움하기를 좋아하며
말 아래의 사람들은 북해의 교룡과도 같이
말에 올라 다투어 싸움을 하자 하네.
참말로 창칼이 흐르는 물처럼 흘러가니
과연 인마의 행렬이 바람처럼 빠르구나.
繡旗飄號帶 畵鼓間銅鑼
三股叉 五股叉 燦燦秋霜
六花槍 點鋼槍 紛紛瑞雪
蠻牌引路 强弓硬弩當先

火炮隨車 大斧長刀在後

鞍上將似南山猛虎 人人好鬪偏爭

坐下馬如北海蛟虯 騎騎能爭敢戰

端的刀槍流水急 果然人馬撮風行

가는 길에는 별일이 없었다.

그러던 어느 날 사방 경계를 하던 병졸이 와서 전하기를,

"앞으로 더는 가지 마시고, 말과 병사들을 잠시 동편부에 머물게 하십시오."

하니, 이에 통제는 '영[令]'자가 쓰인 남색 깃발을 성안으로 들여보내고 군마를 잠시 성 밖에 머물게 했다. 순무 장숙야는 주통제의 인마가 도착했다는 소식을 듣고 동평부 지부 달천도[達天道]와 함께 아문 밖으로 나가 그를 영접했다. 장숙야와 달천도는 주통제를 대청으로 안내하여 서로 인사를 나눈 뒤 군무를 상의하고, 군사적 상황을 경청하고는 하룻밤을 머물렀다. 다음 날 아침 일찍 수비를 하기 위해 고양관[高陽關]으로 출발했으니 이 일은 여기에서 접어두자.

한편 사가주점에 있던 한애저 모녀는 진경제가 장승의 손에 죽었다는 소식을 들었다. 이 소식을 듣고 한애저는 주야로 울기만 할 뿐 먹지도 마시지도 않았다. 그러면서 오로지 성안 주수비의 집으로 가서 진경제의 시신이라도 한번 봐야만 죽어도 눈감을 수 있겠노라고 생각했다. 부모와 주위 사람들이 아무리 말려도 말릴 수가 없었다. 이에 한도국도 더는 어찌지 못하고 술집의 하인을 시켜 통제부로 가서 사정을 알아보게 했다. 알아보니 영구는 이미 출관을 했고, 시신

은 벌써 성 밖 영복사에 안장해놓았다는 것이다. 하인이 돌아와 이 같은 사실을 알려주니 한애저는 한마음으로 진경제의 무덤에 가서 지전이라도 불사르고 한차례 울어주기라도 해야 진경제와 나눈 정에 보답하는 길이라고 우겨댔다. 부모들도 더는 어쩌지 못하고 한애저가 하자는 대로 내버려두었다. 그래서 결국 가마 한 대를 빌려 영복사로 가서 장로에게 묻기를,

"어느 곳에 묻었는지요?"

하니 장로는 사미승을 시켜 절 뒤쪽으로 안내하게 했다. 그곳에 이르러 사미승이,

"새로 만든 저거예요."

하고 가르쳐주었다. 이에 한애저는 가마에서 내려 무덤 앞으로 가서 지전을 태우고 절을 올리며,

"사랑하는 님이여, 내 사랑아! 저는 당신과 백년해로하기로 철석같이 맹세했는데, 오늘 누가 당신께서 이렇게 죽을 줄 알았나요?"

하면서 방성대곡을 하다가 그만 정신을 잃고 머리를 땅바닥에 들이박고는 죽은 듯이 누워 있었다. 놀란 한도국과 왕륙아는 앞으로 나가 화급히 애저를 부축해 안으며,

"애야!"

하고 불렀으나 대답이 없자 당황하여 어찌할 줄을 몰랐다.

그날은 바로 진경제를 장사지낸 지 사흘째 되는 날로 춘매와 진경제의 부인인 갈취병이 가마를 타고 하인들을 거느리고 소, 돼지, 양 등을 준비하여 제사상을 차려와 진경제의 무덤에 흙을 더 덮어주고 지전을 태우려 했다. 그들이 무덤에 이르고 보니 웬 젊은 여인이 흰 상복 차림에 흰 쪽을 지고 땅바닥에 엎드려 울고 있는 것이었다. 또

한 그녀의 곁에는 중년 남자와 여인이 그녀를 부축해 안아 일으키고
있는데 또다시 넘어져 인사불성이 되었다. 춘매와 갈취병은 그들을
보고 크게 놀라서,

"저 남자는 누구지?"

하고 물으니 한도국 부부는 나아가 인사하며 지난 일들을 자세히 얘
기하면서,

"이 애는 저의 딸 한애저입니다."

라고 했다.

춘매는 애저라는 이름을 듣자 예전에 서문경의 집에 있을 적에 본
기억이 났고 또 왕륙아도 알아봤다. 한도국은 다시 동경 채태사의 집
에서 어찌해서 떠나오게 됐는지 쭉 설명해주었다. 그러면서,

"제 딸이 진나리와 한번 만난 적이 있었지요. 그런데 뜻하지 않게
이렇게 돌아가시자 이곳에 와서 죽은 분께 지전이라도 올리자고 우
겨서 왔는데 저렇게 울다가 그만 혼절해버렸어요."

하면서 내외가 한참을 주무르고 쓰다듬자 한애저는 겨우 가래침을
뱉어내고 정신을 차렸다. 깨어나서도 흐느끼며 눈물만 흘릴 뿐 소리
도 제대로 내지 못했다. 그렇게 한차례 울고 나서 자리에서 일어나
춘매와 취병에게 날 듯이 절을 네 번 올리면서,

"저와 진나리는 한차례 부부의 연을 맺고, 산과 같이 바다와 같이
철석같은 맹세를 하였으니 그 정은 실로 깊었어요. 진실로 그분과 백
년해로하기를 바랐는데, 하늘이 사람이 바라는 대로 되지 않고 나리
먼저 세상을 떠나고, 저만 이 황량한 세상에 남겨놓을 줄 누가 알았겠
어요! 나리께서 살아 계실 적에 저한테 오릉[吳綾]산 비단 손수건을
하나 주셨는데 그 위에 사랑의 시구 네 구가 쓰여 있어요. 집안에 본

부인이 계시다는 걸 잘 알고 있기에 저는 첩이 되는 것도 좋다고 생각하고 있었어요! 만약 제 말을 믿지 못하겠다면 보여드리겠어요."

하면서 소맷자락 안에서 손수건을 꺼냈다. 손수건에는 네 구의 시구가 적혀 있었는데 춘매와 갈취병이 함께 이를 보니,

> 오지[吳地]에서 나는 손수건에 사연을 적으니
> 힘 있게 든 붓에 먹 자국 역력하네.
> 다정한 한애저에게 보내오니
> 난봉처럼 영원토록 백년해로 해보세.
> 吳綾帕兒織廻紋 酒翰揮毫墨跡新
> 寄與多情韓五姐 永諧鸞鳳百年情

애저가 다시,

"저도 제가 가지고 있던 작은 향주머니를 나리께 드려 몸에 지니고 다니게 했어요. 원앙 두 마리가 서로 머리를 맞대고 있는 모습을 수놓은 것이에요. 매 연꽃을 수놓고 '사랑하는 님께 드립니다'라고 글자를 써놓았어요."

하니 이 말을 듣고 춘매가 취병에게 물었다.

"어째 그 향주머니가 보이지 않지?"

"쓰러져 있을 적에 바지에 매달려 있었잖아요? 그래서 제가 염을 할 적에 같이 관 속에 넣었어요."

제사를 마치고 춘매는 한애저 일행과 함께 절로 돌아와 차를 끓이고 음식을 내와 먹게 했다. 한씨 내외는 날이 어두워지는 것을 보고 애저에게 어서 자리에서 일어나라고 재촉했다. 그러나 애저는 전혀

떠날 생각을 하지 않으며 춘매와 갈취병 앞에 무릎을 꿇고 울면서 말했다.

"부모님과 돌아가지 않고 언니와 함께 수절하며 홀로 살아가겠어요. 이것이야말로 나리에 대한 제 애틋한 사랑을 나타내는 것이기도 하구요! 살아서는 나리의 첩이었으니, 나리의 영혼 곁에라도 있겠어요!"

이 말을 듣고서 취병은 아무런 말도 하지 않았다. 다만 춘매가 말했다.

"아가씨는 나이도 젊은데 왜 수절을 한다고 그래? 공연히 좋은 시간을 헛되이 보내지 말아요!"

"무슨 말씀이세요? 저는 이미 나리의 사람인지라 눈알을 빼내고 코를 베어간다고 할지라도 수절하며 절대로 다른 사람에게 시집가지 않겠어요!"

그러면서 한씨 내외에게,

"아버지, 어머니는 집으로 돌아가세요. 저는 마님과 언니를 따라 부중으로 가겠어요!"

하니 이 말을 듣고 왕륙아는 눈물을 흘리며 탄식하기를,

"나는 너와 함께 우리 부부가 늙어 죽을 때까지 함께 살기를 바랐단다. 그래서 너를 호랑이굴에서, 용이 사는 연못에서 빼내왔건만 오늘 갑자기 우리를 뿌리치고 가려 하다니!"

그러자 애저는 말했다.

"저는 안 가요. 저를 집으로 데려가면 죽어버리고 말겠어요!"

한도국은 딸 애저가 고집을 부리며 한사코 돌아가려고 하지 않자, 더는 어쩌지를 못하고 왕륙아와 함께 대성통곡을 하고 눈물을 흘리

며 작별하고 임청에 있는 술집으로 돌아갔다.

　한애저는 춘매와 취병과 함께 가마를 타고 부중으로 돌아갔다. 왕
륙아는 가는 도중에 딸을 차마 떠나보내기 비통하고 서러워 울고 또
울면서 발걸음을 떼었다. 한도국은 날이 어두워질까 두려워 나귀 두
필을 빌려 급히 갈 길을 재촉했다.

　말은 더디고 마음은 조급하고 길은 멀고
　몸은 부평초 같아 바람 따라 떠돌고 있네.
　단지 성문 위의 저 달만이
　동서로 한을 지닌 채 이별하는 사람을 비추네.
　馬遲心急路途窮 身似浮萍類轉蓬
　只有都門樓上月 照人離恨各西東

하늘의 도(道)가 순환함을 누가 알랴

한애저는 호주로 가 부친을 찾고,
보정 스님은 죽은 자들을 제도하다

격언에 이르기를,

인생에서 모두가 영웅이 될 수는 없으며
하는 일과 정교함과 조잡함은 모두 다르리.
용맹스런 호랑이도 때로는 싫어하는 짐승을 만나며
독사도 오히려 지네를 두려워한다네.
제갈공명은 맹획*을 일곱 번 잡고
관우는 여몽**에게 두 번이나 혼이 났네.
진중한 이안은 참으로 지혜로운 자
높이 날아 시비의 문을 벗어나는구나.

人生切莫將英雄 求業精粗自不同

猛虎尙然遭惡獸 毒蛇猶自怕蜈蚣

七擒孟獲恃諸葛 兩困雲長羨呂蒙

---

* 맹획은 삼국시대 촉한의 이족[彝族] 부락 수령으로 일곱 차례나 촉에 반기를 들어 싸움을 걸어왔으나 그때마다 촉한의 재상이었던 제갈량에게 붙잡혀 다시 놓아주자 제갈량에게 감동하여 투항을 함

** 여몽은 자가 자명[子明]으로 오[吳]의 명장. 형주[荊州]를 평정하며 관우를 어렵게 만듦. 나중에 잔릉후[孱陵侯]에 봉해짐

珍重李安眞智士 高飛逃出是非門

  한도국과 왕륙아는 사가주점으로 돌아왔으나 그나마 의지하던 딸
도 떠나고, 일거리는 물론 변변한 수입도 없이 쓰기만 하였다. 그래
서 진삼을 보내 다시 하관인을 불러오게 했다. 하관인은 유이가 죽어
없어져 큰 골칫거리가 사라지자 예전처럼 왕륙아의 집에 드나들며
재미를 보았다. 그러면서 한도국과 상의했다.

  "자네 딸 애저는 이미 수비 부중으로 들어가 수절을 하고 다시는
밖으로 나오지 않을 걸세. 내 이 물건들을 다 팔고, 외상을 수금한 다
음에 자네 부부는 나와 함께 호주로 돌아가는 게 어떻겠나? 공연히
이곳에 남아서 이 짓도 더 하지 말고 말일세!"

  "그렇게만 할 수 있다면 얼마나 좋겠어요!"

  하관인은 화물을 다 팔고 외상 잔금도 모두 수금한 다음 배를 한
척 빌려 왕륙아 내외와 함께 호주로 출발했다.

  한편 한애저는 부중에서 갈취병과 함께 수절하며, 서로 형님 동생
해가며 사이좋게 지냈다. 낮에는 춘매와 함께 자리했다. 이때 금가도
이미 여섯 살이었고, 손이랑이 낳은 옥저는 열 살이었다. 두 아이를
돌보며 지내는 것이 그녀들의 하루 일과였고 또한 유일한 낙이었다.
그러니 무슨 일이 생기랴! 허나 춘매한테는 그렇지도 않으니 진경제
가 죽고 수비도 또다시 출정을 했다. 이에 매일 낮에는 맛있는 음식
에 비단 옷을 걸치고, 머리에는 금과 옥과 구슬 등 온갖 진귀한 장식
들로 치장하며 남부럽지 않게 지냈다. 그러나 밤에는 그렇지가 못해
홀로 베개를 베고 누우니 타오르는 듯한 욕정은 억누를 수가 없었다.
하여 주위를 돌아보니 바로 이안이 듬직한 사내대장부로 보였다. 이

안은 장승을 때려죽인 다음 아침저녁으로 십분 주위 경계를 세심하게 했다. 때는 바야흐로 겨울철이었다. 이안이 마침 숙직실에서 숙직을 서고 있는데 갑자기 누군가가 뒷문을 두들기는 소리가 들렸다.

"누구요?"

"문을 열어보면 알 거예요."

이에 이안이 문을 열어보니 한 사람이 안으로 뛰어들어와 등잔불 뒤에 섰다. 등불에 비친 이를 쳐다보니 다름 아닌 유모 금궤[金匱]였다. 이안이 놀라 물었다.

"아니, 유모가 이 밤에 이곳까지 웬일이십니까?"

"그냥 온 게 아니라 제 방 마님의 심부름으로 왔어요."

"마님이 무슨 일로 보내셨죠?"

이 말을 듣고 금궤가 미소를 지으며,

"참 눈치도 없으시군요! 금방 잠에서 깨어나셨나요? 저더러 이 물건을 당신께 갖다드리라고 하셨어요."

하면서 등에 지고 있던 옷 보따리를 내려놓으며,

"이것을 당신께 드리래요. 보따리 안에 몇 가지 옷이 있는데 당신 어머니께 갖다드리라며 주셨어요. 일전에 당신이 수고해 나리의 수레를 안전하게 호송해왔고 또 마님 목숨을 구해주셨다면서. 그렇지 않았으면 아마도 장승 놈 손에 죽었을 거예요!"

말을 마치고 옷을 내려놓고 문 앞으로 몇 발짝 가다가 다시 몸을 돌려서,

"아참, 아직 한 가지 중요한 게 있어요!"

하면서 쉰 냥짜리 대원보 은자 하나를 꺼내 이안에게 건네주고 밖으로 나갔다. 그날 밤은 그렇게 지냈다.

이튿날 이안은 아침 일찍 일어나 옷 보따리를 들고 서둘러 집으로 향했다. 집에 도착한 이안이 보따리를 건네자 이를 받아본 어머니가 묻기를,

"어디서 난 물건들이냐?"

하니 이안은 간밤에 있었던 일들을 한차례 얘기해주었다. 이안의 어머니는 이 말을 듣고 탄식하며 말했다.

"당초에 장승이 못된 짓을 해서 곤장 백 대를 맞고 죽었잖아. 그런데 춘매 그 사람이 오늘날 너한테 이런 물건을 준 것이 무슨 뜻이겠느냐? 나는 올해로 예순이 넘었어. 네 아버지가 죽은 이후에 오로지 너만을 바라보고 살아왔단다. 그런데 만약에 너한테 무슨 일이 생긴다면 나는 누구를 의지하고 살아가란 말이냐? 내일 아침에는 가지 말거라!"

"내가 가지 않으면, 사람을 보내 부르러 올 텐데 어떻게 하지요?"

"그렇다면 잠시 삼촌인 산동야차 이귀가 있는 곳으로 가서 몇 달 동안 있다가 다시 와. 그때 사정을 보는 게 어떻겠니?"

이안은 부모의 말을 잘 듣는 효자인지라, 바로 어머니의 말대로 짐을 꾸려 청주부[淸州府]에 있는 이귀 삼촌한테 갔다.

춘매는 그 뒤로 이안이 오지 않자 수차례나 사람을 보내 불렀다. 그러자 이안의 어미는 처음에는 이안의 몸이 아프다고 둘러댔으나, 나중에 심부름꾼이 그러면 얼굴이라도 보고 돌아가겠다고 하자 그제야 더는 어쩌지 못하고 고향으로 생활비를 가지러 갔다고 말해주었다. 이에 춘매는 마음속으로 앙심을 품었으나 이 일은 여기에서 접어두자.

시간의 흐름은 빠르고도 빨라 어느덧 섣달도 다 지나고 날도 풀린

정월의 초순이었다. 주통제는 병사 만 이천 명을 거느리고 동창부에 오랫동안 주둔하고 있으며, 하인 주충을 시켜 편지를 보내 춘매와 손이랑 그리고 금가와 옥저를 데리고 동창부로 건너오라고 했다. 이에 그들은 가마에 오르며 주충을 남겨 집을 보라 이르면서,

"동장[東庄]에 있는 둘째 아저씨한테 집을 좀 봐달라고 하세요."

하고 부탁했다. 원래 주통제에게는 사촌동생인 주선[周宣]이 있었는데 동장에 살고 있었다. 주충은 부중에 남아 주선과 갈취병과 한애저와 함께 집을 봤다. 주인과 여러 군졸들은 수레를 호위하며 동창부로 출발했다. 그러나 이렇게 한번 떠난 것이 잠시 떠남이 아닌 다시는 돌아올 수 없는 영원한 떠남인 줄을 누가 알았겠는가! 시 한 편이 주통제를 잘 말해주고 있으니 그는 과연 훌륭한 장군이자 인재였다. 주통제는 당시 중원의 어지러움을 다 쓸어버리고 오랑캐를 집어삼킬 의지와 호기[豪氣]를 지니고 있었으니, 그 시란,

사방에서 도적이 벌떼처럼 일어나니
낭연[狼烟]*이 작렬하여 하늘을 붉게 물들이누나.
장군이 노하니 하늘이 조용해지고
성전[腥膻]**도 다 쓸어버리고
오랑캐도 바람에 날려보낸다.
국가의 일을 위해 사사로움을 잊은 지 오래
나라를 위해 이 몸을 바쳤네.
창검을 번쩍이며 전장에 나섰으니

---

* 승냥이의 배설물에 불을 지펴 태우는 연기. 고대에 이것으로 신호를 보냄
** 고대 변방의 소수민족을 멸시의 뜻으로 칭하는 말

기린각[麒麟閣]*에 그 공이 으뜸으로 올려진다.

안문관[雁門關]**에 가을바람 세차게 부니

갑옷 입고 투구 쓰고 차가운 달 아래 누워 있네.

전장을 넘나든 지 어언 이십여 년

귀밑머리가 마치 눈처럼 하얗구나.

천자께서 널리도 밝게 살피시어

몇 번인가 격려의 편지를 보내주셨지.

크나큰 대장군의 금인을 팔에 걸치니

당당한 칠 척 체구도 감당키 어렵구나.

四方盜起如屯蜂 狼煙烈燄薰天紅

將軍一怒天下息 腥膻掃盡夷從風

公事忘私願已久 此身許國不知有

金戈抑日酬戰征 麒麟圖畫功爲首

雁門關外秋風烈 鐵衣披張臥寒月

汗馬辛勤二十年 嬴得班班鬢如雪

天子明見萬里餘 幾番勞勤來旌書

肘懸金印大如斗 無負堂堂七尺軀

여러 날 만에 주인은 주통제의 가족과 수레를 안전하게 보호하여
동창부에 도착했다. 통제는 춘매와 손이랑과 금가와 옥저 등과 여러
하인들이 모두 도착했고 오는 길에 아무 일도 없었다는 얘기를 듣고

---

* 한무제 때 미앙궁[未央宮] 내에 기린각을 건립하고 그 안에 곽광[霍光] 등 열두 공신들을 그려 넣음. 후
세에 공이 있는 신하를 지칭함
** 지금의 산서성에 있으며, 고대로 중요한 방어 요지를 일컬음

대단히 기뻐했다. 하여 그들을 바로 안채로 안내해 머물게 했다. 주인은 동장에 있는 둘째 어른 주선을 모셔다가 부친인 주충과 함께 집을 보도록 했다고 보고했다. 통제는 이를 다 듣고 나서,

"그런데 어째서 이안이 보이지 않지?"

하고 물으니 춘매가 나서서 말했다.

"아직도 이안 그놈의 자식 이름을 들먹여요? 저는 그놈이 장승을 잡아주었기에 고마운 마음에 옷을 몇 벌 주어 그의 어미한테 전해주도록 했지요. 그랬는데 밤에 순찰을 돌다가 둘째 주선 어른이 동장에서 걷어와 탁자 위에 올려놓았던 경작료 은자 쉰 냥을 훔쳐 달아났어요. 그래서 몇 번이나 하인을 시켜 불렀으나 아프다는 핑계를 대고 오지를 않는 거예요. 나중에 다시 부르러 가봤더니 청주 고향집으로 도망을 갔더군요!"

이 말을 듣고 통제는 버럭 화를 내며 말했다.

"내 그놈을 잘 보았는데 그렇게 배은망덕하고 싸가지가 없을 줄이야! 천천히 사람을 보내 그놈을 잡아와야겠군!"

춘매는 한애저의 일은 한마디도 꺼내지 않았다.

며칠이 지나 춘매는 통제가 온종일 정신없이 군무와 조정의 일에 노심초사하며 제대로 먹지도 자지도 못하는 것을 보았다. 그러니 자연 침상 위에서의 남녀 간의 일이란 전혀 안중에도 없었다. 그러나 불같이 타오르는 육체의 정념을 참지 못한 춘매는 하인 주충의 둘째 아들 주의[周義]가 나이도 열아홉에 생김도 빼어나고 이목구비가 수려한 것을 보고 눈을 몇 번 맞춘 뒤에 몰래 사통을 하여 마침내 살을 섞어 한몸이 됐다. 아침저녁으로 둘은 방 안에서 함께 바둑도 두고 술도 마시며 재미를 보곤 했는데, 이 사실은 오직 주통제 한 사람만

알지 못했다.

이 무렵 북에 있던 금[金]나라는 요[遼]를 멸하고, 동경에서 흠종 황제가 새롭게 등극한 것을 보고 그동안의 화의를 깨뜨리고 군대를 대대적으로 소집해 두 갈래로 나누어 어지러이 중원 땅을 침공했다. 금국의 대원수 점몰갈[粘沒喝]은 십만의 인마를 거느리고 산서 태원부[太原府]를 거쳐 정형도[井陘道](대행산[大行山]의 지맥으로 정경관이라는 험로가 있음. 동경으로 가는 군사적 요지)를 지나 동경을 위협했다. 한편으로 또 부원수 간리불[幹離不]은 단주[檀州](지금의 밀운현[密雲縣] 일대)를 지나 고양관을 위협했다. 변방을 지키기에는 역부족이었기에 당황한 병부상서 이강[李綱]과 대장군 종사도는 밤새 긴급 서신을 띄워 산동, 산서, 하남, 하북, 관동, 섬서 여섯 방향의 통제들에게 인마를 잘 통솔해 요새를 잘 방어하고 금군을 섬멸하라는 명령을 하달했다.

그때 섬서의 유연경[劉延慶]은 연수[延綏](연주와 수주)의 군사를 거느리고, 관동의 왕품[王稟]은 분강[汾絳](분주와 강주)의 군사를 거느렸으며, 하북의 왕환[王煥]은 위박[魏博](위주와 박주)의 군사를, 하남의 신흥종[辛興宗]은 창위[彰衛](창주와 위주)의 군사를, 산서의 양유충[楊惟忠]은 택로[澤潞](택주와 노주)의 군사를, 그리고 산동의 주의는 청연[靑兗](청주와 연주)의 군사를 거느리고 있었다.

한편 주통제는 금군이 대대적으로 경계를 침입할 적에 마침 병부에서 내려온 긴급 명령을 받고 급히 군마를 정돈하고 무장을 한 다음에 군사를 진군케 했다. 이때 앞선 말들이 고양관에 이르러 보니 금국의 간리불이 인마를 이끌고 이미 관내로 들어와 사람과 말들을 수없이 죽이고 있는 것이었다. 때는 바야흐로 오월 초순, 쌍방이 진을 치고 대치하니 사방에서 누런 흙먼지가 날리고 큰바람이 일어 눈을 가렸다. 주통제는 이에 굴하지 않고 군사들을 독려하여 앞으로 진공했다. 그러나 뜻하지 않게 간리불의 군사가 반격을 하며 화살을 날렸는데 곧장 주통제의 목을 관통하니 말에서 떨어져 죽고 말았다. 화살에 맞은 주통제가 말에서 떨어지자 금나라 군사들은 갈고리를 써서 주통제의 시체를 끌고 가려고 했다. 이에 주통제의 수하 장수들이 앞으로 달려들어 온 힘을 다해 시신을 빼앗아 말에 싣고 겨우 돌아왔다. 그때 죽고 다친 사람은 이루 다 헤아릴 수가 없었다. 가련한 주통제는 결국 전쟁터에서 죽고 말았다. 그때 나이 마흔일곱이었으니 실로 애달프구나!

국가를 위해 충성을 다한 어진 장군, 어질고 우둔함 없이 모래를 붉게 물들이누나.

후세 사람이 시를 지어 나라 위해 목숨을 바친 주통제를 기리니,

승패는 병가[兵家]의 일을 예측할 수 없고
안위는 오로지 명에 따르는 것.
출정을 해 이 몸이 먼저 죽으니
떨어지는 해가 강물에 지듯 슬프기 그지없네.
勝敗兵家不可期 安危端自命爲之
出師未捷身先喪 落日江流不勝悲

또 「자고가 하늘에 노니네[鷓鴣天]」가 있으니,

국가의 안정을 지키는 대장부가

마음속 바른 포부로 오랑캐를 삼키려 하네.

나라의 일을 집안일처럼 돌보고

군사를 지휘하는 데는 음부[陰符]*를, 몸에는 호부[虎符]를 지녔네.

오랑캐는 용맹스럽고, 군기는 해이하며

병사들은 목숨을 아끼고 장군은 교만하니

가엾게도 전쟁터에서 죽어가는구나.

천 년이 지나도 영웅의 한은 풀지 못하리.

定國安邦美丈夫 心存正道氣吞胡

謨謀國事如家事 軍用陰符佩虎符

胡騎盛 武功弛 兵不用命將驕癡

可憐身死沙場內 千載英魂恨未舒

순무 장숙야는 주통제가 전장에서 숨을 거두자, 급히 징을 쳐서 군대를 철수시켰다. 철수하며 살아남은 군사와 부상당한 군사들을 점검했다. 동창부로 철군하여 그날 밤 조정에 이 같은 사실을 알렸다.

한편 부하들은 주통제의 시신을 거두어 동창부로 돌아왔다. 주통제의 주검을 보고 춘매를 비롯한 집안의 모든 남녀노소가 목놓아 우니 그 울음소리가 하늘을 진동했다. 나무를 구해 관을 짜고 염을 하고는 병부인신[兵符印信](군사의 장악을 표시하는 관인)을 관청에 반납했다.

그러고는 며칠이 지난 어느 날 춘매와 하인 주인[周仁]은 발상을 하고 영구를 싣고 청하현으로 돌아갔는데 이 일은 여기에서 접어두자.

이쯤에서 얘기는 두 갈래로 나뉜다.

---

* 고대 군중[軍中]에서 사용한 통신 비밀 암호문으로 군사적 상황이나 작전을 표기함

주통제 집에 남아 있던 갈취병과 애저는 춘매가 떠난 뒤에 집에 머물며 맑은 차에 소박한 반찬을 먹으며 수절을 하고 정절을 지키며 하루하루를 보냈다. 그러는 가운데 봄이 가고 여름이 찾아오니 만물이 새롭게 솟아올랐다. 자매는 하루 종일 바느질을 하다가 지쳐 서재 쪽에 있는 화원 안의 정자 위로 올라갔다. 온갖 꽃이 만발하고 꾀꼬리가 지저귀며 제비가 우짖는 경치를 바라보니 가슴 아픈 감회가 샘솟았다. 갈취병은 그래도 참을 수 있었으나 한애저는 갑자기 사랑하는 진경제의 생각이 떠오르자 모든 것이 서글프고 애처롭기만 했다. 사물을 돌아보니 슬픔만이 솟구쳐 더욱 가슴이 메어지는 듯했다. 그래서 가슴속의 서글픈 심정을 시로 읊었다.

먼저 갈취병이,

꽃이 피고 정원에는 햇살이 밝은데
굳게 중문을 걸어 잠근 밝은 대낮
은 병풍에 기대어 낮잠에서 깨어나니
푸른 홰나무 가지 위에서 꾀꼬리 운다.
花開靜院日初晴 深鎖重門自畫淸
倒倚銀屛春睡醒 綠槐枝上一聲鶯

애저가 읊기를,

일 많던 봄이 가고 여름이 오니
신을 살짝 끌고 주렴을 나서네.

밤이 되어 근심스레 화장대에 홀로 서나
누구를 위해 곱게 눈썹을 그린단 말인가!
春事闌珊首夏時 弓鞋款款出簾遲
晚來悶倚粧臺立 巧畫蛾眉爲阿誰

취병이 다시,

붉은 비단 드리운 거울이 비단 창을 비출 때
눈썹을 팔자로 비스듬히 그려보네.
사뿐히 걸음을 옮겨보지만 어디로 갈거나
계단 앞에서 웃으며 석류꽃을 꺾는구나.
紅綿掩鏡照窓紗 畫就雙蛾八字斜
蓮步輕移何處去 階前笑折石榴花

애저가 또다시,

눈 같은 용모에 옥같이 깨끗한 정신
풍류를 떨쳐버리고 깨끗이 살아가네.
그림자를 보니 가련하고 애석도 하구나
새롭게 화장을 한들 누구를 위함인가.
雪爲容貌玉爲神 不遣風流浼此身
顧影自憐還自惜 新粧好好爲何人

취병이 또,

사초풀은 두텁기가 양탄자 같고
땅바닥에 어지러이 널려 있는 느릅은 동전인 듯
바람둥이가 얼마나 경박한지를 누가 알랴.
진종일 술에 취해 꽃 밑에서 잠을 자누나.
莎草連綿厚似氈 楡莢遍地亂如錢
誰知蕩子多輕薄 沉醉終朝花下眠

애저가 또,

마음이 어지러워 눈살을 찌푸리고
왜 요사이 얼굴이 초췌해지는가.
이별을 했어도 늘상 마음에 떠오르나
청천으로 가는 길이 없어 만날 수가 없구나.
亂愁依舊鎖翠峰 爲甚年來憔悴容
離別終朝魂耿耿 碧霄無路得相逢

　　두 자매는 이렇게 시를 읊조리고 나서 처절한 마음에 자기들도 모르게 눈물을 흘렸다. 이때 주선이 다가와서 위로를 하면서 달래기를,
　　"두 분 자매님들, 그만 괴로워하세요! 마음을 넓게 먹고 지나간 일들을 잊도록 하세요. 저도 매일 밤마다 꿈을 꾸는데 조금 불길해요. 꿈에 큰 활 하나가 깃대 위에 걸려 있었는데, 갑자기 깃대가 부러졌어요. 좋은 꿈인지 나쁜 꿈인지 모르겠어요!"
하니 이 말을 듣고 한애저가 말하기를,
　　"혹시 출정하신 주통제 나리의 신변에 무슨 안 좋은 일이 생긴 게

아닐까요?"

이렇게 애저가 자기 나름의 생각을 말하고 있는데 하인인 주인이 하얀 소복을 입고 허겁지겁 안으로 들어오며,

"큰일이 벌어졌어요! 나리께서 오월 초이렛날 변방 고양관의 싸움에서 전사하셨어요! 큰마님과 둘째 마님을 비롯한 식솔이 영구를 모시고 모두 돌아왔습니다."

하고 전갈을 했다. 놀란 주선은 급히 앞채로 나가 대청을 깨끗하게 정돈한 뒤 영구를 안치하고 제사상을 차려놓고 온 집안 식구들이 모두 곡을 했다. 한편으로는 누칠[累七](사람이 죽고 나서 이레마다 제사를 지내는 것)을 지내기로 하고 중과 도사를 불러 경을 읽게 했다. 금가와 옥저도 삼베옷에 상복을 입었다. 문상객들이 오가고 택일을 해 조상의 선영에 안장을 했다.

한편 주선은 여섯 살 난 금가를 데리고 문서를 작성해 조정에 상주하여 제장[祭葬](조정의 고관 및 전공이 탁월한 자가 죽은 뒤에 조정에서 관원을 파견하여 제사를 올리고, 제문을 낭독해주는 것)을 해줄 것과 조상의 직책을 세습할 수 있게 해달라고 했다. 이에 조정에서 조서를 내리기를,

병부와의 심의를 거쳐 상주를 받아들임. 고인이 된 주통제는 몸을 바쳐 국가에 충성을 다했고, 임금을 위해 목숨을 바쳤으니 그 충성과 용맹함이 가히 칭송할 만하다! 이에 관원을 파견해 제단을 만들어 제사를 주관해 지내주게 하고, 도독[都督]의 직을 추봉[追封]하노라. 고인의 아들자식은 전례에 비추어 우대할 것이며, 성인이 되면 고인의 직위를 승계하도록 이르노라.

주통제의 장례를 원만히 치르고 모든 것이 평온을 되찾았으니, 춘매는 좋은 음식을 먹고 좋은 옷을 입고 아무것도 아쉬울 것 없이 지냈다. 그러나 춘매는 천성적으로 타오르는 음욕은 어찌 누를 길이 없고, 오히려 시간이 지날수록 왕성해지는 것이었다. 하여 주의[周義]를 방 안으로 불러 두문불출하며 진종일 잠자리를 했다. 음욕이 과도하다 보니 자연히 골증노병[骨蒸癆病](과도한 성생활로 신장이 허해지고 손상이 오는 병으로 색로[色癆], 방실로[房室癆], 색욕상[色欲傷]이라고도 함) 증세가 나타났다. 매일 약을 복용했으나 음식 양도 줄고 정신도 희미해지며 몸은 마른 장작처럼 삐쩍 말라만 갔다. 그런데도 음욕은 멈추지 않아 그 짓거리만은 계속 했다. 춘매의 생일이 지난 다음 날인 유월의 무더운 여름, 이른 아침부터 춘매는 주의를 끌어안고 침상 위에서 한 번 잠자리를 하고 나서 코와 입으로 찬 기운을 내뿜고 음수를 질펀하게 밑으로 내리쏟고는, 오호 애재라! 슬프게도 주의의 배 위에서 숨을 거두고 말았다. 춘매의 그때 나이 스물아홉이었다.

　주의는 춘매의 숨이 끊어지자 더럭 겁이 나서 손발을 제대로 움직이지 못했다. 정신을 겨우 차리고는 춘매의 장롱에서 금은보화를 훔쳐내 몸에 지니고 밖으로 줄행랑을 쳤다. 하녀와 유모는 감히 더는 덮어두어 속이지 못하고 바로 주선에게 사실대로 고해바쳤다. 이에 주선은 곧바로 주충을 결박하여 족치며 그의 자식인 주의의 행방을 다그쳐 물어 그를 앞세우고 주의를 찾으러 다녔다. 밖으로 도망친 주의는 멀리도 가지 않고 성 밖에 있는 고모 집에 숨어 있다가 그들에게 발각되어 포박된 채 끌려왔다. 주선은 이미 내막을 잘 알고 있었고 또 만약에 이러한 집안의 불미스러운 일이 외부로 알려지면 금가가 이후에 장성해 조상의 직책을 이어받는 데 영향이 있으리라고 생각했다. 그래서 주의를 대청 앞으로 끌고 가 불문곡직하고 곧장 마흔 대를 내려쳐 그 자리에서 때려 죽여버렸다. 그러고는 금가를 손이랑에게 맡겨 키우게 하고, 춘매의 시신은 조상의 선영 부근에 주통제와 함께 합장[合葬]했다. 춘매의 시중을 들던 두 유모와 해당과 월계는 모두 자기가 갈 곳으로 가거나 적당한 사람을 찾아 시집을 보내주었다. 하지만 갈취병과 한애저는 아무리 권해도 다른 곳으로 시집가지 않겠노라고 했다.

그러던 어느 날 금나라의 군대가 동경과 변량[汴梁]을 침탈했다. 태상황제[太上皇帝] 휘종[徽宗]과 정강황제[靖康皇帝] 흠종[欽宗]은 모두 포로가 되어 북쪽으로 끌려갔다. 중원 땅에 황제의 자리가 비자 사방이 어수선해지고, 금의 군대가 도처에서 도륙을 자행했으며, 백성들은 사방으로 뿔뿔이 흩어졌다. 백성들은 도탄에 빠지고 정처 없이 떠도는 오갈 데 없는 처량한 신세가 되었다. 많은 금병들이 마침내 산동의 경계까지 침입하여 남편과 처자식들이 서로 생이별을 하게 되니 온 사방 천지에 울음소리가 그치지 않고 부자간에도 서로 돌보지 못했다. 갈취병은 친정 부모가 데리고 가서는 겨우 생명을 건졌다. 홀로 남겨진 한애저는 오갈 데 없는 가련한 신세였으니 어쩌지 못하고 마침내 행장을 간단히 꾸려 남루한 옷으로 갈아입고 청하현을 떠나 임청에 있는 부모를 찾아 나섰다. 임청의 사가주점에 이르고 보니 주점의 문은 이미 오래전부터 잠겨 있었고 주인 또한 어디론가 가고 없었다. 그러다 우연히 진삼을 만나니 진삼이 애저에게 알려주기를,

"당신 부모는 작년에 하대관을 따라 강남에 있는 호주[湖州]로 갔어요."

하니, 이에 애저는 거리에서 월금[月琴]을 안고 노래를 부르며 강남으로 부모를 찾으러 떠났다. 노상에서 허기진 배를 움켜쥐고 밤에는 쉬고 낮에는 갈 길을 재촉했다. 이러한 그녀의 모습이란, 마치 상갓집의 처량한 개 신세와 같았고, 그물에서 막 빠져나온 물고기처럼 다급한 꼴이었는데 발까지 작으니 그 고생이란 이루 다 말할 수 없었다. 그렇게 수일을 걸어 서주[徐州] 지방에 도착했다. 날이 어두워져 한적한 마을로 찾아갔는데 나이가 일흔은 넘어 보임직한 노파가 엉켜 부스스한 머리를 대충 묶고 부엌에서 쌀을 찧어 밥을 지으려고 했다. 이에 한애저는 앞으로 가 인사를 올리며,

"저는 청하현 사람인데, 난리를 만나 강남으로 부모님을 찾으러 가는 길이에요. 날이 저물어 오갈 데가 없으니 할머니 댁에서 하룻밤만 재워주세요. 그럼 내일 아침 일찍 떠나고 방값도 드릴게요."

했다. 노파가 그 말을 듣고 애저의 모습을 찬찬히 뜯어보니 가난한 집의 여인은 아닌 듯싶었고 생김도 예쁘장하고 행동거지도 단아해 보였다.

구름 같은 까만 머리는 손질하지 않았어도
예전에 집안이 부유했음을 말해주네.
먼 산이 비쳐 앉은 듯한 눈썹은
예전에 부귀로웠음을 회상해주네.
오늘 밤은 달이 몽롱해 구름과 안개에 가려 있고
모란꽃이 흙에 묻혀 있구나.
烏雲不整 唯思昔日家豪
眉斂遠山 爲憶當年富貴

此夜月朦雲霧瑣 牡丹花被土沉埋

한애저를 바라보다가 노파가 말했다.

"기왕에 묵을 거면 온돌 위로 올라가 앉으시구려. 나는 밥을 지어 운하를 파는 일을 하는 인부들을 먹여야 한다오."

노파는 아궁이에 장작을 넣고 큰솥에 콩밥을 짓고는 큰 접시에 야채를 썰어놓고 소금을 뿌렸다. 그러고 있는데 몇몇 사내들이 안으로 들어섰다. 한결같이 머리가 덥수룩하고, 잠방이 차림에 진흙을 묻힌 맨발이었다. 안으로 몰려 들어와 삽과 곡괭이를 내려놓으며 말했다.

"할머니, 밥은 다 됐나요?"

"자네들이 알아서 퍼다 먹게나."

이에 그들은 각자 밥과 반찬을 떠서는 사방으로 흩어져 먹기 시작했다. 그중 한 사람은 나이가 서른네댓쯤 되었으며, 구릿빛 얼굴에 누런 머리칼을 하고 있었는데, 그 사람이 노파에게,

"저 온돌 위에 앉아 있는 사람은 누구요?"

하고 물었다. 이에 노파는,

"저 부인은 청하현 사람인데 강남으로 부모를 찾으러 간다나 봐요. 날이 어두워 오늘 하루 이곳에서 묵고 가려고 해요."

하니 이 사람은 다시,

"부인, 성이 어떻게 되십니까?"

하고 물으니 애저가 대답하기를,

"저는 성이 한이고, 부친의 이름은 한도국이에요."

했다. 이 말을 듣고 그 남자가 앞으로 나와 애저를 잡으며,

"얘야, 혹시 내 조카 한애저가 아니냐?"

하니 애저도,

"한이[韓二] 삼촌이시군요."

하고 둘은 끌어안고 울음을 터뜨렸다. 한이가,

"그래, 너의 부모는 지금 어디 계시냐? 너는 동경에 있었는데 여기에는 어쩐 일로 왔지?"

하니 한애저는 하나에서 열까지, 처음부터 끝까지 자세히 얘기해주었다.

"저는 수비부 댁으로 시집을 갔다가 남편이 죽고 난 뒤로 지금까지 수절을 하며 과부로 지냈어요. 그러다가 부모님께서 하관인을 따라 호주로 가셨다는 말을 듣고 그곳으로 찾아가는 길이에요. 난리가 나서 데려다주는 사람도 없고 하여 되는대로 혼자 몸으로 노래를 부르며 겨우 먹을 것과 옷을 얻어 입으며 찾아가고 있어요. 그런데 이곳에서 삼촌을 만날 줄은 생각지도 못했어요!"

"나도 네 부모가 동경으로 떠난 다음 제대로 하는 일도 없고 해서 집도 팔아넘기고 이곳으로 와서 운하를 파는 인부 노릇을 하고 있지. 이 일을 하면서 겨우 목에 풀칠이나 하며 지내고 있어. 기왕에 그렇다면 내 너와 함께 호주로 형님 내외를 찾으러 가지."

이 말을 듣고 애저는 좋아라 하며 말했다.

"만약 삼촌께서 저와 함께 가주신다면 얼마나 좋겠어요!"

한이는 공기밥을 한 그릇 담아 애저에게 먹으라고 건네주었다. 애저가 한 수저 떠보니 잡곡밥인지라 도저히 씹어 삼킬 수가 없어서 단지 반 공기만을 겨우 먹고 더는 먹지 못했다. 그날 밤은 그렇게 지나갔다.

다음 날 날이 밝자 인부들은 일을 하러 모두 떠났다. 한이는 노파에게 방 삯을 주고 애저를 데리고 작별을 고하고 문을 나서 곧장 앞을 향해 출발했다.

한애저는 원래 귀염둥이로 자란 데다 전족을 하고 있어 고생이 말이 아니었다. 게다가 집을 나설 때 몸에 지니고 있던 금은보화와 비녀나 빗 등의 패물은 길에서 여비로 다 써버리고 없었다. 겨우 회안에 도착해 배를 타고 멀리 강남의 호주가 보이는 곳까지 이르렀다. 하루도 지체하지 않고 호주에 도착해서는 바로 하관인의 집으로 가 부모를 찾아 서로 만나보았다. 가서 보니 하관인은 이미 세상을 뜨고 부인도 죽고 없었는데, 왕륙아가 혼자 남겨진 하관인의 여섯 살 난 딸애를 데리고 몇 마지기 안 되는 논밭을 경작하며 살아가고 있었다. 한도국도 애저가 온 지 채 일 년이 안 되어 세상을 떴다. 원래 왕륙아와 한이는 예전부터 눈이 맞아 정을 통하던 사이인지라 자연스럽게 짝을 이뤄 논밭을 갈며 살아갔다. 호주의 부잣집 자제들은 한애저의 생김이 빼어나고 총명한지라 몇 번이나 와서 청혼을 했다. 한이도 그녀에게 시집을 가라고 수차례 권했다. 이에 한애저는 머리를 깎고 출가해 비구니가 됐으니, 다시는 다른 사람에게 시집을 가지 않으려는 굳은 맹세를 표하는 것이었다. 그러고는 서른두 살에 병에 걸려 죽고 말았다.

깨끗한 몸이 삼척[三尺]의 땅에 묻히기도 전에
원혼[怨魂] 먼저 구중천에 흩어지누나.
貞骨未歸三尺土
怨魂先徹九重天

나중에 한이와 왕륙아는 부부가 되어 하관인의 가업과 전답을 물려받아 살아갔다.

한편 금군은 동평부를 함락시키고 나서 청하현의 경계를 호시탐탐 엿보았다. 관리들은 도망을 가고 성문은 대낮에도 굳게 잠겨 있고, 백성들은 뿔뿔이 흩어져 부자지간도 모두 헤어졌다. 사방의 들과 밭에는 연기가 치솟고 태양은 누런 먼지에 가려지고 멧돼지와 긴 뱀들이(잔폭자[殘暴者]와 침입자[侵入者]를 비유) 출몰해 서로 물고 뜯으며 싸웠다. 용과 호랑이가 서로 다투며 스스로 강함을 드러내 보이려고 했다. 또한 검은 깃발과 붉은 깃발이 평야에 가득 너풀거렸다. 남녀가 울부짖고 수많은 집이 놀라서 당황해했다. 금나라 군사는 마치도 개미가 모인 듯 벌떼가 모인 듯 진을 치니 짧은 칼과 긴 창들이 마치도 빽빽한 나무숲과 촘촘한 대나무와도 같구나. 가는 곳마다 시체들이 이리저리 널려 있고, 부러지고 토막난 칼과 창들이 어지러이 흩어져 있다. 사람마다 남녀가 서로 가슴에 안고 등에 지고 하면서 피난을 가고 집집마다 문이 모두 잠겨 열에 아홉은 비어 있으니 시골이나 도시 성곽이나 별반 차이가 없다. 노루가 뛰어다니고 쥐들이 헤집고 다니니 예악[禮樂]이 어디 있고 의관[衣冠]이 어디 있겠는가!

수많은 궁녀들이 붉은 소매에 눈물을 흘리고
왕자들이 평민의 옷을 입고 길을 가누나.
得多少宮人紅袖泣
王子白衣行

그때 서문경 집안의 오월랑은 금군이 쳐들어오는 것을 보고 집 안의 문을 모두 꼭꼭 걸어 잠그고 피난길에 올랐다. 금은보화와 패물

등을 챙겨 몸에 지닌 채, 이미 오대구는 죽었기에 단지 오이구와 대안, 소옥, 그리고 열다섯 살 난 효가를 데리고 집안의 앞뒷문을 모두 걸어 잠그고 제남에 있는 운리수[雲離守]를 찾아가려고 했다. 그곳으로 가서 난리도 피하고 또 효가가 장성했으니 혼사도 매듭을 지으려는 것이었다. 가는 길에 보이는 것은 모두 사람들이 놀라서 황망해하고 허겁지겁하는 모습들뿐이었다. 가엾은 오월랑도 간편한 옷차림에 오이구 등 다섯 식구와 함께 사람들 속에 섞여 간신히 성문을 빠져나와 교외에 이르러 앞을 향해 발걸음을 재촉했다. 넓은 벌판의 네거리에 이르렀을 적에 한 화상을 만났다. 그는 자색 승복을 걸치고 손에는 구환석장[九環錫杖]을 들고 있었으며, 짚신을 신고 어깨에는 바랑을 메고 있었는데, 안에는 경전이 들어 있었다. 화상은 오월랑을 보자 큰걸음으로 성큼성큼 다가와 합장을 하며 큰소리로 외치기를,

"오씨 부인, 어디를 가십니까? 저의 제자를 돌려주십시오!"

하니, 이에 오월랑은 대경실색을 하면서 말했다.

"스님, 저한테 무슨 제자를 내놓으라고 그러세요?"

"부인, 공연히 모르는 체하지 마세요. 부인께서 십여 년 전에 대악묘에 갔다가 은천석이라는 자에게 쫓겨 산속 동굴로 와 머물지 않으셨습니까? 제가 바로 그 설동의 노화상으로 법명이 보정[普靜]입니다. 그때 부인께서 아드님을 저한테 제자로 주겠다고 하셨는데, 지금와서 어찌 주지 않으려 하시는 겁니까?"

곁에 있던 오이구가 이를 듣고 말했다.

"스님께서는 출가한 분이신데 어찌 그리도 이치를 모르십니까? 지금은 난리가 나서 모든 사람들이 피난을 가고 모두 뿔뿔이 흩어지고 있습니다. 저분에게는 이 아들이 하나뿐이라 훗날 집안의 대를 이

어야 합니다. 그런데 어떻게 아들을 출가시킬 수 있겠습니까?"

"정말로 저한테 주실 수가 없단 말씀인가요?"

"스님, 그만하세요. 공연히 사람들 가는 길을 막고 있잖아요! 뒤에서 금나라 군사가 쫓아오기 때문에 아침의 일을 저녁에도 장담할 수가 없어요."

"저한테 아드님을 제자로 줄 수 없다 하더라도 오늘 밤은 날도 이미 저물고 했으니 더는 갈 수가 없을 겝니다. 금나라 군사도 여기까지는 오지 못할 테니 잠시 제가 있는 절로 가서 하룻밤 쉬시고 내일 아침 일찍 떠나시지요."

이 말을 듣고 오월랑이 물었다.

"스님은 어느 절에 계십니까?"

"저쪽 길가에 있는 곳입니다."

화상은 한 손가락으로 가리키면서 길을 안내했다. 가보니 뜻밖에도 바로 영복사였다. 월랑도 이곳을 한번 다녀간 적이 있어 일찍이 영복사를 알고 있었다. 그곳에 이르러 보니 장로와 여러 스님들 중 거의 태반은 피난을 가고 없었다. 단지 참선을 하는 화상 몇 명만이 뒤채의 선방에서 좌선을 하고 있었다. 불전 앞에는 큰 유리 등잔불 하나를 켜놓고 향로에는 향을 태우고 있었다. 이때 태양은 서산으로 뉘엿뉘엿 지고 있었는데 그 광경이란,

사거리에 등불은 휘황찬란하고
구요묘[九曜廟]에는 향내와 종소리 그득하네.
둥근 달은 환히 하늘에 걸려 있고
별 몇 개가 드문드문 빛을 발한다.

육군[六軍]의 군영에서는 뿔피리 소리 은은히 들려오고
오고루[五鼓樓] 위에서는 청동 물시계에 물이 똑똑 떨어지네.
사방에는 밤안개가 자욱하고 놀이터를 짓누르네.
시장에 솟는 연기 은은히 푸른 창 붉은 문을 뒤덮누나.
가인은 짝을 지어 규방으로 돌아가고
선비는 쌍쌍이 서재에 휘장 드리운다.

十字街 熒煌燈火

九曜廟 香靄鍾聲

一輪明月掛靑天 幾點疏星明碧落

六軍營宮內 鳴鳴畵角頻吹

五鼓樓頭 黙黙銅壺正滴

四邊宿霧 粉粉置舞榭歌毫

三市沉煙 隱隱閉綠窓朱戶

兩兩佳人歸繡閣 雙雙士子掩書幃

　　그날 밤 오월랑과 오대구, 대안과 소옥과 효가 등 남녀 다섯 식구
는 절에 있는 방장에서 하룻밤 머물렀다. 소화상이 오월랑을 알아보
고는 음식을 장만해 가져다줬다. 보정선사는 선방의 침대 위에서 가
부좌를 틀고 목어[木魚]를 두드리며 입으로는 경문을 외고 있었다.
월랑과 효가와 소옥은 침대 위에서, 오이구와 대안은 바닥에서 함께
잠을 잤다. 난리를 만나 정신없이 떠나오다 보니 지칠 대로 지쳐 있
었는지라 모두들 눕자마자 바로 잠이 들었다. 단지 소옥만이 깊이 잠
들지 않고 있다가 자리에서 일어나 방장 안에서 문틈으로 보정선사
가 경을 읽는 소리를 듣고 있었다. 경 읽기를 거의 삼경까지 했을 때

가을바람이 소슬하게 불어오고 기우는 달도 몽롱하며 인적도 드물어 사방이 고요했다. 불전 앞에 가물거리는 등불은 밝지도 어둡지도 않았다. 보정선사는 천하가 어지럽고 백성이 전란을 만나 죽거나 부상을 당한 사람이 수없이 많음을 보았다. 이에 부처님의 대자대비한 힘을 빌려 구제하고자 경을 읽고 있었다. 석가모니가 전한 해원경[解冤經]을 경건하게 읊으며 억울하게 죽어간 영혼을 구하고, 오래된 원한 관계를 풀어주고, 묶어놓은 구속을 끊어버려 각자가 승천하여 더는 이 속세에서 떠돌아다니지 않게 해달라고 했다. 그렇게 빌면서 해원경을 백여 차례나 독경했다. 잠시 뒤에 음산한 바람이 불어오고 냉기가 쏴, 밀려왔다. 그러면서 수십 명의 머리와 이마를 다친 자, 봉두난발을 한 자, 팔다리가 잘려나간 자, 배가 갈라지고 심장이 도려내진 자, 머리가 없이 다리를 저는 자, 목에 쇠사슬을 하고 있는 자 등이 모두 와서는 보정선사의 경문을 들으며 깨달으려고 양편으로 죽 늘어섰다. 그들을 보고 선사가,

"너희 중생들은 아직까지도 서로 원한을 품고 복수를 꾀하며, 해탈하려고 하지 않으니, 도대체 언제쯤 모든 것을 끝낼 수 있단 말이냐? 너희들은 모두 내 말을 귀담아 잘 듣고 탁화[托化](새롭게 태어남)하도록 하거라!"

그러면서 이르기를,

권하노니 원수를 맺지 마라.
원한이 깊으면 풀기가 어렵나니
하루에 맺은 원한은
천 일이 지나야 풀 수 있다네.

만약 원한을 원한으로 갚는다면
눈 위에 끓는 물을 붓는 것과 같고
만약 원한을 원한으로 갚는다면
이리가 전갈을 다시 보는 것과 같다네.
나는 원한 맺힌 사람을 보았는데
모두가 원한에 시달렸다오.
내 앞에서 모두가 참회를 하고
각자 본성을 철저히 깨달아라.
본래의 마음에 비추어 보면
원한도 자연히 눈처럼 녹아내리리.
경전의 심오함에 의지하여
그대들의 악업[惡業]*을 구제해주려니
너희들은 각기 새롭게 태어나
다시는 원한을 맺지 말도록 하거라.

勸爾莫結冤 冤深難解結

一日結成冤 千日解不徹

若將冤報冤 如湯去潑雪

若將冤報冤 如狼重見蝎

我見結冤人 盡被冤磨折

我見此懺悔 各把性悟徹

照見本來心 冤愆自然雪

仗此經力深 薦撥諸惡業

汝當各托生 再勿將冤結

---

* 몸과 입과 의지에 의해 만들어진 나쁜 일과 나쁜 말과 나쁜 마음

얼굴과 모습을 바꾸어 윤회[輪廻]하고
내세의 인연을 다시는 붙잡지 마라.
改頭換面輪廻去 來世機緣莫再攀

이에 모든 사람들은 고맙다고 인사하고 돌아갔다. 소옥이 몰래 바라보니 모두가 모르는 사람들이었다. 잠시 뒤에 큰 사람이 하나 들어왔는데 키가 칠 척에 위풍당당하며 무장을 하고 있었는데 가슴팍에 화살 하나가 꽂혀 있었다. 스스로 칭하기를,

"나는 통제 주수인데, 이번에 금국의 군대와 싸움을 하다가 전쟁터에서 죽었습니다. 오늘 스님의 구원을 받아 바로 동경으로 가 심경[沈鏡]의 둘째 아들로 새롭게 태어나게 되었는데, 이름은 심수선[沈守善]이라 합니다."

말이 채 끝나기 전에 몸에 소복을 입은 자가 나타나 자신의 입으로 말했다.

"저는 청하현의 부호 서문경인데 불행히도 많은 피를 흘려 죽었습니다. 오늘 스님의 구원을 받아 바로 동경 성안으로 가 부호 심통[沈通]의 둘째 아들 심월[沈鉞]로 새롭게 태어나게 되었습니다."

소옥은 그가 자기가 모시던 주인임을 알아보고는 놀라서 아무 소리도 내지 못했다. 이번에는 손에 머리를 들고 온몸이 피투성이인 사람이 나타나 스스로 일컫기를,

"저는 진경제로 장승의 칼에 맞아 죽었습니다. 오늘 스님이 경을 읽어주시고 구원을 해주시어, 동경 성안으로 가 왕가[王家]의 아들로 새롭게 태어나게 되었습니다."

하니, 잠시 뒤에 한 부인이 손에 머리를 들고 가슴팍이 피로 흥건히

젖은 채 스스로 일컫기를,

"저는 무대의 아내였고 서문경의 첩이었던 반씨입니다. 불행히도 원수 무송에게 살해됐습니다. 오늘 스님이 경을 읽어주시고 구원을 해주시어, 동경 성안 여가[黎家]의 딸로 새롭게 태어나게 되어서 갑니다."

했다. 잠시 뒤에 다시 키가 작고 안색이 창백한 사내가 나타나서 스스로 일컫기를,

"저는 무식[武植]으로 왕노파가 반씨를 부추겨 독약을 먹고 죽은 자입니다. 오늘 스님이 경을 읽어주시고 구원해주셔서, 서주[徐州]의 시골사람 범가[范家]의 아들로 새롭게 태어나게 되어서 갑니다."

했으며, 잠시 뒤에 또다시 한 부인이 나타났는데 얼굴빛이 누렇고 피를 뚝뚝 흘리고 있었는데 스스로 일컫기를,

"저는 이씨로 화자허의 부인이었고 서문경의 첩이었습니다. 혈산붕[血山崩](음도[陰道]로 갑자기 대량의 피가 흘러내려 그치지 않는 증세) 때문에 죽고 말았습니다. 오늘 스님이 경을 읽어주시고 구원해주시니, 바로 동경 성안 원지휘[袁指揮]의 딸로 새롭게 태어나게 되어서 갑니다."

했으며, 다시 한 남자가 나타나 스스로 일컫기를,

"저는 화자허로 부인 때문에 울화병으로 죽었습니다. 오늘 스님이 경을 읽어주시고 구원해주시어, 바로 동경 성안 정천호[鄭千戶]의 아들로 새롭게 태어나게 되어서 갑니다."

했고, 잠시 뒤에 또다시 한 부인이 나타났는데 목에 각반을 두르고 있으면서 스스로 일컫기를,

"저는 서문경의 집에서 일을 하던 내왕의 부인 송씨로 스스로 목

매어 자살을 했습니다. 오늘 스님이 경을 읽어주시고 구원을 해주시어, 주가[朱家]의 딸로 새롭게 태어나 동경으로 갑니다."

했다. 잠시 후에 또다시 한 부인이 나타났는데 얼굴이 누렇게 뜨고 매우 말라 보였는데 스스로 일컫기를,

"저는 주통제의 부인 방씨 춘매로 색노[色癆]로 죽게 되었습니다. 오늘 스님이 경을 읽어주시고 구원해주셔서, 공가[孔家]의 딸로 새롭게 태어나게 되어 동경으로 갑니다."

했고, 또다시 한 남자가 나타났는데 알몸에 머리를 다 풀어헤치고 온몸에 매 맞은 자국이 역력히 남아 있었는데 스스로 일컫기를,

"저는 매 맞아 죽은 장승이라는 자인데, 오늘 스님이 경을 읽어주시고 구원을 해주시어, 대흥위[大興衛]의 가난한 고가[高家]의 아들로 새롭게 태어나게 되어 동경으로 갑니다."

했으며, 잠시 뒤에 또다시 한 여인이 나타났는데 목에 새끼끈을 두르고는 스스로 일컫기를,

"저는 서문경의 첩인 손설아로 불행히도 목을 매어 자살을 했습니다. 오늘 스님이 경을 읽어주시고 구원을 해주시어, 바로 동경 성 밖에 있는 가난한 농민 요가[姚家]의 딸로 새롭게 태어나게 되어서 갑니다."

했다. 다시 한 여인이 나타났는데 나이가 어리고 목에는 각반을 두르고 있었는데 스스로 일컫기를,

"저는 서문경의 딸이며 진경제의 부인으로 서문 큰아씨라 합니다. 불행히도 목을 매어 자살을 했습니다. 오늘 스님이 경을 읽어주시고 구원해주시어, 바로 동경 성 밖에 있는 잡역꾼 종귀[鐘貴]의 딸로 새롭게 태어나게 되어서 갑니다."

했고, 잠시 뒤에 또다시 나이 어린 남자가 나타났는데 스스로 일컫기를,

"저는 주의입니다. 매 맞아 죽었습니다. 오늘 스님이 경을 읽어주시고 구원을 해주시어, 동경 성 밖 고가[高家]의 아들 고유주[高留住]로 새롭게 태어나게 되어서 갑니다."

했으니, 이렇게 말들을 마치고 모두 어디론가 홀연히 사라져 아무도 보이지 않았다. 이에 소옥은 너무 놀라 몸을 벌벌 떨면서 속으로 생각했다.

'원래 이 화상은 귀신들과 얘기를 하고 있구나!'

소옥은 침상 앞으로 다가가 월랑에게 자기가 본 것을 얘기해주려고 했으나 다가가 보니 월랑은 한참 단잠을 자고 있었다.

이때 월랑도 꿈을 꾸고 있던 참이었다.

오월랑은 오이구와 일행을 거느리고 서주에서 사온 진주 백 개와 보석 목걸이 하나를 가지고 제남부로 가서 사돈인 운리수의 집에 기거하며 난리도 피하고 효가의 혼사일도 매듭지으려고 했다. 그들은 가는 도중에 음식도 굶고 물도 제대로 마시지 못하며 밤에 쉬고 낮에 갈 길을 재촉하여 온갖 고생 끝에 마침내 제남부에 도착했다. 제남부에 도착해서 한 노인에게,

"운참장의 댁이 어디에 있습니까?"

하고 물으니 노인은 손으로,

"이곳에서 이 리쯤 가면 영벽채[靈壁寨]라는 곳이 있는데 한쪽은 강가에 접해 있고, 한쪽은 산입니다. 이 영벽채는 바로 성 위에 자리를 잡고 있는데 천여 명과 말이 모여 있지요. 운참장은 바로 그곳에서 지채[知寨]로 계십니다."

하고 가르쳐주었다. 오월랑을 위시한 다섯 식구들은 산채의 문 앞에 이르러 안으로 들어가 통보를 하게 했다. 운참장은 오월랑 등이 먼 곳에서 왔다는 통보를 받고는 급히 밖으로 나와 마치 오래된 친구를 만난 것처럼 반갑게 맞이하고 인사를 나누었다.

원래 운참장은 최근에 부인을 잃었기에 이웃에 사는 왕노파를 불러 월랑을 상대하게 하고, 뒤채의 대청에 술좌석을 마련했는데, 차려진 음식이 풍성하고도 먹음직스러웠다. 오이구와 대안은 다른 곳에서 따로이 대접을 받았다.

오월랑은 피난을 해 이곳까지 온 일을 이야기하며 겸사겸사 혼사도 매듭을 지었으면 좋겠다며 가지고 온 진주와 귀고리 등 패물을 운리수에게 건네주며 혼약의 예물로 여겨달라고 했다. 운리수는 패물을 받고 혼사에 대해서는 한마디도 언급하지 않았다. 저녁이 되자 왕노파를 시켜 월랑을 상대케 하면서 잠자리를 같이하라고 했다. 이에 왕노파는 월랑과 얘기를 나누며 슬그머니 월랑의 속마음이 어떤지 떠보는데,

"운리수는 비록 무관이시지만 책도 읽는 군자이시지요. 따님이 약혼할 때부터 마님을 마음에 두고 계셨지요. 그런데 뜻밖에도 부인께서 돌아가시고 지금은 홀로 지내고 계시지요. 지금은 맡은 바 임무가 작아 이 산 위를 지키고 있으나 위로는 군대를 관리하고 아래로는 백성들을 보살피고 있으며 그들의 생사여탈권을 갖고 있어요. 만약 부인께서 거절치 않으시어 두 분이 부부로 맺어진다면 두 분 모두에게 얼마나 좋은 일이며, 아드님께서도 좋은 배필을 얻을 수 있으니 이보다 더 좋은 일이 어디 있겠어요! 그러다가 난리가 다 평정되어 평안해지면 그때 집으로 돌아가도 늦지 않을 거예요."

하니 월랑은 이 말을 듣고 대경실색을 해서는 아무 말도 못했다. 이러한 반응을 보고 왕노파는 돌아가 운리수에게 보고를 했다. 다음 날 저녁 운리수는 뒤채 대청에 술좌석을 마련하고 오월랑을 청했다. 월랑은 운리수가 효가의 혼인 문제를 얘기하려는 줄 알고 급히 치장을 하고 건너가 자리를 잡고 앉았다. 월랑이 자리에 앉자 운리수가 먼저 말하기를,

"부인께서는 잘 모르고 계시겠지만, 비록 산성이라고 하나 많은 인마를 관할하고 있으며 재산이나 옷, 금은보화도 상당히 있습니다. 단지 집안에 안주인이 없습니다. 저는 오래전부터 부인을 사모해왔었는데 목마른 자가 샘물을 기다리듯, 더위에 서늘함을 생각하는 것과도 같았습니다. 그런데 생각지도 않게 오늘날 부인께서 이곳으로 자제분의 혼사를 매듭지으시려고 멀리서 일부러 오셨습니다. 이것은 하늘이 내려준 인연으로 양편이 서로 좋은 것으로, 둘이 부부가 되어 이곳에서 즐겁고 행복하게 살아간다면 어떻겠습니까?"

월랑은 이 말을 듣고 기가 막히고 어이가 없어 버럭 화를 내며 욕을 하기를,

"운리수, 당신이 개가죽을 뒤집어쓴 줄 누가 알았겠어요? 내 죽은 남편이 당신한테 서운하게 대하지 않았을 텐데, 어째 개와 말만도 못한 말을 한단 말인가요!"

했으나 운리수는 월랑의 야단에는 전혀 개의치 않고 미소를 지으며 앞으로 다가와 월랑을 껴안고는,

"부인, 그럼 이곳까지 무엇하러 왔단 말이오? 자고로 찾아온 장사는 흥정을 하기가 좋다고 했잖소. 웬일인지 나도 모르게 부인을 보면 넋이 모두 날아가버리는구려! 그러니 제발 그러지 말고 내 말대로

합시다!"

하면서 잔을 들어 월랑에게 마시기를 권하자 월랑이,

"앞에 있는 동생을 불러다주세요. 동생과 상의를 해봐야겠어요."

하니 이 말을 듣고 운리수는 미소를 지으며,

"당신 동생과 대안은 이미 내가 죽여버렸소!"

하고는 좌우에 명하기를,

"그놈들의 물건을 가져다 부인께 보여드리거라!"

했다. 잠시 뒤에 하인이 등불 아래로 피가 뚝뚝 떨어지는 오이구와 대안의 머리를 가지고 들어왔다. 놀란 오월랑은 낯빛이 사색이 되어서는 땅바닥에 쓰러져 통곡을 했다. 운리수가 앞으로 나가 안아 일으키면서,

"부인, 너무 걱정하지 말아요. 당신 동생이 이미 죽었으니 당신은 나한테 와서 내 부인이 되어야 하오. 게다가 내가 총병관[總兵官]이란 벼슬도 하고 있으니 당신한테 욕될 것도 없잖아요."

하고 달랬다. 이 말을 듣고 월랑은 속으로 생각하기를,

'이놈이 내 동생과 하인을 해쳤지. 만약에 내가 자기 말대로 하지 않으면 나까지도 죽여 없애버릴 거야!'

여기까지 생각하고 나서 안색을 바꾸어 미소를 지으며,

"제 요구를 들어주신다면 당신께 시집을 가겠어요."

하니 이 말을 듣고 운리수는 뜰 듯이 기뻐하며 말했다.

"무슨 일이든지 모두 들어주겠소!"

"먼저 내 자식의 혼사를 치른 다음 제가 당신한테 시집을 갈게요."

"그거라면 걱정하지 말아요!"

운리수는 바로 운소저[雲小姐]를 나오라 불러서는 효가와 함께 자

리를 하게 해 부부의 연을 약속하는 합환주[合歡酒]를 마시게 하고 또 정표로 동심결[同心結]을 매어 부부가 되게 했다. 그런 뒤에 운리수는 월랑을 끌고 나와 운우의 정을 나누려고 했다. 그러나 월랑은 한사코 거절하며 응하지 않았다. 이에 운리수는 버럭 화를 내며,

"이 못된 년이! 네년이 날 속여 내 딸을 네년의 아들놈과 혼인을 시켰구나. 그렇다고 내가 네년의 아들놈을 못 죽일 줄 아느냐?"

하면서 칼을 잡고 침상 모서리를 내리쳤다. 그리고 다시 칼을 휘두르니 효가의 머리가 잘려 떨어지며 피가 사방으로 흩어졌다. 실로, 짧고 날카로운 칼이 머리를 치니, 한 가슴 가득 피가 흘러넘치누나.

월랑은 효가의 목이 잘려 죽는 걸 보고 놀라서 자기도 모르게 큰 소리를 내질렀다.

손을 허우적 내저으며 깜짝 놀라 깨어보니 남가일몽[南柯一夢]이었다. 너무 놀라서 온몸이 땀으로 흥건히 다 젖었는데 기억만은 너무도 생생하게 남아 있었다. 그래서,

"정말 괴이하군! 정말 괴이해!"

하자 곁에 있던 소옥이 물어보았다.

"마님, 왜 우세요?"

"방금 꿈을 꾸었는데 여간 불길한 게 아니야!"

하면서 꿈 얘기를 들려주니 이를 듣고 소옥도 말했다.

"저도 방금 잠이 안 와서 몰래 문틈으로 보정선사가 무엇을 하는지 엿보았는데 귀신들과 밤새도록 얘기를 하더군요! 방금 돌아가신 우리 영감님, 다섯째 마님, 여섯째 마님 그리고 진서방님, 주수비, 손설아, 내왕의 부인, 큰아씨도 모두 와서 얘기를 나누고는 각자 사방으로 흩어져 갔어요!"

"이 절 뒤에 그들을 묻어두었으니, 어찌 억울하게 죽은 원혼들이 찾아오지 않겠느냐?"

하면서 둘이 이런저런 얘기를 나누다 보니 어느덧 닭이 우는 오경이 됐다. 이를 듣고 오월랑은 머리를 빗고 세수를 한 뒤 선방으로 나가 예불을 올리고 향불을 피웠다. 이때 보정선사가 선상[禪床] 위에서 큰소리로 외치니,

"오씨 부인, 이제는 깨달으셨는지요?"

하니, 이에 오월랑은 급히 무릎을 꿇고 절을 하며 말했다.

"존사께 아룁니다. 제자 오씨가 어리석고 우둔하여 사부께서 부처 이심을 알아보지 못했습니다. 방금 꿈을 꾸면서 꿈속에서 모든 것을 깨달았습니다!"

"이미 깨달았다면 제남부로 가지 마십시오. 당신이 만약에 간다면 꿈에서 본 바와 같을 것이고 애꿎은 다섯 생명만 죽게 될 뿐입니다. 보아하니 부인의 아들과 저는 다 인연이 있어 만난 것으로 이것도 모두 부인이 평소에 착한 일을 해 착한 씨를 심어놓았기 때문입니다. 그렇지 않았다면 반드시 골육과 생이별을 하고야 말았을 겁니다! 애당초 부인의 돌아가신 남편 서문경은 악한 일을 많이 하고 선한 일을 적게 했지요. 그래서 환생하여 다시 부인의 집에 태어난 것으로, 본래는 집안의 재산을 모두 탕진하고 가업을 들어먹어 망치고, 종국에는 몸과 머리가 서로 떨어져 죽게 하려고 했어요! 그런데 제가 남편을 해탈시켜 구제해 제자로 삼아 그 화를 면하게 하려는 겁니다. 속담에도 '자식 하나가 출가하면, 조상 구대가 승천을 한다!'고 하잖아요. 부인의 남편이었던 분도 죄를 용서받고 환생을 하러 떠났습니다. 부인께서 아직도 저를 믿지 못하겠다면 저를 따라오세요. 제가 부인

께 보여드리지요."

하면서 선사는 성큼 방장 안으로 들어섰는데 그때까지 효가는 침대 위에 누워 잠을 자고 있었다. 스님은 손에 들고 있던 선장을 가지고 효가의 머리를 한 번 짚으며 월랑 등 여러 사람들에게 보여주었다. 효가가 갑자기 서문경으로 변했는데, 목에는 무거운 칼을 차고 허리에는 쇠사슬이 감겨 있었다. 다시 선장으로 한 번 두드리자 다시 효가의 모습으로 돌아와 침대 위에서 잠을 자고 있었다. 월랑은 그것을 보고 자기도 모르게 목놓아 통곡을 했다. 원래 효가가 서문경이 환생하여 다시 태어난 것인 줄이야 그 누가 알았겠는가! 한참이 지나 효가가 잠에서 깨어나자 월랑이 효가를 보고,

"너는 지금 사부님을 따라 출가하거라."

하고는 불전 앞으로 데리고 나가 머리를 깎고 마정수기[摩頂受記](불교에서 수계전법[授戒傳法]할 때의 의례[儀禮])를 했다. 가련한 월랑은 효가를 부여잡고 통곡을 했다. 열다섯 살까지 금이야 옥이야 고이 키워 가문의 대를 이으려고 했는데, 생각지도 않게 이 노스님에게 환화[幻化]되어 출가를 시킬 줄이야! 오이구와 소옥과 대안도 비통한 마음을 참을 수가 없었다. 이에 보정선사는 바로 효가를 제자로 삼아 데려가면서 법명을 명오[明悟]라 지어주고 월랑과 작별을 하고 떠나려 했다. 떠나기에 앞서 보정선사는 다시 월랑에게 당부하기를,

"그대들은 절대로 제남부로 가지 마세요. 머지않아 금나라 군사도 물러날 것이고, 조정은 남북으로 나뉘어 양조[兩朝]가 될 겁니다. 중원에는 이미 새로운 황제가 즉위했으니, 열흘도 채 안 되어 전쟁도 끝나고 지방도 평안하고 안정될 겁니다. 그러니 그대들은 집으로 돌아가 안심하고 지내시기 바랍니다."

이에 월랑은,

"스님, 제 자식을 제자로 삼아 데려가시는데 언제쯤 우리 모자가 다시 만날 수 있을는지요?"

하면서 다시 효가를 부여잡고 대성통곡을 했다.

이를 보고 보정선사가,

"부인, 울지 마세요. 저쪽에 또 다른 스님이 오고 있잖아요!"

하니, 이에 사람들이 모두 고개를 돌리자 그들은 일진청풍으로 변하여 멀리 사라져 보이지 않았다.

오호라, 세 번이나 속세로 내려와도 사람이 알지 못하더니, 갑자기 청풍 되어 태산을 날아가는구나.

이렇게 보정선사는 효가를 환화시켜 데리고 갔다.

그들이 떠난 뒤 오월랑은 오이구 등 여러 사람과 영복사에 열흘 정도 머물러 있었다. 열흘이 지나자 과연 금나라에서는 장방창[張邦昌]을 내세워 동경에서 황제로 칭하게 하고 문무백관을 두었다. 휘종과 흠종 두 황제는 북으로 끌려갔다. 강왕[康王](송 휘종의 아홉째 아들 조구[趙構])은 진흙으로 빚은 말을 타고 장강을 건너 건강[建康](지금의 남경)에서 즉위하고 고종[高宗] 황제가 됐다. 그는 종택[宗澤]을 대장군으로 삼아 산동과 하북을 수복했으니 이로써 송조는 북송과 남송으로 갈리었다. 천하는 태평해지고 백성들은 예전에 하던 일들을 다시 하게 됐다.

후에 월랑이 집으로 돌아와 문을 열고 안으로 들어가 보니 집안 살림과 기물들이 하나도 손상된 것 없이 그대로 남아 있었다. 오월랑은 곧 대안을 서문안[西門安]으로 고쳐 불러 서문경 집안의 가업을 이어받게 하니 사람들은 그를 서문소원외[西門小員外]라고 불렀다.

서문안은 월랑을 늙을 때까지 모시니, 월랑은 나이 일흔까지 장수하며 잘 살다가 눈을 감았다. 이 모두가 월랑이 살아생전에 좋은 일을 많이 하고, 경전을 많이 읽으며, 부처님을 열심히 봉양한 덕이다.

여기에 이 긴 모든 이야기를 끝맺는 시가 있으니,

한가로이 이 책을 읽으니 생각이 망연해지네.
천도[天道]가 순환[循環]함을 누가 알랴.
서문경은 호방해서 대를 잇기 힘들고
경제는 미쳐 날뛰다 칼 맞고 쓰러졌네.
누월[樓月]*은 선량하여 명대로 살고
병매[瓶梅]**는 음탕해서 일찍이 저승으로 갔네.
가련한 금련은 악의 보복을 만나니
더러운 이름 남아 천 년까지 전해지네.
閑閱遺書思惘然 誰知天道有循環
西門豪橫難存嗣 經濟顚狂定被殲
樓月善良終有壽 瓶梅淫佚早歸泉
可怪金蓮遭惡報 遺臭千年作話傳

(끝)

---

* 맹옥루와 오월랑
** 이병아와 춘매